Quase noite

Quase noite

Alice Sebold

TRADUÇÃO DE
Julia Romeu

AGIR

Título original
The almost moon

Capa
Luciana Gobbo/Sérgio Carvalho
Foto: Clayton Cole/iStockphoto

Copidesque
Taís Monteiro

Revisão
Argemiro de Figueiredo
Herminia Totti

Produção editorial
Paulo Cesar Veiga

CIP-Brasil. Catalogação-na-fonte
Sindicato Nacional dos Editores de Livros, RJ.

S449q Sebold, Alice
Quase noite / Alice Sebold ; tradução de Julia Romeu. – Rio de Janeiro : Agir, 2008.

Tradução de: The almost moon
ISBN 978-85-220-0985-5

1. Romance americano. I. Romeu, Julia. II. Título.

08-2353. CDD: 813
CDU: 821.111(73)-3

Rua Nova Jerusalém, 345 – Bonsucesso
Rio de Janeiro – RJ – CEP: 21042-235
Tel.: (21)3882-8200 – Fax: (21)3882-8212/8313
www.ediouro.com.br

Glen, sempre.

Um

No final das contas, matar minha mãe foi bem fácil. A demência, conforme desponta, tem o poder de revelar o âmago da pessoa afetada. O âmago de mamãe era podre como a água fétida de um vaso de flores mortas. Ela era bela quando meu pai a conheceu e ainda capaz de amar quando eu, a filha temporã, nasci. Mas, naquele dia, ao me encarar com seus olhos vidrados, nada disso importava mais.

Se eu não tivesse atendido, a infeliz vizinha, a sra. Castle, teria passado para o número seguinte da lista de telefones de emergência que ficava pregada na geladeira cor de amêndoa da minha mãe. Mas em menos de uma hora ali estava eu, de volta à casa onde nasci.

Era uma manhã fria de outubro. Quando cheguei, mamãe estava sentada bem ereta em sua poltrona, enrolada num xale de pêlo de cabra angorá, falando sozinha. A sra. Castle me contou que minha mãe não a tinha reconhecido naquela manhã, quando ela levara o jornal até a porta.

– Ela tentou fechar a porta na minha cara – disse. – Deu um grito de horror. Nunca senti tanta pena na minha vida.

Mamãe parecia um totem na poltrona felpuda vermelha e branca em que passou as mais de duas décadas desde a morte de papai. Ela envelheceu naquela poltrona, primeiro lendo livros e bordando, e então, quando a vista começou a enfraquecer, vendo televisão desde de manhã até depois do jantar, quando adormecia ali mesmo. Havia dois anos, mamãe sentava na poltrona e já nem se incomodava em ligar a televisão. Muitas vezes, colocava no colo um emaranhado feito com os novelos de lã que minha filha mais velha, Emily, ainda mandava todo Natal, e o acariciava como algumas velhas acariciam os gatos.

Agradeci à sra. Castle e garanti que cuidaria de tudo.

– Já está mais do que na hora – ela disse, voltando-se para me olhar ao chegar à varanda da frente. – Faz muito tempo que ela está sozinha aqui nesta casa.

– Eu sei – respondi, fechando a porta.

A sra. Castle desceu a escadinha da varanda com três tigelas vazias de tamanhos diferentes que encontrou na cozinha e disse serem suas. Não duvidei. Os vizinhos de mamãe eram uma bênção. Quando eu era criança, ela implicava com a Igreja Ortodoxa Grega da rua, chamando seus fiéis, sem motivo nenhum, de "aqueles polacos carolas imbecis". Mas era essa congregação que sempre designava um de seus membros para ver se a velha rabugenta que há anos vivia naquela casa depredada estava bem alimentada e bem cuidada. Às vezes alguém roubava alguma coisa, mas esses são os riscos pelos quais passa uma mulher que mora sozinha.

– Tem gente morando dentro das minhas paredes – mamãe me disse mais de uma vez.

Mas eu só entendi quando encontrei uma camisinha ao lado da cama do meu quarto de criança. Manny, um menino que fazia alguns consertos para minha mãe, estava levando namoradas para os quartos do andar de cima. Conversei com a sra. Castle e mudei as fechaduras da casa. Não era culpa minha se mamãe se recusava a se mudar.

– Mãe – chamei, usando a palavra que apenas eu, como sua filha única, tinha o direito de empregar.

Ela me encarou e sorriu.

– Piranha – disse.

O mais impressionante na demência é que às vezes parece que a pessoa afetada tem um detector de mentiras embutido, como se pudesse ver além da pele na qual você se esconde.

– Sou eu, mamãe. A Helen.

– Eu sei quem você é! – ela rugiu.

Suas mãos apertaram as pontas curvadas dos braços da poltrona. Vi que ela estava pressionando-as com toda força, e sua raiva me feriu como garras involuntárias.

– Que bom – eu disse.

Fiquei ali por mais alguns segundos, até sentir que aquele fato tinha sido estabelecido. Ela era minha mãe, e eu sua filha. Achei, então, que nosso desagradável encontro podia seguir em frente.

Andei até as janelas e abri as persianas de metal, puxando uma corda de pano cada vez mais gasta. Lá fora, o quintal onde passei a infância estava tão tomado pela vegetação que era difícil distinguir as árvores e arbustos entre os quais eu brincava com outras crianças, até que o comportamento da minha mãe começou a ficar conhecido na vizinhança.

– Ela rouba – disse mamãe.

Eu estava de costas para ela, observando uma trepadeira que tinha se enroscado no enorme pinheiro do canto do quintal e invadido por completo as paredes do galpão onde meu pai costumava construir coisas. Aquele era o lugar onde ele tinha passado seus momentos mais felizes. Nos meus dias mais sombrios, eu o imaginava ali dentro, lixando sem parar os globos de madeira que tinham tomado o lugar de todos seus outros projetos.

– Quem rouba?

– Aquela piranha.

Eu sabia que ela estava falando da sra. Castle. A mulher que, todos os dias, vinha ver se ela tinha acordado. Que lhe trazia o jornal. Que muitas vezes colhia flores de seu próprio quintal e as trazia em jarros de plástico, que não quebrariam se fossem derrubados.

– Não é verdade. A sra. Castle é uma mulher maravilhosa que cuida muito bem de você.

– Cadê a tigela azul que eu comprei em Pigeon Forge?

Eu conhecia aquela tigela, e então me dei conta de que realmente não a via há vários dias. Quando era criança, sempre achava que os alimentos guardados ali estavam aprisionados. Em geral eram nozes, castanhas-de-caju e avelãs que meu pai quebrava e pescava de lá de dentro com um garfinho.

– Eu dei a tigela para ela, mamãe – menti.

– Você fez o quê?

– Ela tem ajudado tanto, e eu sabia que gostava da tigela. Então dei a ela um dia, quando você estava cochilando.

"Ninguém vai ajudar você de graça", tive vontade de dizer. "Essas pessoas não lhe devem nada."

Minha mãe me encarou. Era um olhar horrível, vazio. Primeiro ela fez biquinho e seu lábio inferior começou a tremer. Ia chorar. Saí da sala e fui para a cozinha. Sempre que a visitava, encontrava vários motivos para passar a maior parte do tempo nos cômodos da casa onde ela não estava. Ouvi o lamento baixinho que conhecia desde criança, um lamento cujas notas eram perfeitamente orquestradas para despertar pena. Meu pai sempre corria para perto dela ao ouvir esse som. Após sua morte, o trabalho passou a ser meu. Há mais de vinte anos, com maior ou menor zelo, eu vinha cuidando de mamãe, correndo para lá quando ela me ligava dizendo que seu coração estava prestes a estourar ou a levando para se consultar com um número cada vez maior de médicos conforme ia ficando mais velha.

Nesse dia, no final da tarde, eu estava na varanda de trás, que era envolta por uma tela fina, varrendo o tapete de palha. Tinha deixado a porta entreaberta para poder ouvi-la. Então, por entre a nuvem de poeira que me rodeava, surgiu o odor inconfundível de merda. Minha mãe precisou ir ao banheiro, mas não conseguiu se levantar.

Larguei a vassoura e corri para dentro. Mamãe não tinha, como eu talvez tivesse momentaneamente desejado, morrido e por isso afrouxado o esfíncter. Morta em sua própria casa, como ela queria. Estava viva, sentada na poltrona, toda suja.

– Fiz cocô! – ela disse.

Dessa vez, o sorriso era diferente do que ela deu ao me chamar de piranha. Aquele sorriso tinha vida. Mas esse eu desconhecia. Não havia medo nem maldade nele.

Muitas vezes, quando eu contava como tinha sido meu dia para Sarah, minha filha mais nova, ela me dizia que, não importava o quanto me amasse, jamais me vestiria e trocaria minhas fraldas quando eu ficasse velha.

– Vou contratar uma empregada – ela dizia. – Esse é um ótimo incentivo para me fazer ganhar bastante dinheiro.

O cheiro se espalhou pela sala em poucos segundos. Fui até a varanda duas vezes para encher meus pulmões de ar empoeirado, sem conseguir pensar em nada além de apresentar minha mãe da maneira como ela gostaria de ser vista. Sabia que teria de chamar a ambulância. Já fazia tempo que sabia que minha mãe estava morrendo, mas não gostaria que ela chegasse ao asilo coberta de merda. Na verdade ela é que não gostaria disso, e assim a coisa mais importante de toda a vida de mamãe – as aparências – se tornou a coisa mais importante da minha vida também.

Na varanda, respirei fundo mais uma vez e entrei de novo na sala. Minha mãe não estava mais sorrindo; estava agitada ao extremo.

– Mãe – eu disse, certa de que ela não reconhecia aquela palavra, nem a filha que a estava pronunciando –, vou ajudar você a se limpar e então nós vamos ligar para algumas pessoas.

"Você nunca mais vai ligar para ninguém", pensei, mas não estava querendo ser cruel. Por que o pragmatismo tantas vezes é considerado crueldade? Merda é merda. Tudo é o que é. Só.

Ajoelhei-me na frente dela e a encarei. Eu a odiava mais do que já tinha odiado qualquer ser humano na vida. Mesmo assim, estiquei o braço como se finalmente me tivesse sido permitido tocar uma jóia preciosa e passei os dedos pela longa trança prateada dela.

– Mãe – eu sussurrei.

Disse isso porque sabia que a palavra permaneceria imóvel no ar. Nenhuma reverberação. Nenhuma resposta.

Mas ela estava suja e molhada, e por isso estava infeliz. Mais ou menos como uma lesma à luz do sol – ansiosa para se afastar de um elemento que causa dor. Inclinei-me sobre ela e encostei meus ombros nos seus, tentando não apoiar meu peso. Agarrei-a por debaixo dos braços e a levantei da poltrona. Ela era ao mesmo tempo mais leve e mais pesada do que eu esperava.

Consegui fazê-la ficar de pé, mas logo depois ela desabou sobre mim. Esforcei-me ao máximo para não soltá-la, o que faria com que nós duas caíssemos no chão. Enquanto tentava me equilibrar sob seu peso me lembrei de meu pai, de como ele carregou aquele fardo durante tantos anos, pedindo desculpas aos vizinhos, secando as copiosas lágrimas dela, e de como aquele corpo se largou em cima do dele inúmeras vezes como um saco de batatas, até que os dois se tornaram um só.

Fiquei com vontade de chorar também. O fim de todos nós e dos segredos daquela casa estava se aproximando. Eu estava com 49 anos, e minha mãe, com 88. Papai morreu quando minha filha mais nova tinha quatro anos e alguns meses. Sarah jamais conheceria bem a doçura dele, ou brincaria no galpão em meio a seus projetos de carpintaria, sempre colados três vezes. Pensei nos cavalinhos de balanço que estavam apodrecendo no galpão e meus braços tremeram perigosamente. Como a casa e a minha vida tinham mudado após a morte de papai...

Arrastei minha mãe até a escada que levava ao banheiro. Sentia que ela estava tentando me ajudar. Comecei a questionar minha sanidade. Por que eu achei que aquela façanha seria possível? Mamãe pesava pelo menos 45 quilos, e, embora eu estivesse em forma, nunca tinha carregado mais do que 25. Não ia dar certo. Desabei na escada e minha mãe, imunda e molhada, desabou sobre mim.

Já estava com a respiração ofegante, mas não desisti. Estava determinada a limpar e vestir mamãe antes de chamar a ambulância. O peso dela sobre mim começou a ficar familiar, como quando temos a estranha sensação de estarmos presos sob o corpo de um amante adormecido. Pensei em minhas opções. Podia levá-la até o banheiro dos fundos e lavá-la na pia. Mas onde eu a apoiaria? Como segurá-la e lavá-la ao mesmo tempo? Além do mais, o chão do banheiro ficaria encharcado, e nós poderíamos escorregar e quebrar nossas cabeças.

Mamãe começou a roncar. Sua cabeça pendeu sobre meu ombro e eu vi bem de perto seu rosto e pescoço, enrugados e cheios de manchas. Observei as maçãs de seu rosto, bem pronunciadas como sempre, quase dolorosas na pele cadavérica. "Quem vai me amar?", pensei, e então tentei esquecer a pergunta olhando para as folhas da bétula que refletiam a luz do sol de fim de tarde. Eu tinha passado o dia inteiro naquela casa. Nem liguei para cancelar as aulas em Westmore. Imaginei a plataforma onde eu costumava ficar na aula de Desenho de Modelo Vivo. Ela estava vazia e os alunos estavam em frente a seus cavaletes, diante da minha ausência, segurando nas mãos um pedaço inútil de carvão.

Sabia que, se não me mexesse, mamãe talvez passasse horas dormindo, e a noite cairia. Imaginei minha amiga Natalie me procurando nos corredores do prédio do Departamento de Artes, perguntando por mim, em vão, para os alunos. Natalie ia ligar para minha casa, ou talvez até passasse lá sozinha ou com Hamish, o filho dela. A campainha soaria na casa vazia, e então Natalie acharia que algo acontecera comigo, com Sarah ou com Emily.

Levantei os braços por baixo dos de mamãe, afastando-os dos degraus acarpetados da escada. Primeiro um, depois o outro, como quem manipula uma enorme boneca. Mas era impossível controlá-la tão facilmente. Precisava fazer aquilo sem ligar para minhas filhas. Tinha de conseguir sozinha. Contorcendo-me, consegui sair de baixo dela, que gemeu como um saco cheio de ar ao cair no chão. Sentei-me nas escadas, ao lado do corpo da minha mãe. A casa tinha um peso e uma força que, eu sabia, poderiam me pulverizar. Precisava sair dali. Então, subitamente, eu me lembrei da banheira que ficava junto com os cavalinhos no galpão.

Deixei-a ali dormindo e corri escada acima, pegando alguns cobertores no quarto bagunçado dela e toalhas no banheiro cor-de-rosa. Olhei minha imagem no espelho acima da pia. Meus olhos pareciam menores e ainda mais azuis do que o normal, como se a intensidade da situação afetasse as cores e minha percepção delas. Já fazia anos que eu cortava meu cabelo tão curto que quase dava para ver meu couro cabeludo. Quando entrei na casa da minha mãe pela primeira vez com esse corte, ela me olhou e disse:

– Não vá me dizer que está com câncer também. Todo mundo tem câncer hoje em dia.

Expliquei que aquele corte deixava minha vida mais fácil, que era mais prático para fazer exercícios, cuidar do quintal, trabalhar. Foi a ambigüidade que me afetou – será que mamãe teria se importado se eu tivesse câncer ou teria achado que eu estava tentando competir com ela? Sua entonação me levava a acreditar na segunda hipótese, mas era doloroso achar que minha própria mãe sentiria isso.

Fiquei parada no alto da escada com os cobertores e as toalhas. Tentei não pensar no fato de que mamãe jamais voltaria a ver aqueles cômodos e que, após sua partida, para mim eles se tornariam apenas cascas entupidas de objetos. Notei o silêncio no corredor do segundo andar e observei as fotos nas paredes, fotos que em breve não estariam mais ali. Imaginei os quadrados negros que elas deixariam nos locais onde o sol não batia há anos, e os ecos que ressoariam nas janelas sem cortinas e nas paredes feitas de tijolo e reboco. Comecei a cantar. Cantei bobagens. *Jingles* de comerciais de ração para gatos e músicas da minha infância. Era um hábito herdado de minha mãe, uma maneira de espantar o nervosismo. Sentia uma enorme necessidade de fazer algum barulho, mas fiquei em silêncio de novo ao descer as escadas. Vi que mamãe tinha escorregado para baixo e estava deitada no chão, sobre o velho tapete persa rubro.

– Não, mamãe, não – eu disse.

Percebi que falar com ela era mais inútil do que falar com um cachorro. Um cachorro inclina a cabeça ou nos contempla com olhos cheios de expressão. Minha mãe era nada além de um monte de ossos desmaiado que cheirava a merda.

– Por que tem de ser assim? – perguntei.

Comecei a chorar, ainda segurando os cobertores e as toalhas. Rezei para que ninguém batesse na porta, para que a sra. Castle não decidisse vir ver como estávamos. Se bem que, se Manny estivesse ali, poderia me ajudar a arrastar e levantar mamãe.

Coloquei as toalhas no primeiro degrau da escada. Peguei o cobertor vermelho e preto que pertencera a meu avô e o estiquei no chão, ao lado de onde mamãe estava deitada. Ele era tão grande que chegou na sala de jantar. Então, para não estragar a lã do cobertor, coloquei uma colcha branca mexicana em cima dele. Não estava pensando direito; sentia que estava embrulhando um peixe ou fazendo rolinhos primavera; estava fazendo um *burrito* gigante recheado com a minha mãe.

Inclinei-me, respirando fundo e deixando minha espinha bem reta, de acordo com as instruções da professora Stella, que trabalhava na minha academia. Passei meus braços por debaixo das axilas de mamãe.

Os olhos dela se abriram de repente.

– Que diabo você está fazendo?

Pisquei algumas vezes. Meus olhos estavam muito perto da sua boca e eu imaginei que ela poderia sugá-los, se quisesse. O resto de mim desapareceria em poucos segundos, como o rabo de um lagarto ou a ponta de um macarrão. Mamãe jamais deixaria de ter poder.

– Daniel! – ela gritou. – Daniel!

– O papai não está aqui, mamãe.

Ela me encarou. Seu rosto ficou sombrio e depois se iluminou novamente, como um fósforo aceso no escuro.

– Quero aquela tigela. Agora!

Estar assim tão perto dela. Segurá-la em meus braços e ver seu cérebro se abrir daquele jeito, ver aquele mecanismo funcionando. Mal consegui continuar o que estava fazendo. Enquanto mamãe tagarelava sobre várias coisas – sobre Emily, "aquele bebê lindo" (Emily tinha acabado de fazer trinta anos e já tinha seus próprios bebês); sobre a árvore *kudzu* perto da casa de campo de seu pai, que tinha de ser cortada com uma foice (a casa fica perto das montanhas Great Smoky e há muito tempo não pertence à família); e sobre os vizinhos, que roubavam e conspiravam contra ela –, eu a coloquei em cima do cobertor e a embrulhei, deixando apenas a cabeça de fora. Então coloquei as toalhas sobre o peito dela e respirei devagar, contando até dez.

– Vamos passear de trenó – eu disse a mamãe.

Peguei as pontas do cobertor e levantei o corpo dela do chão. Arrastei-a pela sala de jantar, pela cozinha e através da porta lateral.

– Piuí! – ela disse, imitando um trenzinho. – Piuí!

Então ficou em silêncio, observando nosso quintal como uma criança que olha para luzes de Natal. Tive vontade de perguntar: "Há quanto tempo você não vê esse quintal? Há quanto tempo não sente o cheiro de uma flor, não apara os galhos de um arbusto ou não fica sentada na cadeira de ferro branca que tem aqui fora?"

A tristeza estava me dominando. Talvez porque eu estivesse ali no quintal, ao ar fresco, com o cheiro acre de mamãe distante e longe do odor de naftalina da casa fechada. Ela continuava ali em seu casulo, no chão da pequena varanda lateral que, graças a Deus, ficava um pouco protegida da casa ao lado por uma treliça coberta de hera.

Desci a escadinha de três degraus e fui até os fundos da varanda em cujo parapeito eu gostava de sentar e ficar balançando as pernas quando era criança e onde agora minha mãe estava deitada como um objeto qualquer numa prateleira. Eu estava suando, mas sabia pela luz refletida às minhas costas que em menos de uma hora o sol se esconderia por trás das casas que nos rodeavam, deixando nós duas sozinhas na última e longa noite que passaríamos juntas.

Toquei novamente a trança que ela amava tanto. Alguns anos antes o cabelo de mamãe deixara de ser crespo e se tornara macio. Ele sempre foi como uma coroa para ela. Antes de conhecer meu pai, mamãe trabalhou durante algum tempo como modelo, e eu sentia muita inveja disso quando era criança e adolescente. Ela era muitas coisas ruins, mas era também a mãe mais bonita do bairro, e foi observando-a que eu aprendi tudo o que sabia sobre beleza física. Foi uma descoberta amarga para mim quando me dei conta de que filhas não eram feitas apenas com os genes de suas mães, como biscoitos eram feitos na mesma forma. Acidentes aleatórios da genealogia podiam fazer com que um nariz ficasse achatado ou uma testa ficasse grande demais até que todos os delicados traços de beleza desaparecessem e restasse apenas uma menina como todas as outras.

Do lado de fora o vento estava soprando sobre minha mãe, o que dissipou o odor fecal e me ajudou a botar a cabeça no lugar. Jamais conseguiria chegar ao galpão. O que eu estava pensando? Se eu a arrastasse pelos três degraus da varanda ou a erguesse por cima do parapeito, ela se machucaria. E com o quê eu encheria aquela velha banheira? Água fria da mangueira do quintal? Além disso, a banheira devia estar imunda e cheia de madeira velha e outros objetos que eu teria de limpar. Na última vez que estive no galpão, notei que o painel em que ficavam pendurados todos aqueles fantasmas de ferramentas tinha caído da parede e ficado inclinado por cima da banheira. O que eu estava pensando?

– Agora chega, mamãe. Não dá mais.

Ela não sorriu, nem disse "piranha", nem deu mais nenhum gemido. Eu gosto de acreditar, quando penso no assunto, que naquele momento em que mamãe estava ali sentindo os cheiros do quintal e o sol de fim de tarde batendo em seu rosto, ela tinha se esquecido de que tinha uma filha e de que há tantos anos vinha tendo de fingir que a amava.

Gostaria de poder dizer que, quando minha mãe estava deitada na varanda lateral, com o vento cada vez mais forte, obrigando os corvos das árvores a sair voando, ela cedeu um pouco. Gostaria de dizer que ela reconheceu todos os pecados que cometeu na vida.

Ela estava com 88 anos. As rugas de seu rosto pareciam as pequenas rachaduras que surgem em peças muito antigas de porcelana. Seus olhos estavam fechados, e sua respiração, entrecortada. Olhei para os topos das árvores vazias. Não há desculpa que eu possa dar, sei disso. Portanto, eis o que fiz: peguei as toalhas com as quais pretendia limpá-la e, sem pensar que do outro lado da treliça ou da cerca dos fundos podia ter uma testemunha, empurrei-as contra o rosto de minha mãe. Após começar, não consegui mais parar. Ela lutou. Suas mãos, cheias de veias azuis e anéis que temia que alguém roubasse se os tirasse por um segundo sequer, agarraram meus braços. Os diamantes e os rubis refletiram a luz. Empurrei com mais força. As toalhas saíram um pouco do lugar, e eu vi os olhos dela. Segurei as toalhas por bastante tempo, encarando-a, até que senti a ponta de seu nariz quebrar e os músculos de seu corpo relaxarem, e soube que ela estava morta.

Dois

Eu não tinha muitas pistas para desvendar a vida da minha mãe. Levei algum tempo para perceber que a maioria delas – os pesos de papel de vidro, os porta-retratos de prata de lei, os chocalhos da Tiffany que tinham sido enviados às dúzias antes que ela sofresse um aborto na primeira e depois na segunda gravidez – estava rachada, ou amassada, ou quebrada ou enegrecida. Praticamente todos aqueles objetos tinham sido ou ainda seriam atirados numa parede ou no meu pai, que se esquivava deles com uma agilidade que me lembrava Gene Kelly sapateando nas calçadas encharcadas de *Cantando na chuva*. A elegância de papai se desenvolvia conforme mamãe ia ficando mais violenta, e eu sabia que, ao neutralizar suas agressões e se desviar delas, ele estava também impedindo que ela percebesse no que tinha se transformado. O que mamãe via eram os mesmos reflexos de si mesma que eu observava quando ia para o andar de baixo da casa no meio da noite. Suas preciosas fotografias.

Quando papai conheceu mamãe, ela tinha acabado de chegar da cidade de Knoxville, no Tennessee, e ganhava a vida como modelo de lingerie. Ela gostava de dizer que era "modelo de combinações". E as fotos eram dessa época, tantas delas. Fotos preto-e-branco da minha mãe em sua juventude, usando combinações brancas ou negras.

– Essa era cor de pérola – ela dizia do canto da sala após ter passado uma tarde inteira sem falar uma palavra.

Eu sabia que mamãe estava se referindo a uma combinação específica de uma daquelas fotos, e escolhia a de cor branca que eu achava que poderia ser cor de pérola. Se escolhesse errado, o momento se quebrava, frágil como uma bolha de sabão brilhando à luz do sol, e ela voltava a se encolher na poltrona. Mas, se escolhesse certo – e eu consegui memorizar todas após algum tempo; havia a marfim, a bege, a cor de pele e a minha favorita, a cor de pétala de rosa –, então eu podia levar a fotografia até ela em seu porta-retratos. Agarrando-me no frágil fio de teia de aranha que era seu sorriso, eu voltava ao passado com ela, uma criança pequena e imóvel sentada no sofá ouvindo a história de como tinha sido aquela sessão de fotos, ou do homem que esteve envolvido ou dos presentes recebidos como pagamento parcial.

O homem da cor de pétala de rosa foi papai.

– Ele nem era fotógrafo – mamãe contava. – Era um inspetor de águas em início de carreira, usando um terno com bolsos quadrados que tinha pegado emprestado. Mas eu não sabia.

Aqueles tinham sido os meus primeiros anos, quando mamãe ainda era poderosa, antes que ela começasse a colecionar o que considerava os defeitos imperdoáveis da idade. Dois anos antes de seu aniversário de cinqüenta anos, mamãe começou a cobrir todos os espelhos com panos grossos, mas quando eu, na adolescência, sugeri que simplesmente tirássemos os espelhos dali, ela não permitiu. Eles continuaram lá quando ela ficou doente, como acusações sombrias e silenciosas.

Mas nas fotos da combinação cor de pétala de rosa ela ainda era digna de seu próprio amor, e era nesse seu amor-próprio que eu tentava me aquecer. O que eu sabia, acho, sem querer admitir, era que aquelas fotos eram como os documentos históricos de nossa cidade. Elas provavam que havia muitos anos tinha existido uma época mais feliz. O sorriso dela não era forçado nessas imagens, e o medo que podia se transformar em amargura ainda não tinha maculado seus olhos.

– Ele era amigo do fotógrafo – ela dizia. – Estava passando um dia na cidade grande, e o terno era parte da mentira do amigo dele.

Eu sabia que não devia perguntar "Que mentira, mamãe?", porque isso a levava a pensar que seu casamento fora apenas a continuação longa e árdua de uma brincadeira feita numa tarde por dois amigos de colégio. Então, eu perguntava:

– Para quem você estava fazendo as fotos?

– Para a loja John Wanamaker – ela dizia.

O rosto dela se iluminava como aqueles postes antigos que tinham uma chama do lado de dentro. Tudo à sua volta desaparecia, como se coberto por uma névoa negra. Naquela época, eu não percebia que não tinha espaço nessas memórias para a companhia de uma criança.

Conforme minha mãe voltava ao passado, no qual viveu o ápice de sua felicidade, eu me designava guardiã dessas lembranças. Se os pés de mamãe estivessem frios, eu os cobria. Se a luz deixasse a sala escura demais, eu ia, pé ante pé, ligar um abajur que ficava em nossa estante de livros e que criava um pequeno círculo de luminosidade, não extenso demais, apenas o suficiente para impedir que a voz dela se tornasse um eco assustador e disforme. Lá fora, em frente à nossa casa, os operários contratados para instalar os vidros das janelas da Igreja Ortodoxa Grega, todos verdes, pois por algum motivo essa cor era mais barata do que as outras, às vezes passavam na rua, fazendo um barulho forte demais para ser ignorado. Quando isso acontecia, os olhos da minha mãe se tornavam inexpressivos e sonolentos, e eu dizia algumas frases para tentar levá-la de volta ao seu passado onírico.

– Cinco meninas apareceram, não oito – eu dizia.

Ou:

– O sobrenome dele, Knightly,[1] era irresistível.

Quando lembro disso, percebo que devia ser muito estranho uma menina repetindo as frases da mãe como um papagaio, lembrando da juventude apaixonada dela. Mas o mais precioso em nossa casa naquela época era que, apesar de tudo insistir em ser tão errado, lá dentro nós não precisávamos fingir que éramos um homem, uma mulher e uma criança normais. Ninguém precisava

[1] Knightly significa "cavalheiresco". (N. da T.)

ver papai colocar um avental e fazer as tarefas domésticas depois de chegar do trabalho, ou me ver tentando convencer mamãe a comer alguma coisa.

– Eu só descobri que ele não trabalhava com moda depois que ele me beijou – ela dizia.

– Mas como foi o beijo?

Era sempre aqui que ela hesitava. O beijo e as semanas que se seguiram devem ter sido maravilhosos, mas ela não conseguia perdoar papai por tê-la trazido para Phoenixville.

– Nova York – ela dizia, olhando desanimada para seus pés esparramados no chão. – Eu nunca cheguei lá.

Eram as decepções da minha mãe que estavam enumeradas em nossa casa e que eu via todos os dias, como se estivessem pregadas em nossa geladeira – uma lista estática que minha presença não apaziguava.

Acho que fiquei um bom tempo fazendo carinho na cabeça de mamãe. Finalmente, vi a luz azul de uma televisão sendo ligada do outro lado da rua. Quando meus pais se mudaram para Phoenixville, a vizinhança era muito próspera, repleta de jovens famílias. Agora, as casas atarracadas da década de 1940 e seus terrenos de um décimo de hectare tinham sido em sua maioria alugados por casais que não andavam tendo muita sorte com dinheiro. Mamãe dizia que era possível distinguir os inquilinos dos proprietários porque os primeiros sempre deixavam as casas ficarem podres, mas para mim essas eram as pessoas que impediam que a rua se tornasse um lugar isolado onde havia apenas velhos morrendo.

A noite chegou, e o frio também. Olhei para o corpo da minha mãe, embrulhado naquele cobertor, e soube que agora ela jamais voltaria a sentir as incertezas que vêm com as flutuações de ar e luz.

– Acabou – eu disse. – Agora, acabou.

E, pela primeira vez, o ar à minha volta estava vazio. Pela primeira vez, não estava cheio de machados, de acusações e nem de um desprezo onipresente como oxigênio.

Comecei a respirar nesse mundo espaçoso, onde minha mãe não dominava nada além dos limites de seu corpo. Ouvi o telefone tocar na cozinha. Passei pela treliça e vi, na varanda vazia do nosso vizinho, um gato de rua se lambendo. Quando Sarah era criança, ela chamava esses gatos de "geléia de laranja". Vi a velha tampa de metal da lata de lixo do vizinho um pouco caída para o lado, em cima da sacola de plástico bem esticadinha que havia lá dentro, e lembrei que precisava tirar o lixo da minha mãe. A vida inteira ela tinha me ensinado a maneira correta de dobrar sacolas. "Sacolas de plástico são como lençóis. É sempre melhor dobrar a pontinha delas como se faz nos lençóis dos hospitais."

O telefone tocou sem parar. Subi os três degraus de madeira que levavam à porta. Os pés de mamãe estavam estendidos sobre o degrau mais alto. Ela insistia em dizer que as secretárias eletrônicas que eu comprava não funcionavam.

– Na verdade ela tem medo delas – Natalie explicou. – Meu pai acha que o caixa eletrônico vai arrancar o braço dele.

Senti o cheiro de alguma coisa quando estava tirando o corpo de mamãe do caminho para poder me espremer para dentro de casa. Era o cheiro de fluido de isqueiro e carvão se misturando no ar. O toque do telefone parecia um martelo batendo dentro do meu crânio, ou uma voz me chamando do lado de fora de um pesadelo.

A primeira coisa que vi quando entrei na cozinha foi o banquinho alto que ficava ao lado do telefone pregado à parede. O vinil vermelho do estofado tinha rachado e sido remendado com fita crepe havia 35 anos, mais de dez anos depois de ter servido como minha cadeirinha de criança. Ver aquilo ali na cozinha era como ver um leão e tentar ignorá-lo. O banquinho pulou em cima de mim, rugindo com a voz do telefone, trazendo de volta a memória de papai me colocando em cima dele. Vi o sorriso de meu pai quando jovem e o pulso trêmulo de mamãe levando pêssegos e bananas batidos à mão até minha boca. Ela tentou tanto... Deve ter odiado todo o processo, desde o começo.

Agarrei o telefone como se ele fosse um colete salva-vidas.

– Alô.

– Você está precisando de ajuda?

A voz era velha e frágil, mas eu fiquei tão espantada como se estivesse vindo ali de trás, do quintal, e não do fone.

– O quê?

– Já faz muito tempo que vocês estão na varanda.

Mais tarde, eu me lembraria desse momento como o primeiro em que eu fiquei assustada, quando percebi que, pelos padrões do mundo lá fora, o que eu fizera não tinha nenhuma justificativa.

– Sra. Leverton?

– Vocês duas estão bem, Helen? A Clair precisa de alguma coisa?

– Mamãe está ótima.

– Posso chamar meu neto. Ele não vai se incomodar.

– Mamãe só queria dar uma olhada no quintal.

De onde eu estava, podia ver através da pequena janela que ficava acima da pia da cozinha e dava no quintal. Lembro-me de minha mãe podando uma hera para que ela crescesse de forma a impedir que os Leverton vissem nossa casa do andar de cima da casa deles.

– Esse homem está querendo nos ver nus – mamãe dizia, com metade do corpo para fora da janela do meu quarto, que ficava acima da cozinha, cuidando da hera e arriscando a própria vida só para que o sr. Leverton não pudesse vislumbrar nada.

Agora, tanto o sr. Leverton quanto a hera estavam mortos.

– A Clair ainda está lá fora? – a sra. Leverton perguntou. – Está tão frio!

Isso me deu uma idéia.

– Ela está acenando para a senhora – respondi.

Mamãe chamava a sra. Leverton de "a inocente". "Fria como gelo e burra como uma porta."

Mas, do outro lado da linha, a sra. Leverton permaneceu em silêncio.

– Helen – disse ela lentamente –, tem certeza de que está tudo bem?

– Como assim?

– Sua mãe jamais acenaria para mim. Nós duas sabemos disso. – Aparentemente a sra. Leverton não era tão burra assim. – Mas é gentil da sua parte dizer isso – continuou.

Eu precisava trazer o corpo de mamãe para dentro de casa. Não podia perder mais um minuto.

– A senhora não a está vendo acenar? – eu disse, resolvendo me arriscar.

– Estou na minha cozinha – ela respondeu. – São cinco horas, e eu sempre começo a fazer o jantar às cinco.

A sra. Leverton era a campeã. Tinha 96 anos e era a mais velha moradora da vizinhança que ainda funcionava perfeitamente. Mamãe não foi nada em comparação a ela. No final das contas, a competição final entre mulheres me pareceu tão fútil e deselegante quanto todas as outras. Em quem nasceu peito primeiro, quem namorava o menino mais bonito, quem fisgou um bom marido, quem morava na melhor casa. Na vida da minha mãe e da sra. Leverton, a competição agora era quem estaria mais velha ao morrer. Tive vontade de dizer: "Parabéns, sra. Leverton, a senhora ganhou!"

– A senhora é incrível, sra. Leverton.

– Obrigada, Helen.

A voz dela pingava orgulho.

– Vou tentar convencer mamãe a entrar – eu disse. – Mas ela só faz o que quer.

– É, eu sei – ela disse, escolhendo as palavras com cuidado, como sempre fazia. – Passe aqui quando quiser, e mande um beijo para a Clair.

Pensei em comentar que o fato de a sra. Leverton querer dar um beijo em mamãe era tão improvável quanto esta acenar para ela, mas desisti.

Desliguei o telefone. Assim como mamãe, a sra. Leverton provavelmente ainda insistia que os telefones funcionavam melhor quando estavam conectados por fios. Eu sabia que nossa vizinha vinha ficando mais fraca, mas ela tinha contado a mamãe que ainda fazia exercícios todos os dias e tentava lembrar as capitais de todos os estados e os nomes de nossos ex-presidentes.

– Inacreditável – eu disse a mim mesma, ouvindo o eco úmido da palavra rebatendo no linóleo verde e dourado.

Quis correr para a varanda e contar a mamãe sobre o telefonema, mas quando olhei para a porta de tela vi lá fora o gato de rua parado em cima de seu peito e brincando como um filhote com o laço de fita que prendia sua trança.

Dentro de mim, a criança que viveu protegendo a mãe correu até a porta de tela para expulsar o gato da varanda, mas, no exterior, eu fiquei observando aquele enorme animal cheio de cicatrizes que minha mãe apelidou de "Bad Boy" pular em seu peito com toda força e brincar com sua trança, e não consegui me mexer.

Finalmente, após todos aqueles anos, a vida de mamãe se apagou, e fui eu quem fez isso, da mesma maneira como teria apagado o pavio decrépito de uma vela quase no fim. Em poucos minutos, enquanto ela lutava para respirar, realizei algo que desejei a vida toda.

O gato de rua brincou com o laço de fita até soltá-lo do cabelo dela, e ele voou pelos ares e aterrissou em seu rosto. Foi então que, ao ver a fita vermelha em sua face e a pata do animal esticando-se para ir pegá-la, eu precisei enfiar o punho cerrado na boca para não gritar.

Três

Sentei no chão da cozinha. O corpo de mamãe ainda estava do outro lado da porta. Fiquei com vontade de ligar a luminária que havia logo acima dela, mas não o fiz. "Olhem só para isso", imaginei-me dizendo para os vizinhos. "É aqui que tudo acaba."

Mas eu não acreditava nisso. Acreditava, assim como mamãe, que nós éramos diferentes deles. "Eles" eram as pessoas felizes e normais, e "nós" éramos os fodidos.

Lembrei-me da ocasião em que joguei água na cara dela, quando tinha 16 anos. Lembrei-me de me recusar a falar com ela e de vê-la desarmada como jamais ficou, tentando aprender como pedir perdão. Vê-la fazendo aquilo – admitindo que estava errada – foi um dos momentos da minha vida em que eu mais me senti desamparada. Tentei salvá-la começando a tagarelar sobre a aula de química e sobre a nota ruim que tinha tirado numa prova de álgebra. Tentei preencher o silêncio que se fez quando ela mexeu na ponta do meu tapete com os dedos do pé e eu continuei imóvel em minha poltrona, tentando me conter.

Subitamente, vi Carl Fletcher saindo de casa com um prato de carne do outro lado da grossa cerca viva que limitava o quintal de mamãe. Ao vê-lo fechar sua própria porta de tela e descer os três degraus que levavam a seu quintal segurando uma lata de cerveja em uma das mãos e um radinho de pilha sintonizado numa rádio de esportes na outra, imaginei um círculo de tochas e um bando de pessoas de tanga levantando os restos mortais de mamãe e os colocando numa pira funerária que eu talvez tivesse encomendado em um catálogo.

– Gosto do homem daí do lado – disse mamãe quando Carl Fletcher se mudou, há seis anos. – Ele é patético, o que significa que não vai bisbilhotar a vida dos outros.

Agora, Carl Fletcher estava do outro lado da treliça, num quintal que estava vazio até poucos segundos antes.

Se Hilda Castle tivesse me ligado um dia depois, Sarah estaria na minha casa passando o fim de semana e teria me ajudado a carregar mamãe até o banheiro do andar de cima. Mas era mais provável que Sarah tivesse dado alguns telefonemas. Os simples telefonemas que qualquer pessoa normal teria dado. Não podia imaginar minha filha mais nova observando sua avó suja de cocô sentada na poltrona e dizendo: "Mamãe, vamos matá-la. É a única opção."

Engatinhei até a porta de tela e olhei para o corpo de mamãe e para o quintal da casa dos fundos. O sr. Donnellson, que viveu naquela casa até sua família o colocar num asilo, tinha pedido mamãe em casamento havia mais de dez anos.

– Não temos mais ninguém – ele disse. – Vamos fazer companhia um para o outro, Clair.

Ele a viu pegando o jornal na porta da frente e apareceu alguns minutos mais tarde com um buquê de tulipas cor de malva.

– Foi a mulher dele quem plantou aquelas tulipas! – mamãe disse repetidas vezes.

Eu fiquei encantada com o pedido dele. Tão encantada que tive vontade de ir até sua casa após a rejeição de mamãe perguntar se o pedido valia para a filha também.

Quando o sr. Donnellson morreu, mamãe se regozijou de sua decisão.

– Eu ia ter de ficar limpando a baba dele por cinco anos, até ele morrer – ela disse.

No dia do enterro, mamãe afirmou que as lágrimas que tinha nos olhos eram por causa das cebolas que cortara com uma faca antiqüíssima que tinha.

A casa de Peter Donnellson foi vendida da maneira que estava, por suas três filhas, e minha mãe teve certeza de que ia ser demolida. Apesar do fato indiscutível de que a área vinha se desvalorizando há anos, ela se preocupava com a possível emergência de novos-ricos em Phoenixville, e com as raízes de seus enormes pés de bordo, que se estendiam até o quintal do sr. Donnellson. Temia que os novos vizinhos fizessem barulho e tivessem crianças que gritassem o dia todo. Fez com que eu pesquisasse meios de isolar a casa do som e considerou a possibilidade de colocar tijolos nas janelas que davam para aquele lado.

– Isso vai dar uma lição neles – mamãe disse, e eu fui, como muitas vezes, encher a chaleira elétrica com água e ouvir o zumbido calmante que ela fazia.

Mas Carl Fletcher se mudou sozinho para a casa, e não fez nenhuma reforma nela. Ele era empregado da companhia telefônica, e saía para trabalhar bem cedo todas as manhãs. Chegava em casa sempre no mesmo horário, a não ser às sextas. No fim de semana ele ficava sentado no quintal bebendo cerveja. Levava um jornal ou um livro e sempre, sempre levava também o radinho, que deixava sintonizado numa estação que estivesse transmitindo um jogo qualquer ou um debate. De vez em quando a filha dele, Madeline, que mamãe chamava de "aberração" por causa de suas tatuagens, o visitava. Mamãe reclamava do barulho que a motocicleta dela fazia e do fato de que tomava banho de sol de biquíni no quintal, mas jamais disse nenhuma palavra para Carl Fletcher, que nunca se incomodou em se apresentar para ela. Tudo o que eu sabia da vida dos vizinhos de mamãe vinha da sra. Castle, que me informava quando me dava potes com sopa congelada ou geléias de presente.

O sr. Fletcher virou seus bifes na churrasqueira e eu ouvi, ao mesmo tempo, a gordura pingando no fogo e o ruído da transmissão do jogo. Eu ainda estava de joelhos, posição em que me recusava a ficar quando estava trabalhando em Westmore, pois acabava me machucando. Mesmo assim, fui engatinhando até o corpo de mamãe. Lembrei-me de um homem sobre quem lera uma matéria, um rapaz que se achava tão devoto que resolveu arrastar uma réplica da cruz de Jesus Cristo de um lado de Berlim até o outro, usando apenas uma túnica como a de Gandhi e percorrendo todo o caminho de joelhos.

O sangue do pequeno arranhão no rosto de mamãe coagulou. Os olhos dela estavam rodeados por círculos roxos. Lembrei-me de como, durante sua longa recuperação após uma cirurgia para retirar um tumor no cólon, eu coloquei um cobertor de pele de carneiro embaixo dela para tentar protelar o surgimento das inevitáveis assaduras provocadas por permanência prolongada na cama.

O sr. Fletcher colocou seus bifes num prato, pegou seu rádio e levou tudo para dentro de casa. Dei-me conta de que ele era o tipo de homem que jamais olhava ao redor. Os carvões ainda estavam em brasa em sua churrasqueira.

Eu precisaria ter gritado que a casa estava pegando fogo se quisesse que qualquer pessoa daquela vizinhança me desse atenção, com exceção da sra. Leverton e do sr. Forrest, que vivia mais para baixo da rua. Nos anos que se seguiram ao fechamento da siderúrgica de Phoenixville, as ruas ali por perto foram ficando cada vez mais isoladas. Muitas propriedades estavam vazias e eu própria tinha visto, do quarto de hóspedes em que costumávamos guardar as armas do vovô, uma linda casa vitoriana, que ficava a duas ruas da nossa, ser demolida. Quando o telhado em forma de cone desmoronou, tudo o que eu pude discernir foi a poeira muito antiga invadindo as casas vizinhas, que não eram tão imponentes.

Tentei convencer mamãe a se mudar para um asilo, mas ela se recusou a sair dali, e uma parte de mim ficou orgulhosa da decisão. Havia cada vez menos moradores originais na vizinhança: a sra. Leverton atrás, o sr. Forrest cinco casas abaixo e a viúva sofredora do sr. Tolliver.

O único deles que mamãe um dia considerou um amigo foi o sr. Forrest. Ele vivia no final do quarteirão e não tinha nenhum parente. Sua casa era do mesmo tamanho que a de meus pais, e todos os cômodos eram repletos de livros. Quando eu passava por lá de carro, muitas vezes me lembrava das tardes que ele e mamãe haviam passado juntos, tomando coquetéis às cinco da tarde e esperando por papai, que chegaria do trabalho às seis. Eu abria a porta e o sr. Forrest me entregava uma sacola de papel. Lá dentro sempre havia azeitonas curadas, queijos frescos ou pães franceses, e meia hora depois de ele chegar eu me sentava num cantinho no topo da escada e ouvia os risos de mamãe alegrarem a casa.

Inclinei meu corpo sobre o da minha mãe, peguei a toalha que usei para sufocá-la e cobri o rosto dela. Então fiz o sinal-da-cruz.

– Você não é católica de jeito nenhum, mesmo! – Natalie dizia para mim quando éramos crianças e eu tentava imitar o gesto dela, pois minha cruz se parecia com um xis desajeitado.

– Desculpe, mamãe – sussurrei. – Me perdoe.

Entrei engatinhando na casa para pegar o tijolo coberto de feltro que há muitos anos usávamos para manter a porta aberta. Pensei em Manny trazendo um enorme pacote de comida, para um mês inteiro, que tinha comprado no supermercado. Eu estava na sala quando fomos apresentados, e, quando me virei na direção dele, por um segundo seus olhos avaliaram meus seios. Depois que Manny foi embora, mamãe me deu uma bronca, afirmando que eu usava roupas justas demais.

– Mas é uma blusa de gola rulê – eu argumentei.

Ela desatou a rir.

– É, você tem razão. Esse menino é um tarado – ela disse.

Lembrei-me de ter me perguntado onde ela tinha aprendido essa palavra, se tinha sido Manny quem lhe ensinara. Eu soube que, às vezes, quando não tinha mais nada para fazer, ele trazia filmes para assistir com ela. Mamãe vira *O poderoso chefão* inúmeras vezes.

Fiquei de pé e coloquei as duas mãos em minha lombar para fazer o que Natalie chamava de "alongamento de peão de obra". Percebi que teria que tomar cuidado, como fazia quando estava posando como modelo, e que o que eu tinha feito e o que estava prestes a fazer exigiam um vigor físico que eu talvez não tivesse, apesar dos milhares de aulas de dança da minha vida.

Voltei para a varanda e observei mamãe deitada ali. Se a sra. Leverton estivesse nos espionando com os binóculos do marido, o que pensaria do que estava vendo? Se contasse a cena ao filho, será que ele pensaria que sua mãe finalmente tinha perdido a cabeça? Sorri para mamãe. Ela teria adorado isso, adorado o fato de que contar a maneira como eu carreguei o corpo dela seria a ruína da sra. Leverton, que finalmente entraria para o clube dos velhos senis.

Cutuquei o corpo da minha mãe com a ponta dos meus sapatos sem salto. Então, não havia mais nada a fazer além de levantar peso e xingar.

– Merda! – eu disse inúmeras vezes, pronunciando a palavra de forma regular, como quem controla a respiração, conforme sugava meu estômago para dentro e me preparava para o esforço.

Suspendi o corpo de mamãe com o cobertor, posicionando-o por debaixo das suas axilas, para que ela não escorregasse. Xinguei sem parar enquanto entrava de novo na cozinha, arrastando-a atrás de mim. Com um puxão final, consegui levar o corpo todo para dentro e então me agachei lentamente no chão, com mamãe entre minhas pernas.

– Para dentro – eu disse, chutando o tijolo para fora do caminho.

A porta ficou entreaberta, e eu terminei de fechá-la com o pé. Ao ouvir o farfalhar da borracha que havia na base da porta se arrastando no chão e o barulho dela se fechando, percebi que mamãe estava emitindo um som parecido com uma respiração forçada, como às vezes acontece com as pessoas depois de mortas. Era um som áspero, longo e lento que vinha de seu peito.

Quando estava em casa naquela manhã, eu tirei metodicamente a poeira dos globos de vidro e das garças de madeira pintada que estavam pendurados com fios invisíveis na janela do meu quarto. Pensei agora nas asas daqueles pássaros, e me pareceu que elas estavam batendo como num aviso. Eu estaria diferente quando voltasse a vê-las.

Olhei para o relógio em cima da porta da cozinha. Já eram mais de seis da tarde. De alguma maneira, mais de uma hora tinha se passado desde que eu falara com a sra. Leverton ao telefone.

Fiquei parada por um segundo, segurando o corpo da minha mãe, e imaginei Emily e seu marido, John, subindo as escadas da casa deles com os filhos. John estaria carregando Jeanine, que, aos quatro anos, era a mais velha e mais pesada, e Emily estaria embalando Leo, que tinha dois anos. Pensei nos ótimos presentes de Natal que já tinha lhes mandado. Os pijamas cor-de-rosa e azul com botinhas foram um sucesso, mas as bolas de gude foram consideradas impróprias para a idade deles.

Reuni forças, animada pela imagem de Leo no bercinho, mas então me lembrei de quando mamãe quis segurá-lo e o deixou cair no chão.

Após colocar o corpo dela um pouco mais perto do fogão, abri a torneira de água fria da pia. Peguei a água com as mãos em concha e as levei em direção a meu rosto, sem jogar o líquido em mim, apenas pressionando a face contra as poças rasas que criava nas minhas palmas. Nas noites quentes, Jake, meu ex-marido, costumava pegar cubos de gelo e passá-los pelas minhas costas, ombros, estômago e mamilos, até que todos os pêlos do meu corpo ficassem arrepiados.

Tirei o cobertor do corpo de mamãe. Primeiro o áspero cobertor vermelho e preto e então a colcha branca, que era de um algodão bem suave. Circulei todo o corpo dela, pegando cada uma das quatro pontas e esticando-as. As toalhas felpudas ainda estavam sobre seu rosto.

Leo não quicou, como mamãe me confessou ter considerado possível, mas sua queda foi suavizada pelo braço de uma cadeira. Ele teria uma cicatriz na testa pelo resto da vida, mas a cadeira provavelmente o salvou da morte. Se ela não estivesse ali, ele teria caído no chão, que era muito mais duro. Mamãe ficou assustada e magoada naquele dia. Emily gritou muito com ela enquanto enrolava Leo, que estava berrando a plenos pulmões, num cobertorzinho de lã azul. Eu fiquei ali entre as duas e depois segui Emily até meu carro, atravessando a escada íngreme que levava à casa. Não olhei para trás para ver se mamãe estava nos observando da porta.

– Nunca mais – Emily disse. – Estou cansada de acreditar nas desculpas dela.

– Eu entendo. Pode deixar, conheço o caminho – eu respondi, sentando no banco do motorista do meu carro.

Nunca dirigi tão bem como naquele dia em que levei Emily e Leo até o Hospital Paoli, correndo a toda velocidade pelas ruas tortuosas.

Levantei a saia de mamãe e revelei suas panturrilhas, joelhos e coxas roliças. O cheiro de fezes tomou conta do ar.

– As pernas são a última coisa a envelhecer – mamãe disse certa vez.

Nós estávamos vendo Lucille Ball na televisão. O cabelo dela naquela época estava tão vermelho e falso que mais parecia uma amostra de sangue do Bozo do que a sua peruca. Ela estava usando um paletó de smoking que deixava seu corpo com a forma de uma ampulheta um pouco gorducha e cuja cauda ia até os pés, mas suas pernas, envoltas por uma meia arrastão e alongadas por sapatos de salto alto, ainda eram lindas.

Lembrei-me de quando telefonei para casa uma vez, de Wisconsin. Emily devia ter quase quatro anos na época. Papai atendeu o telefone e eu percebi imediatamente.

– O que aconteceu, papai?

– Nada com que você precise se preocupar.

– Você está estranho. O que aconteceu?

– Eu caí.

Ouvi as batidas profundas do relógio carrilhão da sala.

– Você está deitado?

– Estou coberto por uma colcha velha, e sua mãe está fazendo o melhor que pode. Aí vem ela.

Ouvi o ruído do fone sendo manuseado e fiquei ali esperando, ansiosa, enquanto mamãe se aproximava.

– Ele está ótimo – ela disse imediatamente. – Acabou de tomar um monte de remédios.

– Posso falar com ele de novo?

– Ele não está conseguindo conversar muito bem.

Perguntei a ela o que tinha acontecido exatamente.

– Ele caiu da escada. Tony Forrest veio até aqui e o levou ao médico. O problema é o quadril dele e aquelas malditas varizes. Tony me contou que Edna St. Vincent Millay morreu desse jeito.

– Por causa das varizes?

– Não, caindo da escada.

– Posso falar com ele?

– É melhor você ligar daqui a alguns dias. Ele está descansando agora.

Foi naquele momento que senti o quanto era problemático morar tão longe. Imaginei papai deitado sob a colcha, dormindo, enquanto mamãe preparava refeições compostas de milho em conserva e flocos de cereais.

Eu estava suando em bicas naquela casa toda fechada, mas tinha medo de abrir uma das janelas. Medo de que mamãe emitisse outro ruído áspero que se espalharia pelo ar e acordaria as mulheres que, assim como ela, tinham medo dessas coisas. O intruso noturno, que chega e mata você. A filha zelosa que de repente se vê com as mãos em uma toalha em cima do seu rosto, esmigalhando seus ossos enquanto algo dentro dela martela sem parar, a vingança de uma criança finalmente concretizada.

Abri de novo a torneira da pia. Esperei que a água esquentasse. Vi que os pratos que mamãe tinha usado de manhã foram lavados e colocados no escorredor pela sra. Castle e me perguntei por que ela continuava indo até aquela casa para ajudar uma velha após tantos dias, tantos anos.

Os Castle se mudaram para a vizinhança quando eu tinha dez anos. A sra. Castle ficou conhecida como a esposa mais habilidosa, e o sr. Castle, como o homem mais bonito das redondezas. Quando os dois iam à nossa casa levar os cavalinhos de balanço que seriam vendidos na feira da igreja, papai e mamãe os recebiam na sala e cada um deles se distraía com o outro – papai com a sra. Castle e mamãe com o sr. Castle, ou Alistair, como ela o chamava. Cada sílaba do nome, quando mamãe o pronunciava, soava melancólica, como se ele fosse um sinônimo de arrependimento.

Subitamente, decidi o que fazer. Ia limpar mamãe como tinha pretendido desde o início, mas dessa vez sem chance de protesto, sem que os olhos dela se abrissem num estalo como os olhos das bonecas antigas, olhos azuis vítreos, instantaneamente acusatórios. Não me importava mais com a bagunça que ia fazer no chão. O crítico estava morto. *Carpe diem*!

Inclinei-me para a direita e abri o armário de metal da cozinha. Lá dentro havia recipientes de plástico roubados do supermercado em número suficiente para guardar os corações e pulmões de todos os cidadãos que moravam ao longo da Phoenixville Pike. Mas eu estava procurando por outra coisa, um objeto muito específico que tinha em mente. Joguei os recipientes de plástico para o alto e para o lado até que, lá no fundo, onde ninguém mexia há anos, encontrei a tigela que queria, uma que papai tinha roubado de um hospital.

A tigela era de um verde-piscina desbotado, como o uniforme dos cirurgiões. Vê-la de novo me deu calafrios. "Ele quase morreu" era sempre a última frase da história ligada àquele objeto. Passei anos me perguntando como mamãe pôde se tornar o personagem principal da história, se ela era sobre papai.

Enchi a tigelinha com água quase fervendo e misturei um pouco de detergente. Se mamãe estivesse engordurada, esse detergente resolveria! Fechei a torneira, peguei a esponja de lavar louça e o pano de prato e me ajoelhei para iniciar a tarefa.

Começaria pelos pés, e então iria subindo.

Tirei as meias azuis antiembolia que mamãe estava vestindo e fiz uma bola com elas, resistindo à vontade de atirá-las pela porta da cozinha, que dava na sala através de um pequeno corredor. Se fizesse força e acertasse na pontaria, eu poderia fazê-la aterrissar ao lado dos novelos de lã que havia na cesta ao lado da poltrona. Mas, em vez de jogar a bola, eu a coloquei ali ao lado, pensando em dar fim nela mais tarde.

Ali estavam os dedos do pé dela, tão delicados. Eu os observava com cuidado há anos. Não podia pedir à sra. Castle que aparasse as unhas do pé de mamãe e por isso, uma vez por mês, sempre num domingo, eu ia lá realizar o servil trabalho de cuidar do corpo dela, limpando os lugares que ela não conseguia mais alcançar. Quando cuidava dos seus pés, isso era para nós uma maneira peculiar de voltar ao passado, uma posição na qual eu, por estar em silêncio, desaparecia do cômodo, deixando que meu corpo fosse simplesmente uma representação das mãos dela e do que costumavam fazer sozinhas. Eu pintava as unhas do pé dela com esmalte coral, que, embora não fosse exatamente igual ao que ela tinha usado uma vez por semana por quarenta anos, era tão parecido que não causava nenhum comentário ou objeção.

Comecei com os pés dela, pegando o pano de prato, molhando-o na água quente, torcendo-o e embrulhando primeiro um pé, depois o outro. Como uma manicure, trabalhei num pé enquanto a pele do outro estava amolecendo na água. Esfreguei a superfície dos pés com a esponja, usando tanto o lado mais macio quanto o mais áspero, dependendo do lugar. Nas suas pernas, vi as veias que sabia existirem também por trás da minha própria pele, e que já tinham começado a aparecer atrás de meus joelhos e em minhas canelas.

– Você matou sua mãe, é verdade, mas a encontramos tão limpinha!

Imaginei a frase sendo cantada num musical, com bruxas oferecendo maçãs e sendo penduradas pelos pescoços.

– É um dia difícil, Helen – mamãe diria.

– Vai dar tudo certo, filhinha – papai diria.

No dia em que meu pai morreu, eu cheguei em casa e encontrei mamãe com a cabeça dele no colo, sentada no pé da escada. Nas semanas seguintes, ela falou sem parar das varizes dele e da dor que lhe causavam. Ela contava que papai sempre acordava dolorido, e que muitas vezes tropeçava numa minúscula dobra do tapete. Ela explicou várias vezes que ele era desajeitado para o dono da mercearia, que ainda entregava as compras em sua casa, e para Joe, o barbeiro de papai, para quem ligou por engano logo depois de ligar para mim. Joe apareceu lá em casa logo depois de mim, com medo de mamãe estar sozinha. Ele ficou parado na porta da frente com a boca aberta, sem conseguir dizer uma palavra. Quando nossos olhos se encontraram, ele levantou uma das mãos e fez corretamente o sinal-da-cruz antes de se virar e ir embora. Foi por respeito ou por medo que Joe nunca comentou com ninguém sobre a fenda aberta na parte de trás da cabeça de papai e o arco de sangue na parede?

Devagar, eu fui limpando até chegar aos joelhos de mamãe.

– Os joelhos dela sorriem – o sr. Donnellson sussurrou para mim certa vez, deliciado ao ter um raro vislumbre de mamãe usando um short.

Alguns minutos mais tarde, eu estava limpando a merda das coxas elásticas de minha mãe quando lembrei a noite em que papai pregou uma lista de regras escrita às pressas numa das paredes do segundo andar:

Deixar o armário de lençóis do andar de cima trancado
Não deixar fósforos na casa
Controlar as bebidas alcoólicas

Comecei a me lembrar das freqüentes brigas que meu pai e minha mãe tinham, ela de camisola e ele ainda vestido com as roupas de um dia de trabalho, e por isso levei algum tempo para me dar conta de que alguém estava batendo na porta da frente. Gelei. Ouvi a aldrava de metal soar de novo contra sua base.

Não fiz barulho nenhum. Senti a água cheia de sabão escorrer da esponja e rolar pelo meu braço, do punho até o cotovelo. O barulhinho de uma gota caindo na tigela parecia uma bomba explodindo.

Bateram mais uma vez. Dessa vez, as batidas formaram um ritmo, uma canção alegre e familiar.

No silêncio que se seguiu, fiquei consciente de todos os músculos do meu corpo, como às vezes acontecia quando eu posava como modelo. Para manter uma pose por muito tempo, o corpo precisava se ajustar à imobilidade – era impossível ficar estática de repente e permanecer assim. Tentei, ao pensar na pessoa que estava na porta da frente, imaginar que estava em Westmore, em cima da plataforma atapetada da sala de Desenho de Modelo Vivo. Meus dedos do pé afundavam no tapete estampado enquanto meus cotovelos, que já estavam mais do que acostumados com assaduras, serviam de apoio.

A aldrava soou mais uma vez, no mesmo ritmo. Era aquela musiquinha "ta-ta-ra-ra-ta ta-ta", que muita gente toca ao bater numa porta, mas dessa vez ela foi seguida de várias batidas insistentes.

Percebi que o visitante, quem quer que fosse, tinha dado à minha mãe tempo de chegar até a porta entre a primeira vez que bateu e a segunda, e também entre a segunda vez e a terceira. Afinal, já estava tarde. Ela era idosa. Olhei para ela. Tinha a aparência de quem estava dormindo.

– Sra. Knightly?

Era a sra. Castle.

– Sra. Knightly, é Hilda Castle. A senhora está aí?

"Onde mais ela estaria?", pensei, irritada. "Ela está deitada no chão da cozinha. Vá embora!"

Então ouvi um chocalhar vindo da janela da frente da sala. Era o barulho da pesada aliança de platina da sra. Castle batendo contra o vidro. Uma vez eu lhe perguntei por que ela a continuava usando mesmo depois de ter se divorciado.

– Ela me ajuda a lembrar que não devo nunca casar de novo – ela disse.

Foi só quando ouvi sua voz – uma espécie de sussurro alto – que percebi que ela tinha aberto a janela pelo lado de fora.

– Helen? Helen, você está me ouvindo?

"Piranha!", eu pensei imediatamente, em solidariedade à minha mãe. Que direito ela tinha de abrir a janela?

– Sei que você está aqui – sussurrou. – Vi seu carro.

"Mas você é mesmo o Sherlock Holmes", pensei.

Mas meus músculos se relaxaram de novo, pois ouvi a janela se fechando. Alguns instantes depois, a sra. Castle estava voltando para casa pelo caminho de concreto. Olhei para os pés e para as pernas de mamãe.

– Viu o que você teve que dar a ela? – eu disse.

Não estava me referindo a coisas materiais, e sim à privacidade, que sempre foi tão preciosa para minha mãe. Ela tinha trocado isso pelo conforto da visita diária da sra. Castle.

Eu sabia que ela voltaria de manhã. Os sussurros dela tinham se enroscado em meus tornozelos como cordas.

Era óbvio que eu precisava de ajuda. Levantei-me devagar e passei por cima do corpo de mamãe para ir até o telefone. Respirei fundo e fechei os olhos. Imaginei um filme em ritmo acelerado, mostrando os vizinhos e a polícia invadindo a casa. Havia tantos deles que ficavam entalados nas portas e janelas, com os membros se projetando em ângulos estranhos como os dos dançarinos de Martha Graham, mas esmagados uns contra os outros nos umbrais e caixilhos, e vestidos com uniformes de lã cheios de pregas.

Eu nunca gostei de telefones. Há dez anos, durante uma tentativa fracassada de deixar essa antipatia para trás, colei adesivos de carinhas sorridentes nos dois aparelhos que tinha em casa. Depois, digitei e colei em cada fone etiquetas que diziam: "É uma oportunidade, não um ataque."

O último endereço que Jake tinha me dado fora de uma universidade em Berna, na Suíça, mas ele era apenas um professor temporário lá, e isso já fazia três anos. A maneira mais fácil de encontrá-lo era seguir seus ex-alunos, seus assistentes, seus peões, seus adoradores. Eu sabia que podia levar horas, mas também sabia que Jake era minha única esperança. O corpo de uma mulher morta mudava rápido, mesmo ao longo de uma única noite fria de outubro, e eu não conseguiria tirar mamãe dali sozinha.

Fiquei parada ao lado do telefone pelo que me pareceu ser meia hora antes de conseguir tirá-lo do gancho. Os membros da família Knightly nunca pediam ajuda, e os da família Corbin, de mamãe, prefeririam enfiar um garfo na garganta a fazê-lo. Lidávamos com os problemas sem envolver mais ninguém. Cortávamos dedos, pés, mãos e pernas e podíamos até dar cabo de nossas vidas, mas nunca pedíamos ajuda. A necessidade era como uma erva-daninha, um vírus. Uma vez que você a deixasse entrar, ela se espalhava e tomava conta de tudo.

Quando tirei o fone do gancho, senti-me como uma criança de novo, deitando-me dentro de um imenso monte de neve e desaparecendo, ouvindo meu pai e minha mãe chamando meu nome e gostando da sensação de começar a congelar.

Quatro

Eu tinha 18 anos e estava no primeiro ano de faculdade quando conheci Jake. Ele tinha 27 e era meu professor de História da Arte.

Jake me disse que sabia o momento exato em que seu coração começara a traçar um caminho inevitável até minha virilha.

Ele estava escrevendo no quadro-negro e falando sobre Caravaggio e sobre a idéia de trabalhos perdidos quando se virou e me viu abrindo meu novo par de óculos. Eu tocava seu aro de ouro como se fosse um objeto sagrado, de tão estranho e delicado que ele me parecia.

– Naquela noite, sonhei com você. Eu entrava no meu quarto e você estava sentada lendo com aqueles óculos de aro de ouro e aqueles longos cabelos negros. Quando esticava meu braço para tocá-la, você desaparecia.

– Sinto muito – eu disse, deitando bem pertinho dele na cama de solteiro do meu alojamento.

– E então um cachorro que eu batizei de Tank e que meus pais me obrigaram a dar apareceu no seu lugar.

– Au, au! – eu disse.

Mas só descobri que Jake sonhou comigo depois de posar para ele pela primeira vez.

Lembro-me do vestido de lã cor-de-rosa que usei e de como o toque do tecido era macio em minha pele. Coloquei minha melhor roupa só para ir a uma sala no Departamento de Artes da universidade que cheirava a queimado por causa de um velho aquecedor. Chegando lá, imediatamente precisei tirá-la de novo. Finalmente, minha camisola e minha combinação tinham acabado nas mãos de Jake. Ele ajudou a me vestir para que pudéssemos voltar ao meu alojamento, onde voltaríamos a ficar nus. Seus dedos, largos como espátulas, eram capazes de profundas delicadezas, mas, quando ele me entregou a combinação e a camisola de cetim, as roupas me pareceram estranhas. As unhas roídas e enegrecidas de carvão e tinta de Jake pareciam brutas diante do bordado do conjunto que eu tinha comprado. Era essa a imagem que eu sempre ligava à perda da minha virgindade.

Quando chegou a hora de pintar o primeiro quarto de Emily, Jake se lembrou do burrico que seu avô tinha desenhado na parede de seu quarto quando ele era pequeno. Em cima do burrico ficava um homem moreno de traços grosseiros, e o animal carregava também uma cesta cheia de flores de cada lado. Jake lembrava que, apesar de ter uma rédea na boca, o burrico lhe parecia sempre estar sorrindo, com os olhos fechados numa espécie de sono vigilante.

Emily estava enroscada no meu ventre, dando um chute aqui e ali, quando ele começou a pintura fazendo desenhos a carvão nas paredes. Nós ainda não tínhamos nos casado e nos recusávamos a admitir que era por medo de cometer um erro.

– Dizem que é melhor pintar figuras grandes e bem coloridas – expliquei. – Elas estimulam o cérebro do bebê, mas não o fazem se esforçar demais.

Jake tinha arrastado nossos colchões para o meio do quarto para que eu pudesse ficar deitada ali explicando teorias como aquela enquanto ele desenhava. Ele estava obcecado com o tamanho da minha barriga e com o fato de que Emily ia, pouco a pouco, anunciando sua presença.

– Ele tem poder total, esse bebê – ele disse ao colocar a mão na minha barriga. – E olha que ele ainda nem nasceu. Às vezes acho que está debochando de nós.

– Ele está mesmo – eu disse casualmente. – Formas arredondadas são calmantes para o bebê – continuei, lendo um livro que o sr. Forrest tinha nos dado.

– Quer dizer que agora nós vamos seguir regras? – Jake perguntou.

– Tem razão – eu disse, jogando o livro no chão, onde ele deslizou por alguns metros e parou. – Vamos fazer figuras denteadas. Isso vai deixar o bebê feliz.

– É essa a intenção.

– Facas, armas e cenas violentas são ideais para fazer o bebê dormir.

Jake veio se deitar ao meu lado no colchão.

– Lizzie Borden é um dos personagens favoritos do bebê. Por que não deixá-lo feliz desenhando Lizzie toda coberta de sangue?

– Forre as paredes do quarto do bebê, se necessário. Algodão é uma boa escolha. E pregos. Muitos pregos.

– Quero comer você – ele disse.

– Vá desenhar.

Depois que nos casamos, passei um breve período fingindo que gostava de cozinhar, durante o qual cortava a gordura branca de um pedaço escorregadio de peito de galinha e o colocava esparramado na grelha, imaginando que estava segurando o coração da minha mãe. Depois, olhava pela janela da casa que tínhamos alugado em Madison e via os carros parados no sinal, indo embora da universidade em fileira, como corpúsculos dentro de uma artéria. Tinha de fazer um esforço enorme para me lembrar de enfiar a grelha no forno, pois um daqueles carros vindo na direção das casas alugadas pelos professores temporários da universidade continha meu marido.

Eu sempre lavava bem a faca e a tábua, e mantinha minhas mãos embaixo d'água até que elas ficassem vermelhas e doloridas por causa do calor, de tanto medo que tinha de envenenar Jake ou de sem querer tocar a borda da mamadeira ou da tigelinha de Emily.

Eu me certificava de que tinha lavado e secado todos os utensílios e, quando os cheiros dos temperos que tinha pegado emprestado com a mulher de um professor contratado que tinha pena de nós tomavam conta da cozinha, ia até o quarto de Emily receber minha recompensa. Lá, ficava sentada, esperando que minha nova família ganhasse vida quando Jake chegasse. Emily dormia no berço deitada de bruços, sua posição preferida, com a fralda formando um bico como um chapéu de papel malfeito. Era naquele silêncio que eu mais relaxava, no pequeno intervalo entre colocar o bebê para dormir e ver o marido chegar, o momento em que todas as tarefas domésticas tinham sido cumpridas. A faculdade parecia algo distante naquela época, e eu acreditava que jamais me importaria com o diploma que não obtive.

Disquei o número de costas para o corpo de mamãe. Por algum motivo, senti-me como se a estivesse traindo. Temi que, se me virasse, fosse vê-la se sentando e brigando comigo enquanto tentava abaixar a saia que eu tinha levantado. Eu li no jornal que Avery Banks, um dos últimos estagiários de Jake na Universidade de Madison, agora era professor de escultura na Escola de Arte Tyler, na Filadélfia. Tentei desesperadamente me lembrar do nome da cidade onde ele e a mulher compraram uma casa, de acordo com o artigo. Ele tinha duas filhas, mas para encontrá-lo precisaria falar com as telefonistas de inúmeros lugares antes. Liguei para três deles. Finalmente, em Germantown tinha alguém com o nome dele na lista.

– Posso falar com Avery Banks? – perguntei quando alguém atendeu o telefone.

– Quem deseja?

– Helen Knightly – respondi.

Toquei de leve os números na base do telefone com o dedo, contando-os mentalmente para me acalmar.

– Não conheço nenhuma Helen Knightly.

– É o Avery que está falando?

Silêncio.

– Você me conheceu como Helen Trevor, mulher de Jake Trevor.

– Helen?

– Eu mesma.

– Helen, que bom falar com você. Como você está?

– Preciso comer – eu disse.

Desde que eu vim para a casa de mamãe e a matei, não comi nada.

– Está tudo bem, Helen? – ele perguntou.

Imaginei-o parado ao lado do telefone com uma máscara de esquiar. Avery sempre se cobria todo quando saía no frio com Jake.

– Aconteceu uma coisa – falei. Senti um enorme desejo de perder a cabeça, de contar para qualquer um o que tinha acabado de fazer, onde estava, o que havia deitado ali no chão. – Só um minuto, Avery.

Virei-me subitamente, coloquei o fone no banquinho vermelho e andei até o cadáver de minha mãe. Fiquei aliviada ao ver que ela não estava se mexendo. Nem um pouco. Voltei para perto do telefone e acendi a luz antes de pegar o aparelho de novo. A sra. Leverton já estava dormindo. Eu precisava do efeito purificador da luz. Um halo fluorescente ganhou vida acima da cabeça de mamãe, eu respirei fundo e me acalmei. Não queria que Avery percebesse nada de estranho em minha voz.

– Preciso falar com o Jake – eu disse.

– Faz muito tempo que não falo com ele, mas tenho um número de contato, se você quiser.

– Quero.

Avery me deu o número e eu o repeti metodicamente. Não reconheci o código de área.

– Muito obrigada, Avery – eu disse.

– Espero que você não se incomode de eu dizer isso, Helen – ele falou. – Mas não foi por sua causa que o Jake não foi efetivado na universidade. Eu sempre tive medo de você se culpar.

Lembrei de Avery em nossa sala em Madison, no dia em que ele e Jake tinham empacotado várias coisas de que não precisávamos mais e levado silenciosamente até o Ford dele. Pensei em Avery indo até sua picape branca, carregando o berço usado que nós tínhamos lhe dado.

– Sarah, nossa filha mais nova, está cantando jazz numa boate em Nova York – menti. – Ela é muito boa.

– Que ótimo.

Nem eu nem ele conseguimos preencher o silêncio que se seguiu.

– Muito obrigada mais uma vez, Avery.

– Fique bem – ele disse.

Ouvi o bipe do telefone quando ele desligou.

Fechei os olhos e mantive meu ouvido colado ao fone até que uma gravação surgiu, avisando-me que meu telefone estava fora do gancho. Senti-me como se estivesse de novo em Wisconsin, surgindo por detrás das árvores que rodeavam o dragão de gelo de Jake. Todos os professores contratados da universidade tinham vindo vê-lo antes que derretesse, até o reitor. Eu acabei com ele quando quebrei sem querer a espinha transparente que corria por suas costas. Mais tarde, à noite, começou a briga que por fim nos destruiria. De repente, não consegui me imaginar ligando para Jake.

Tateei a parede para encontrar o interruptor que desligava o halo fluorescente. Ajoelhei-me mais uma vez para continuar meu trabalho. Segurando a esponja encharcada em uma das mãos, hesitei diante da calcinha da minha mãe.

Peguei na sua calcinha fora de moda. Ela quase se desmanchou nas minhas mãos; o elástico estava completamente esgarçado. Eu agora já estava acostumada com o cheiro de mamãe, uma combinação de fezes e naftalina com uma pitada de talco aqui e ali.

Precisei rasgar a calcinha para poder tirá-la, e com isso sacudi um pouco o corpo de mamãe. Pensei nas estátuas de bronze que os artistas esculpem na forma de pessoas executando tarefas do dia-a-dia. Um jogador de golfe de bronze para encontrar você no meio do campo. Um casal de bronze para sentar com você num banco da praça. Duas crianças de bronze brincando de pular carniça. Estátuas desse tipo tinham se tornado um grande negócio. *Mulher de meia-idade rasgando a calcinha de sua mãe morta.* Pareceu-me uma idéia perfeita para uma estátua. Alguém poderia encomendá-la para colocar no pátio de uma escola, para onde as crianças correm depois de passar a manhã pensando em palavras e números. Elas poderiam nos escalar durante o recreio ou afogar moscas nas pocinhas de orvalho que se formariam nos olhos de mamãe.

Então ali estava ele: o buraco que tinha me dado à luz. A fenda que impeliu o mistério do amor de meu pai por quarenta anos.

Essa não era a primeira vez que eu me via cara a cara com a genitália de mamãe. Na última década, fui eu quem fez a lavagem intestinal dela. Ela se deitava, numa posição parecida com a de agora, e, após massagear suas coxas e lhe garantir que a injeção não ia doer, eu abria suas pernas. Trabalhava rápido, seguindo as ordens do médico, e então descia as escadas sozinha, andando como um robô até a geladeira, onde engolia rapidamente cubos de gelatina de limão e olhava o quintal dos fundos pela janela.

Coloquei a esponja na tigela verde-piscina de novo e me levantei do chão. Joguei fora a água suja e coloquei mais água quente e mais detergente. Então peguei a tesoura que ficava presa num longo ímã acima da pia e me ajoelhei mais uma vez.

A lâmpada verde que ficava acima do fogão e que mamãe deixava acesa a noite toda e a lua que estava surgindo na janela eram minhas únicas companheiras. Com a tesoura, eu cortei a saia de mamãe de cima a baixo. Deixei-a esticada no chão, abaixo dela. Comecei a banhar gentilmente o quadril e a barriga dela, depois as coxas e a fenda, quase sem pêlos. Mergulhei o pano de prato e a esponja repetidamente na água pelando e a troquei diversas vezes, desejando que estivéssemos na banheira do galpão, num lugar onde pudéssemos entrar juntas, como se eu fosse uma criança de novo e ela estivesse vindo brincar comigo na água.

Finalmente, quando eu removi todos os traços de fezes e peguei uma esponja nova em cima da geladeira, desabotoei sua larga camisa de algodão. Cortei as tiras do velho sutiã cor de cimento dela. Espremi a esponja, espalhando água limpa sobre seu peito.

Sem o suporte do sutiã, o seio que mamãe ainda tinha caiu tanto para o lado que seu mamilo quase tocou o chão. A cicatriz da mastectomia que ela fez, que um dia tinha sido um talho negro, agora era um pedaço de pele enrugada.

– Sei que você sofreu – eu disse, e, após beijar as pontas dos meus dedos, passei-os pela cicatriz.

Eu devia ser adolescente. Ainda levaria anos até papai morrer. Anos até mamãe me chamar para sentir o caroço duro que havia debaixo de seu braço. Eu estava parada na porta, observando os dois.

– Você sabe o quanto isso é difícil para mim – ela disse para papai, com lágrimas escorrendo pelo rosto. – Só *você* sabe!

Ela tinha desabotoado a blusa e estava mostrando algo a ele.

– Clair! – papai exclamou.

Mamãe tinha cavado uma ferida sanguinolenta no centro de seu peito. Eu sempre considerei esse incidente como a versão adulta de uma brincadeira chamada "covarde", que eu jogava na escola. Um amigo seu esfregava a unha na parte interna de seu pulso duzentas vezes. Se você não agüentasse quando o sangue começasse a sair, ele gritava "Covarde!" e todo mundo passava a lhe chamar disso.

– Pegue uma toalha umedecida para sua mãe – papai disse para mim, que abaixei a cabeça.

Peguei a chave do armário de lençóis em seu esconderijo, escolhi uma toalha limpa e abri a torneira do banheiro até que a água começou a sair morna.

Eu me recusava a limpar ou a tocar na cicatriz que Jake chamava de "a chaga de Cristo".

Levantei os braços dela e limpei suas axilas sem pêlos. Passei a esponja pelos seus ombros após ter abaixado seus braços. Coloquei minha mão livre embaixo do seio solitário. Aquilo que um dia tinha sido parte da glória dela agora era um saco vazio com o peso das penas que se juntam no canto de um travesseiro murcho. Senti uma onda de luxúria ao segurá-lo, pura como o apetite de uma criança.

Havia uma grade de alumínio encostada nos fundos da nossa casa que já estava repleta de trepadeiras e flores, quando eu tinha seis ou sete anos. A grade passava em volta das duas janelinhas do meu quarto, e por isso, na primavera, minha mãe precisava manter as flores e plantas muito bem cortadas. Era uma operação que eu adorava observar, assim como papai, conforme vim a descobrir mais tarde. Eles entravam em meu quarto, ela com uma cesta contendo sua tesoura e suas luvas de jardinagem pendurada no braço.

– Está na hora de cortar o arame farpado – papai dizia.

Os dois então se aproximavam da primeira janela, que ficava acima de uma cama de hóspedes que eu tinha no quarto. Eu ficava sentada no meu colchão macio, vendo papai observando mamãe enquanto ela colocava metade de seu corpo para fora da janela. A janela engolia sua cabeça, suas mãos, seus braços e seus ombros, até que, quando ela estava bem inclinada, descansando o quadril no parapeito, meu pai a segurava de uma maneira que mesmo naquela época eu reconhecia ser sexual. Às vezes ele passava a mão por sua coxa. Uma ou duas vezes, pensei ter ouvido alegria e surpresa na voz dela.

Lá fora, houve um tumulto qualquer por entre as árvores e eu ouvi o rosnado baixo de um gato. Bad Boy estava enfrentando outro felino na fronteira de nosso quintal.

Fiquei de pé mais uma vez e andei até a pia da cozinha para jogar a água suja fora e encher a tigela verde-piscina. Pensei nos corpos que ficavam atirados nas ruas e campos de países como Ruanda e Afeganistão. Pensei nos milhares de filhos e filhas que gostariam de estar em minha posição. Saber exatamente como sua mãe morreu e ficar sozinha com o cadáver dela antes que o mundo invadisse tudo.

Ouvi os ruídos intermitentes dos gatos vindos das árvores que ficavam perto do galpão de papai. Quando eu era criança, uma coruja aparecia todo ano e ficava empoleirada no carvalho que havia nos fundos. Papai me colocava nas costas e piava de volta para ela. Se ficasse muito tarde e nós ainda estivéssemos no quintal, mamãe se juntava a nós, trazendo limonada para mim e uísque sem gelo para ela e papai.

Virei-me, decidida a terminar meu trabalho rapidamente, quando o telefone tocou. Larguei a tigela, e a água cheia de sabão se espalhou no chão.

– Alô? – eu disse baixinho, como se todos na casa estivessem dormindo.

– Ah, você está aí!

– Jake, como você me descobriu?

– Não achei você na sua casa, e ainda tenho o telefone da sua mãe no meu caderninho. Como você está?

Olhei para o corpo de mamãe. Ele me pareceu quase iluminado na penumbra da cozinha.

– Estou bem.

– Avery acabou de me ligar. Ele achou que tinha acontecido alguma coisa.

– E você decidiu ligar para cá?

– Achei que era o lugar certo para começar. O que aconteceu, Helen? As meninas estão bem?

– Minha mãe morreu.

Jake ficou em silêncio. Foi ele quem me defendeu dela durante os oito anos que nosso casamento durou.

– Ah, Helen. Eu sinto muito. Quando?

Não consegui dizer nada. Apenas engoli em seco.

– Sei o quanto ela era importante para você. Onde você está?

– Estamos na cozinha.

– Quem?

– Mamãe e eu.

– Meu Deus! Você precisa ligar para alguém, Helen. O que aconteceu? Você precisa ligar para a emergência. Tem certeza de que ela está morta?

– Absoluta.

– Então ligue para a emergência e diga isso a eles.

Tive vontade de desligar e voltar para o estado onde estava antes, onde havia apenas eu e minha mãe e ninguém mais sabia de coisa alguma. Não era fácil revelar o que eu precisava dizer.

– Eu a matei, Jake.

O silêncio foi tão longo que eu precisei repetir a informação.

– Eu matei minha mãe.

– Explique para mim o que isso significa. Fale devagar e me conte tudo.

Contei a ele que a sra. Castle tinha me ligado, falei sobre a tigela de Pigeon Forge, e então falei do acidente de mamãe. Quando disse "ela sofreu um acidente", Jake me interrompeu, esperançoso, e perguntou:

– Que tipo de acidente, Helen?

– Ela não conseguiu chegar ao banheiro e se sujou.

– Ai, meu Deus. Antes ou depois?

– E aí ela falou que a sra. Castle era uma piranha e disse que tinha gente roubando as coisas dela.

– E tem, Helen? – Jake perguntou, sua voz discretamente nos levando para um cômodo imaginário ao lado, onde talvez morasse a sanidade.

– Não. Ela está deitada no chão aqui na minha frente. Eu quebrei o nariz dela.

– Você deu um soco nela?

Percebi que Jake estava chocado. Aquilo me deixou feliz.

– Não, eu apertei com força demais.

– Helen, você está maluca? Está ouvindo o que está me dizendo?

– Ela estava morrendo, mesmo. Já fazia um ano que ela estava morrendo naquela poltrona. Será que teria sido melhor que ela fosse para um asilo e morresse afogada numa poça de merda? Pelo menos eu me importo com ela. Pelo menos estou lhe dando um banho.

– Você está fazendo o quê?

– Estou na cozinha dando um banho nela.

– Só um minuto, Helen. Não saia daí.

Ouvi os cachorros de Jake latindo. Emily me contou que, toda vez que ela visitava o pai com as crianças, Jeanine passava a semana seguinte latindo, imitando os cachorros.

– Helen, ouça bem.

– Diga.

– Quero que você cubra o corpo de sua mãe e fique aí dentro até eu chegar, ouviu? Vou pedir para alguém cuidar dos cachorros e ligo para você do aeroporto.

– A sra. Castle vai passar aqui de manhã.

– Ela tem a chave?

– Acho que não. Há alguns meses, um rapaz que estava fazendo alguns consertos na casa entrou sem permissão, e nós trocamos as fechaduras todas. Acho que não dei a chave nova para a sra. Castle.

– Helen?

– Diga.

– Você precisa prestar atenção no que vou dizer.

– Tudo bem.

– Você não pode contar a mais ninguém o que aconteceu, e não pode ir a lugar nenhum. Precisa ficar aí com sua mãe até eu chegar.

– Não sou surda, Jake.

– Você matou sua mãe, Helen.

Os cachorros dele estavam gemendo ao fundo.

– Que horas são aí?

– Está cedo, ainda dá para pegar um avião hoje mesmo.

– Onde você está? – perguntei.

– Santa Barbara. Estou fazendo uma escultura encomendada.

– Para quem?

– É numa propriedade privada. Não conheço os donos. Helen?

– Diga.

– Está fazendo frio ou calor aí?

– Não sei. As janelas estão todas fechadas.

– O corpo ainda está... maleável?

– O quê?

– Desculpe. O que eu quis perguntar é se sua mãe já ficou rígida. Há quanto tempo você... só um minuto.

Por um segundo achei que Jake tinha desligado, mas então ouvi o barulho das coleiras dos cachorros e fiquei tranqüila.

– Quando foi que ela morreu?

– Pouco antes do anoitecer.

– E que horas são aí?

Olhei para o relógio.

– São 18:45h.

– Helen, tem mais alguém me ligando. Preciso atender. Já ligo para você.

Ele desligou. Fiquei com vontade de rir.

– A arte não pode parar – eu disse, virando-me para minha mãe.

Por um milésimo de segundo, achei que ela fosse responder.

Fiquei esperando ao lado do telefone, olhando para ela. O rosto de mamãe devia estar molhado embaixo daquela toalha, e isso me incomodava. Ajoelhei-me e engatinhei para perto dela. Sem olhar, por não estar preparada para ver o rosto dela, retirei a toalha com um movimento rápido. Ouvi mamãe gritando. Ouvi-a chamar meu nome.

Levantei-me de um pulo e saí rapidamente da cozinha, passando pelo corredorzinho dos fundos e indo até a sala, onde meu dia começou pela segunda vez, há um milhão de anos.

O que eu estava fazendo antes de receber o telefonema da sra. Castle? Tinha ido fazer compras no hortifruti. Tinha comprado vagens do casal de velhos armenos que vendia só três tipos de coisa numa picape. Fui para minha aula de dança.

Vi o cinzeiro de latão que ficava ao lado da lareira e fiquei imóvel, olhando para ele de cima. Queria conseguir vomitar.

Sabia que na verdade não podia contar com ninguém naquela história. O que Jake poderia fazer? Ele estava na casa de um ricaço a cinco mil quilômetros de distância. Ele atendeu outro telefonema em vez de continuar falando comigo, que estava na cozinha com minha mãe morta! "Você se meteu nessa, então resolva tudo sozinha." Quando foi que essa tinha se tornado minha filosofia?

Jake me fez perguntas sobre a temperatura, sobre o tempo que tinha se passado e sobre a rigidez do corpo, e obviamente isso tudo queria dizer decomposição. Ele já fez esculturas de gelo em todas as cidades frias do mundo, e sabe de coisas que jamais me ocorreriam. E nem poderiam. Tentei me lembrar de um filme que vira com Natalie no último outono. No filme, eles tentavam determinar se um homicídio tinha sido culposo ou doloso. Consegui me lembrar do rosto da atriz, de sua beleza fresca chorando no tribunal – mais nada.

Mamãe já estava morta há tempo demais para que eu pudesse acobertar os fatos facilmente, e eu tinha cometido um erro terrível ao quebrar seu nariz. Agora que estava fora da cozinha e longe dela, percebi mais claramente a situação complicada em que me metera.

Eu jamais fui capaz de meditar como Jake. Sentava-me no travesseirinho preto e tentava ficar repetindo "ommmm", enquanto meus pés e mãos começavam a formigar. Na minha mente, estranhas figuras surgiam e desapareciam, como se meu cérebro fosse uma lanchonete cheia de clientes.

Fui para a varanda de mamãe e fixei meus pés com firmeza no chão. Senti a palha do tapete através do couro macio dos meus sapatos sem salto. Pensei na casa vitoriana sendo implodida. Respirei fundo dez vezes, contando as respirações lentamente. Fiz a expiração barulhenta que ridicularizava nas aulas de ioga. O que eu ia fazer a seguir não poderia ser mal interpretado. O que ia fazer a seguir não ia me permitir voltar atrás.

Estava escuro. As cigarras cantavam nas árvores. Ouvi o barulho dos caminhões passando pela estrada, a quilômetros dali. Sabia que não ia conseguir ficar ali dentro aquela noite. Não ia conseguir esperar até que Jake chegasse. Além do mais, os minutos estavam passando e ele ainda não tinha me ligado de volta.

Respirando e contando com os olhos abertos, olhei para dentro da casa e vi o hall, as escadas que levavam aos três pequenos quartos e o carpete grosso e fofo que o filho de Natalie colocara ali para suavizar qualquer possível queda.

– Não podemos deixar que aconteça com a senhora a mesma coisa que aconteceu com seu marido – Hamish disse estupidamente.

Ele conhecia a versão dos fatos que Natalie tinha lhe contado: que meu pai morrera ao cair da escada. Naquele dia, eu não disse nada e assenti com a cabeça, incapaz de olhar para mamãe.

Eles teriam retirado o cadáver de minha mãe da casa com uma maca. Teriam-na carregado de forma quase vertical pela íngreme escada da frente. Ela seria só mais uma velha solitária que morreu em casa. Que coisa mais triste. Mais desamparada. Como as pessoas iam sentir pena dela...

Mas isso não ia acontecer. Eu não ia deixar.

Entrei na casa. Pensei em parar na sala e ficar marchando no mesmo lugar, mas desisti. Meus músculos estavam doloridos por causa do tempo que passara no chão da cozinha, mas eu já tinha sentido dores piores e me recuperado delas quando posava em Westmore. Fui para o andar de cima e peguei um lençol branco simples. Então desci as escadas de dois em dois degraus.

Tomando cuidado para não ver o rosto de mamãe, me posicionei perto dos pés dela, abaixei-me rapidamente para fechar suas pernas e então fiz a brincadeira que Emily e Sarah adoravam quando eram crianças. Uma brincadeira que papai inventou para mim.

O nome da brincadeira era "vento". Eu ficava no pé da cama das meninas, com o lençol delas enrolado nas mãos, e então o atirava para cima, esticando-o, para que ele flutuasse lentamente pelo ar até cobri-las. Era uma brincadeira que Sarah, principalmente, não queria que acabasse nunca.

– Adoro sentir o vento escapando em volta de mim – ela me disse certa vez.

Fiz a brincadeira só uma vez com mamãe, para que o lençol de casal cobrisse seu rosto. O tecido grudou-se ao corpo úmido dela de maneira quase fantasmagórica. Rapidamente eu voltei a embrulhá-la na colcha mexicana e no cobertor vermelho e preto, como se ela fosse um presente que eu pretendia devolver à loja.

Fiquei de pé, atravessei o pequeno corredor dos fundos e abri a porta do porão. Então, segurando-a por baixo dos braços, arrastei-a até o topo da escada que dava lá embaixo, pousando sua cabeça sobre o primeiro degrau.

Desci alguns degraus na escuridão completa e tateei a parede até encontrar o interruptor. A lâmpada que havia lá embaixo e que não era protegida por nenhuma luminária se acendeu. Desci até o porão. Aquela escada costumava deixar a mim e às crianças do bairro apavoradas. Depois dos primeiros três degraus não havia mais parede de ambos os lados, e nunca ninguém instalou um corrimão, apesar de ele ser muito necessário. Hamish até se ofereceu para fabricar um com canos velhos depois de colocar o carpete.

– Essa escada é mais perigosa que a outra – ele sussurrou para mim quando eu o levei até o porão para que pudesse escolher uma das armas antigas de meu avô como pagamento.

Mas o que sempre nos incentivou, a mim e às outras crianças, a descer aquelas escadas foi a imensa geladeira marrom que havia lá embaixo. Era ali que mamãe guardava latas de docinhos, imensos estoques de barras de chocolate, jarras cheias de nozes e amêndoas, caixas de doce de amendoim que sobravam do Natal e horríveis panetones que nós ganhávamos todo fim de ano. Nessa época, os Leverton davam aos vizinhos caixas de chocolatinhos com menta. A sra. Donnellson, antes de morrer, sempre presenteava mamãe com um presunto.

O presunto, assim como todas as outras carnes, ficava guardado num lugar separado – o longo e baixo freezer que havia especialmente para isso, zumbindo baixinho à direita da escada, e em cima do qual mamãe separava as peças de roupa para lavar ou empilhava revistas que queria guardar. Quando papai ainda era vivo, sempre havia uma coleção de objetos em cima do freezer, que mudava de tempos em tempos. Ele queria que mamãe se distraísse com artes manuais, e por isso havia cestas cheias de blocos de espuma verdes e imensos garrafões de vinho que poderiam ser transformados em viveiros de plantas quando ela tivesse tempo. Bolotas de carvalho, castanheiras, caixas cheias de percas mortas e galhos com formatos interessantes. Pedras polidas na oficina de papai. Pedaços de madeira que ele catava no rio. E um pequeno recipiente de cola que dominava todo o resto.

A arma foi idéia de mamãe.

– Por que ele vai querer uma arma? – eu sussurrei para ela quando Hamish estava lavando as mãos no banheiro. – Por que não dinheiro?

– Ele já é um homem – ela respondeu. – Emily acabou de ter um bebê.

Mas quando eu finalmente compreendi o raciocínio de mamãe e percebi que aquela era a maneira dela de dizer que tanto Hamish quanto Emily eram adultos, o trem da loucura já tinha saído da estação e eu já estava no porão mostrando as armas a ele.

Ficamos os dois parados na frente do freezer enquanto ele pegava cada um dos rifles e segurava nas mãos para ver o peso.

– Não entendo nada de armas. Só sei que são muito maneiras – ele disse.

Eu não pude ajudar. Fiquei apenas o observando pegar cada rifle da estante de madeira e segurá-los desajeitadamente pela coronha, como se fossem grossas ervas-daninhas que ele tivesse arrancado do chão. Hamish, assim como Natalie, era a luz que contrastava com a minha escuridão. Até começar a ter fios brancos demais e decidir pintar seus cabelos de um tom de ruivo que eu considerava errado para ela, Natalie tinha sido loura, enquanto eu era morena. Seu filho tinha os mesmos olhos castanhos da mãe, o mesmo riso fácil.

– Por que ela não vende essas coisas? – Hamish perguntou. – Ia dar uma grana.

Mal pude ouvi-lo. Hamish tirou uma pistola de uma bolsa de feltro roxo e, ao segurá-la, afastou bem uma perna da outra, imitando um caubói. Ele mirou num ponto na parede oposta e colocou o dedo no gatilho. Eu soltei um grito e agarrei o cano da pistola com a mão.

Hamish não soltou a arma, e nossos corpos colidiram. Ela tocou meu ombro direito.

– O que foi? Você parece tão perturbada... O que aconteceu?

Cheguei muito perto de revelar algo. Quase disse palavras que apenas Jake tinha ouvido de mim.

– Meu pai me ensinou a nunca apontar uma arma para alguém.

– Eu estava apontando para aquela lâmpada!

Ele colocou a pistola em cima do freezer e pegou meu rosto com as duas mãos, como se fosse mais velho do que eu.

– Não se preocupe. Ninguém se machucou – ele disse.

Eu estava tremendo. Hamish se virou para colocar a pistola de volta dentro da bolsa de feltro roxo e puxou a fitinha dourada que a fechava.

– Vou levar esta aqui – ele disse.

Com a sua ajuda, eu coloquei os rifles, que eram muito mais valiosos, de volta em seus lugares. A pistola e sua bolsa estavam em cima de uma pilha de guardanapos de pano que eu tinha dobrado e deixado no topo do freezer. Lembro-me de me virar e vê-la ali. Pensei no cano de platina e no cabo marrom da arma e imaginei papai pegando-a, colocando a munição e encostando-a na cabeça.

Posicionei o corpo de mamãe de forma a poder pegá-lo pelos ombros, e assim, andando de costas e sentindo cada degrau com o pé antes de descer, pude usar meu corpo para impedi-lo de despencar lá para baixo.

Respirei fundo e tentei deixar meus músculos fortes, não rígidos. Fiz com que a parte superior do corpo de mamãe atravessasse a porta e fui descendo um degrau de cada vez. O peso dela parecia aumentar a cada passo. Senti o cheiro de lilás que vinha dos cabelos dela atravessando os cobertores. Recusei-me a piscar, embora meus olhos estivessem lacrimejando. Dois, três, quatro, cinco degraus. Os pés dela surgiram pelo vão da porta, emitindo um baque abafado ao atingir o primeiro degrau.

O casulo de minha mãe estava se desfazendo. Eu não tinha dobrado a pontinha como faziam nos lençóis dos hospitais. Os pés dela, que eu tinha limpado primeiro, estava saindo dos cobertores quando chegamos ao meio da escada. Seus dedos me pareceram azulados e eu me perguntei se era a luz do porão que estava me fazendo ter alucinações. Desci mais um degrau. Mais um. Eu sabia que tinha exatamente 16 deles, pois os contei inúmeras vezes quando era criança. Vi o freezer zumbindo baixinho à minha esquerda. Em cima dele estava uma pilha de revistas que a sra. Castle tinha dado a mamãe. Havia também caixas de presente organizadas em fileiras, com laços de fitas desbotados que um dia já tinham sido elegantes. Imaginei a sra. Castle levando-as até o porão para mamãe. Ou talvez tivesse sido eu. Talvez mamãe tivesse me instruído a levá-las ali para baixo e guardá-las nas imensas sacolas plásticas onde ficavam por 11 meses ao ano. Por algum motivo, eu me recusava a fazer isso. Gastava o tempo que deveria levar realizando a tarefa sentada na velha cadeira de vime e ferro que ficava perto da máquina de lavar e da secadora, calculando exatamente quantos minutos poderia deixar passar antes de ter que subir para fazer companhia a mamãe.

Até fazer 86 anos, mamãe persistiu em descer até o porão. O medo de que ela ficasse desorientada ou não conseguisse subir de novo foi o que me levou a comprar um telefone celular para ela. Até então, mamãe descia os três primeiros degraus um de cada vez, apoiando-se na parede e preparando-se para seguir em frente sem ter onde segurar. Então, trancando o maxilar para mostrar resolução, ela se virava e continuava a descer de lado, degrau por degrau. Podia levar meia hora para completar o percurso e, quando finalmente chegava lá embaixo, muitas vezes se esquecia do que tinha ido fazer ali.

Mas, assim como o pai de Natalie achava que o caixa automático ia engolir seu braço, quando eu coloquei o modelo mais simples de celular nas mãos da minha mãe, em seu aniversário de 86 anos, ela olhou para ele e depois para mim e disse:

– Você está me dando uma granada de presente?

– É um celular, mamãe. Você pode levá-lo para onde for.

– E por que eu iria querer fazer isso?

– Para poder me ligar sempre que precisar.

Mamãe estava sentada na poltrona. Eu tinha preparado seu drinque preferido e arruinado, segundo ela, sua receita de palitinhos de queijo.

– Não sei como é que você consegue, Helen – ela disse, cuspindo delicadamente um palitinho meio mastigado num guardanapo. – É realmente um talento.

Vi o telefone celular em cima da velha cômoda de mogno que ficava ao lado do freezer. Foi lá que ele ficou nos últimos dois anos. Mamãe o colocou ali na manhã seguinte ao dia de seu aniversário, última vez que esteve no porão. Eu o vi pelo menos uma vez por semana nos últimos dois anos. Eu sempre vivenciava a rejeição dela de maneira irracional, e por isso passei a acreditar que ela renunciara a um cômodo inteiro da casa só para evitar falar comigo.

Apesar de eu estar indo bem devagar, o corpo de mamãe formou um arco quando as paredes que ladeavam a escada terminaram. O cobertor se abriu e a metade inferior dela se retorceu sobre o chão áspero de cimento. Não a larguei, apesar do som, que era como o de papel bolha sendo estourado todo de uma vez, e apressei-me para chegar lá embaixo, puxando-a junto.

Foi então que ouvi o telefone tocar na cozinha.

Arrastei o corpo da minha mãe até o freezer e o coloquei na frente dele, tentando cobri-lo de novo o mais rápido possível. O cobertor estava enroscado embaixo dela. Não importava o que eu fizesse, por mais que puxasse e repuxasse, os joelhos de marfim de mamãe continuavam expostos. Ali estava ela, silenciosa e quebrada, e eu pensei no horror que finalmente começou a me dominar.

Quando eu era adolescente, pensava que todos os jovens passavam algumas tardes abafadas de verão dentro de seus quartos, sonhando em cortar a mãe em pequenos pedaços e enviar cada um para um lugar diferente do planeta. Fazia isso tanto deitada lá em cima quanto me movimentando pela casa toda. Quando tirava o lixo, pensava em cortar a cabeça dela. Quando arrancava as ervas-daninhas do quintal, arrancava seus olhos e sua língua. Quando passava o espanador nas prateleiras, dividia seu corpo em partes. Eu imaginava que as outras crianças talvez não fossem tão longe, que provavelmente não pensavam em tantos detalhes quanto eu, mas acreditava que pelo menos passavam perto.

– Se você quiser me odiar, eu acho ótimo! – eu dizia a Emily.

– Tudo bem, mãe.

Quando Emily tinha apenas seis anos, ganhou um apelido inspirado em sua imensa sensatez e em sua indestrutível paciência. Natalie a chamava de "A Pequena Senadora", por causa das negociações práticas que fazia no parquinho enquanto Hamish, que tinha a mesma idade, fazia muita pirraça e muitas vezes desatava a chorar.

Peguei as caixas de presente que estavam em cima do freezer e atirei-as para todos os cantos do porão, uma a uma ou em grupos, para afastar a tentação. Quando eu era criança, sabia que naquelas caixas embrulhadas em papéis de presente e laços de fita desbotados jamais caberia o que eu desejava pôr. Elas vazariam nas dobras ou seriam esmigalhadas se o carteiro por acaso escorregasse numa calçada quando estivesse entregando a canela de mamãe numa gráfica na cidade de Mackinaw, no Michigan, ou o pé dela num criadouro de trutas perto de Portland. Sempre que sonhava em fazer isso, eu ficava com os lindos cabelos ruivos dela para mim.

Coloquei as revistas cuidadosamente num degrau de uma escada que havia ali perto. Dentro do freezer havia os hambúrgueres de carne que mamãe começou a comer quando voltou a fazer a dieta de Scarsdale, havia cinco anos, e dois presuntos antiqüíssimos dados pela sra. Donnellson. Eu sabia de tudo isso mesmo sem olhar.

Virei a chave do freezer e o abri. Lá estava ela: uma caverna de gelo quase vazia, perfeita para guardar um cadáver.

Jake me fez perguntas sobre lividez, rigidez e que sinais havia no corpo dela que pudessem indicar a causa de sua morte, mas para mim aquele assunto estava encerrado. Eu não apenas tinha quebrado seu nariz como também mutilei seu corpo. Não havia nada que me impedisse de realizar meu sonho de infância.

– Quando foi que você desistiu? – eu disse em voz alta, levando um susto com o som.

No canto oposto ao lugar onde eu estava ficava um armário de metal cheio de ternos velhos de papai. Ternos de lã, de linho, de flanela, de *tweed* escuro. Lembrei-me do dia em que desci ali para dobrar as roupas limpas e abri o armário. Ao me enfiar lá dentro, virei criança de novo, com a parte superior de meu corpo rodeada pelos velhos paletós dele. Peguei um de *tweed* com remendos de camurça no cotovelo e o passei pelo rosto.

O ar gelado que saía do freezer me refrescou, causando uma sensação boa. Vi os cacos de garrafa cor de âmbar na janela acima da máquina de lavar, que estavam ali para impedir que ladrões entrassem. Na janela ao lado, os cacos eram roxos.

Nunca pensei na maneira como deveria cortar um cadáver, apenas na liberdade que sentiria após o ato. A realidade horrível de serrar e lacerar jamais me preocupou. Era o flash instantâneo, a bruxinha do seriado *A Feiticeira* mexendo o nariz, a magia de subitamente não ter mais a minha mãe, que me fascinava. Se eu pudesse ter escolhido, em vez de esquartejá-la, teria feito o corpo dela se transformar de sólido a líquido, e então em gasoso. Queria que ela evaporasse como água. Sumindo na atmosfera, saindo da minha vida e deixando todo o resto intacto.

– Se não tomar cuidado vai acabar caindo aí dentro – dizia minha mãe.

Quando eu tinha 11, 12, 13 anos, gostava de me inclinar bastante para dentro da geladeira e procurar coisas para comer. Só examinava os alimentos tão detidamente quando achava que era seguro. Nos outros momentos, tentava agir como se comida não fosse importante para mim, como se o ato de me alimentar fosse uma chatice. "Ah, isso é que é comida? Hum." Mas quando ela me via com a cabeça dentro da geladeira, eu me tornava a presa perfeita. Enquanto mamãe enumerava meus defeitos – a bunda enorme, as coxas "de matrona", os braços compridões que eu um dia teria se continuasse assim e que me fariam parecer um morcego –, eu olhava para a luz que havia dentro da geladeira e me perguntava: "Será que eu poderia morar aí dentro? Será que conseguiria me esconder por trás da tigela de *cottage* e do suco de laranja concentrado?" Eu ficaria em silêncio depois que minha mãe fechasse a porta da geladeira. Eu poderia desaparecer lá dentro.

Estava olhando para o freezer e para os milhões de cristais de gelo que haviam se acumulado nas laterais e coberto os dois presuntos e os hambúrgueres como um casaco de pele brilhante, quando minha atenção foi desviada. Pelo canto do olho, vi a tigela comprada em Pigeon Forge.

– Sra. Castle, a senhora poderia levar isso lá para baixo? – imaginei minha mãe dizendo. – E talvez trazer uma outra coisa aqui para cima.

Fui até a mesa de jogo e peguei a tigela. Ali perto, pendurada num gancho que havia na parede, encontrei uma tesoura de jardinagem enferrujada. Coloquei a tigela de cabeça para baixo na mesa e bati com força com o cabo da tesoura, como se ele fosse um martelo. Os cacos azuis escorregaram da mesa e foram parar no chão.

Não podia esquartejar o corpo de minha mãe, então fui para perto dela e me ajoelhei na altura de sua cabeça. Hesitei um pouco. Então, tirei o cobertor de cima de seu rosto. Ali estavam os olhos dela me encarando, azuis e leitosos. Segurando a tesoura com a mão direita, peguei sua trança prateada e cortei-a pela raiz.

Cinco

Minha mãe estava deitada no chão a poucos metros dali. Abri a geladeira marrom e me sentei no último degrau da escada, deixando que sua luz me banhasse.

Agarrei as latas de metal às cegas, sem olhar para os rótulos muito antigos e cuidadosamente datilografados. Arranquei as tampas velhas e as atirei no chão, onde elas tiniram e rodopiaram como címbalos. Foi só quando vi o papel-filme reutilizado incontáveis vezes que havia ali embaixo que consegui desacelerar e levantar delicadamente aquelas camadas, revelando os conteúdos. Dentro das latas estavam guardados docinhos de licor cuja receita era da minha avó que tinha vivido no Tennessee. Ou doces de nozes e merengue que cheiravam a açúcar mascavo. Eu e mamãe cozinhamos juntas até o final da vida dela, embora – para que eu mantivesse meu peso e mamãe continuasse saudável – eu de tempos em tempos precisasse jogar fora o que havia no freezer, fingindo para mamãe que tinha dado o conteúdo das latas para os vizinhos que ela ainda achava que moravam ali.

Peguei um doce de nozes e merengue e esfarelei-o com a mão. Vi o pó marrom-claro e as nozes picadas caírem no chão. Mamãe sempre me mandava usar um prato na hora de comer, dizia para eu não engolir tudo como uma avestruz, ordenava que eu avaliasse o peso do alimento e o imaginasse se incorporando à minha cintura.

A primeira vez que fiquei doente de propósito quando era criança foi aos oito anos de idade. A arma que escolhi foi calda de caramelo. Entrei na cozinha e, metodicamente, como um soldado recebendo uma rajada de balas na barriga, comi uma panela inteira do doce. Mamãe ficou furiosa e eu passei dois dias doente, mas papai achou graça. Ele chegou em casa e pendurou o paletó nos ganchos da parte de trás da porta; tirou o chapéu, cuja peninha que ficava dentro da fita ele trocava de tempos em tempos, e o colocou em cima de uma mesinha; e se dirigiu para a sala de jantar.

– O que você está fazendo aí sozinha?

Eu tinha sido forçada a sentar à mesa, embora minha vontade mesmo fosse me deitar na cama e ficar grunhindo de dor.

– Ela está de castigo – explicou mamãe, indo rapidamente até ele e pegando sua pasta. – Eu fiz caramelo e ela comeu a panela toda.

Quando papai tirava os óculos, o gesto criava uma imediata intimidade entre nós. O aro de metal e plástico fazia um buraco dos dois lados de seu nariz, e por isso ele os tirava quando estava em casa. Durante meia hora ficava completamente cego, mas não precisava ver nada muito bem mesmo, pois esse era o tempo antes do jantar que ele e mamãe reservavam para tomar um drinque.

Papai tirou os óculos nesse dia, como sempre, mas também riu, como quase nunca, e a risada veio do fundo de sua alma. Ao gargalhar, ele pegou mamãe e lhe deu um beijo estalado no rosto, e então se inclinou e me beijou na testa por cima da minha franja rala.

Papai trabalhava na Estação de Tratamento de Águas de Pickering, medindo os níveis da água e analisando o conteúdo dos reservatórios locais. Ele viajava para cidades próximas e até para Erie, que era mais longe, para fazer o mesmo lá.

– É como se você tivesse comido uma panela inteira de cimento – ele explicou. – Qualquer um ficaria doente.

Pedi que ele se sentasse à mesa comigo e falasse da água, contando como cada gotícula ficava diferente da outra quando vista através de um microscópio. Sua visão ficava desfocada quando ele tirava os óculos, e eu me perguntava quão ruim era sua vista e o que ele enxergava quando me olhava.

Subi a escada do porão e fui até a cozinha, segurando a trança de mamãe com o punho fechado. Abri a gaveta que havia perto do telefone, na qual guardávamos papel laminado usado e arames de torcer, e encontrei um enorme saco plástico próprio para guardar alimentos no freezer. As roupas de mamãe estavam espalhadas pelo chão, amassadas e úmidas.

Quando eu tinha três anos, entrei na cozinha e a encontrei sentada no chão, com as pernas abertas. Vi a calcinha dela, coisa que jamais tinha acontecido antes. Ela estava olhando para um pouco de farinha que tinha caído no chão à sua frente.

– Mamãe deixou cair – eu disse.

Ela se levantou, pegou o saco de dois quilos de farinha de cima do balcão, abraçou-o, colocou a mão em concha dentro dele e despejou o conteúdo como se fosse neve.

Eu dei um gritinho de alegria e corri até ela. Sua reação foi se afastar um segundo antes que eu pudesse alcançá-la. Ela jogou mais farinha do saco, mas dessa vez com gestos amplos, deixando que se espalhasse por toda a cozinha. Persegui-a enquanto ela corria em círculos, gritando mais alto e engolindo o riso.

A caçada continuou até que eu tropecei e caí. Olhei para mamãe. Ela estava do lado da minha cadeirinha, rindo. Percebi que tinha farinha em sua testa e em seu queixo, e também nos pêlos invisíveis de seus braços. Quis que mamãe viesse me apanhar do chão, e por isso chorei o mais alto que pude.

Minha bolsa estava em cima da mesa de jantar. Coloquei o saco plástico, com seu tesouro prateado, dentro de um compartimento interno e, como se não quisesse esquecer nada, olhei tudo ao meu redor, fazendo uma volta de 360 graus. Levei um susto ao ver o sr. Fletcher olhando para mim de sua casa, até que me dei conta de que eu não tinha acendido a luz da sala de jantar. Ele não estava olhando para mim, e sim para uma tela de computador. Devia estar procurando algo na internet ou jogando aqueles joguinhos de que o marido de Emily gostava, e, conforme o fazia, a tela iluminava seu rosto com lampejos azuis e verdes.

Quando cheguei ao carro e olhei para a porta da frente, a única coisa que denunciava que eu estivera no porão de mamãe era o pó branco em meu peito e minhas pernas – o açúcar dos doces de nozes e o farelo dos biscoitos *wafer*.

Tive vontade de chorar, mas, em vez disso, fiquei pensando em aonde poderia ir. Precisava relaxar. Ninguém além de Jake sabia do ocorrido. Tinha a sensação de que outras pessoas tinham descoberto tudo – Avery, durante o telefonema, a sra. Leverton, que tinha me interrogado, e a sra. Castle, que tinha sussurrado meu nome –, mas não era verdade. E ninguém ia entrar na casa se eu não estivesse lá.

Fiquei sentada no meu velho Saab com as janelas fechadas, deixando minha bolsa no banco do passageiro e resistindo ao impulso de colocar o cinto de segurança nela, como se fosse uma criança. Enfiei a chave na ignição e liguei o carro. Saí lentamente, inclinada sobre a direção como se as ruas estivessem cobertas de névoa.

A casa da sra. Leverton estava toda no escuro, a não ser pelas luzes que seu filho tinha instalado na varanda e que se acendiam automaticamente de tempos em tempos. O relógio do painel do meu carro dizia que eram 20:17h. Hora de as velhas estarem na cama. Mas, aparentemente, o mesmo não se podia dizer dos velhos. Vi o sr. Forrest lendo na sala com todas as luzes da casa acesas. Ele nunca gostou de cortinas. Antigamente, pelo menos, ele tinha cachorros. "Lá está ele", pensei. "Um velho indefeso, que pode ser atacado a qualquer momento."

Eu tinha 16 anos quando um dia, na casa do sr. Forrest, vi fotos coloridas de mulheres em diversos graus de nudez.

– Elas são musas, Helen – ele disse enquanto eu virava as páginas de um livro enorme que se chamava simplesmente *O nu feminino*. – São as mulheres que inspiram os grandes feitos.

Ao ouvir isso, pensei nas fotos que ficavam espalhadas por toda a nossa casa. Fotos da minha mãe com lingeries antiquadas ou camisolas diáfanas e transparentes, sorrindo encantadora para o fotógrafo.

A meia hora que levava para ir de carro da casa de mamãe até a minha sempre tinha sido uma desculpa para que eu falasse sozinha. Algumas pessoas fazem isso na frente de espelhos, quando querem tomar coragem para pedir um aumento ou quando estão tentando se tornar seres humanos melhores. Eu sempre falava sozinha dentro do carro, quando percorria as ruas estreitas que levavam de Phoenixville até o subúrbio onde eu morava na cidade de Frazer, repleto de casas de estilo colonial. O meio do caminho era, ao menos mental, se não fisicamente, o rio Pickering, que era cruzado por uma pequena ponte, na qual só podia passar um carro de cada vez.

Na noite em que matei minha mãe, cantei uma música baixinho para mim mesma, num esforço para criar uma espécie de ruído branco que ficasse entre mim e o ato que cometi. De vez em quando eu dizia:

– Está tudo bem, está tudo bem, está tudo bem.

Depois, apertava o volante com mais força, para sentir o sangue que pulsava nas pontas dos meus dedos.

Ao chegar ao Pickering, fiquei esperando no lado de Phoenixville até que um Toyota bem velho passasse e, quando entrei na ponte, meu carro balançou bruscamente na superfície esburacada. Meus faróis iluminaram algo se movendo nas ruínas de calcário que havia do outro lado. Parecia um homem dançando na pedra negra. Tremi de medo.

Do outro lado do Pickering, as árvores eram menos numerosas, mas com as copas mais fechadas, e durante o dia lutavam para conseguir alguns raios de sol por entre a grossa folhagem. Há uma década, diversas casas começaram a ser construídas nessa área e sempre que eu passava por aqui via uns cem brotos de bétula sendo mortos pelos operários das empreiteiras. Detesto dizer isso, mas a casa de Natalie, que ficava na metade do caminho entre a minha e a de mamãe, era uma das mansões padronizadas dos novos ricos que tinham sido erguidas sobre os escombros da floresta. Ela contrastava com as árvores à sua volta, e era cheia de torrezinhas falsas que pareciam saídas de um livro infantil, além de ter uma porta principal de quase cinco metros de altura.

Natalie e Hamish, que já tinha trinta anos de idade, moravam nesse palácio de cristal havia oito anos, desde que Natalie ganhara dinheiro processando a empresa que fabricava os pneus da caminhonete de seu marido. Ele estava na ponte do Pickering encarando outro motorista e se recusando a lhe dar passagem, e acelerou para fazer o motor roncar. O pneu da frente explodiu, o eixo do carro quebrou e ele foi atirado pelo pára-brisa, batendo a cabeça naquela ponte de pedra que estava em ruínas há mais de um século. Morreu na hora.

Por entre as poucas árvores de tronco branco que haviam crescido desde que as empreiteiras tinham ido embora, vi Hamish deitado no caminho que dava em sua casa debaixo de um de seus inúmeros carros, com uma luz pendurada no pára-lama. Diminuí a velocidade e parei meu Saab. Sem pensar no que ia dizer quando a visse, virei meu carro na direção da casa de Natalie. Parecia estar desobedecendo Jake explicitamente, mas não conseguia me controlar.

Quando a luz do meu farol se misturou à luz pendurada no pára-lama, Hamish saiu de debaixo do carro e fez um gesto, pedindo que eu o desligasse.

Virei a chave na ignição e saí do carro. Dei alguns passos hesitantes no cascalho.

Hamish veio em minha direção, tirando o cabelo da testa.

– Mamãe saiu – ele disse.

Para mim, Hamish sempre seria o menininho que brincava com Emily no parquinho da minha rua.

– O Hamish nunca vai fazer nada na vida – Natalie disse alguns anos após a morte do Hamish pai.

Ela pareceu feliz com isso. Como se tivesse perdido um Hamish, mas tivesse certeza de que o outro ia continuar por ali.

– Para onde ela foi? – perguntei.

– Ela saiu com um cara – disse Hamish, sorrindo.

Os dentes dele eram brancos como as luzes de um estádio de futebol. Natalie me contou que ele fazia clareamento a cada seis meses.

Eu não sabia o que era mais estranho: o fato de eu estar em frente à casa de minha melhor amiga após ter matado minha mãe ou ela ter saído com um homem sem me contar antes.

– Acabei de me lembrar que não era para eu contar para você – ele disse. – Não fale para ela, Helen. Não quero que fique zangada comigo.

– Não esquenta – eu disse, usando a expressão ridícula de um administrador de Westmore, que era australiano.

Ela se aplicava a todas as situações. "O forno explodiu." "Não esquenta." "Vou cancelar a aula de pintura de quinta-feira." "Não esquenta." "Matei minha mãe, e ela já começou a apodrecer."

– Sério mesmo, Hel – Hamish disse.

Ele pegou a mania de dar apelidos para todo mundo na Academia Militar de Valley Forge, para onde seu pai o enviou querendo fazer dele um homem.

– Não estou me sentindo muito bem, Hamish – eu disse. – Preciso me sentar.

Abri a porta do meu carro e me sentei de lado no banco do motorista, deixando os pés sobre o cascalho. Inclinei-me para a frente e apoiei a cabeça nas mãos e os cotovelos nos joelhos. Hamish se agachou ao meu lado.

– Tudo bem? – ele perguntou. – Quer que eu ligue para minha mãe?

A luz pendurada no pára-lama estava iluminando o chão abaixo do meu carro. Vi os sapatos de Hamish na poeira e meus sapatos de couro sem salto, que estavam completamente imundos. Tirei-os com os dedões, enquanto Hamish ficou observando. Lembrei-me daquele dia no porão, quando ele pegou meu rosto entre as mãos.

– Você fica em cima de mim um pouquinho? – pedi.

– O quê?

Olhei para ele, para seu rosto lindo e prematuramente enrugado, para as manchinhas de sol que se espalhavam por seu nariz e bochechas, para seus dentes espetacularmente brancos.

– Você confia em mim, não confia? – perguntei.

– Claro.

Não parei para imaginar como estava minha aparência. Fiquei de pé, e ele ficou também. Abri a porta de trás do carro e me deitei no banco.

– Entre – eu disse.

Pensei na minha mãe sobre o cimento frio. Fiquei deitada de costas, com os pés pendurados. Hamish entrou no carro, mas ficou sentado na ponta do banco com a porta ainda aberta atrás de si.

– Não estou entendendo bem o que está acontecendo – ele disse.

– Estou com frio. Só quero sentir seu corpo em cima do meu.

Eu queria foder com ele.

Fechei meus olhos e esperei. Um segundo mais tarde, senti Hamish vindo com cuidado – cuidado demais – e ficando em cima de mim. Ele estava apoiando as mãos no banco e os pés no chão, sem deixar quase nada de seu peso sobre mim.

– Não sei o que você quer.

– Quero você inteiro em cima de mim.

– Hel... – ele disse. – Eu...

Hamish olhou para seu próprio corpo em vez de terminar a frase.

– Só coloque seu peso sobre mim. Não se preocupe.

Então, subitamente, senti os 85, 90 quilos dele me pressionando. Senti sua ereção. Os peitos de meus pés estavam apertados contra as canelas de Hamish, seu rosto estava virado para a direita sobre o meu e nossos ouvidos estavam um encostado no outro. Pensei no telefone da cozinha de mamãe. Quantas vezes ele devia ter tocado antes de parar?

Passei minha mão direita pelo flanco dele até encontrar a barra de sua camiseta. Enfiei a mão lá dentro e senti sua pele. Ele grunhiu como um animal que esperava ser tocado. Quando Sarah era criança, ela tinha sido apaixonada por ele.

– Nós podemos fazer o que quisermos – eu disse.

Foi como se eu tivesse ligado um interruptor. Ele levantou a cabeça. Seus olhos estavam distantes e sonhadores, com um olhar que eu nunca tinha visto no filho de minha melhor amiga.

– Claro, linda – ele sussurrou.

Tentei ignorar seu tom de voz. Era o tom que eu sabia que ele costumava usar com as mulheres que andavam na garupa de sua moto. Elas usavam shortinhos ridículos e se enroscavam no torso e nas pernas dele, que estavam sempre cobertos com uma roupa qualquer de fibra sintética. Tentei me imaginar abraçando-o daquela maneira. Hamish já tinha me convidado inúmeras vezes para dar uma volta com ele, mas eu sempre recusara.

– Ele tem uma paixonite por você – Natalie disse certa vez, e nós duas rimos juntas a caminho de alguma aula de exercícios torturadores enquanto Hamish partia na direção oposta, montado na sua máquina de matar japonesa.

Os lábios dele se dependuraram sobre os meus, ridículos, jovens demais. Puxei sua cabeça para baixo; queria beijá-los. Estava começando a sofrer com seu peso, a sentir seus ossos contra os meus. Gostaria que pudesse ter sido diferente, que eu pudesse ter fodido com o filho da minha melhor amiga sem pensar em nada. Deixei-me envolver com firmeza pela situação, percebendo que raciocinar não ia me levar a lugar algum. A moral era só uma muleta imaginária. O que eu tinha feito e o que estava fazendo agora, nada daquilo estava me empurrando perigosamente até a beirada de um precipício. Eu já tinha pulado há muito tempo.

Puxei a camiseta de Hamish para cima. Ele tirou seu peso de cima de mim um momento e arrancou-a pela cabeça. Ele era lindo, com o peito musculoso e todo dividido, mas era belo mais por ser jovem e ter toda a vida pela frente do que por qualquer outra coisa. Senti uma pontada de arrependimento.

Desviei os olhos para não ver o rosto dele e desabotoei as calças. Hamish se apressou em me ajudar e acabou batendo a cabeça na parte de dentro da porta do carro. Ouvi um baque horrível, oco. Pensei na sra. Leverton, que tinha levado um tombo em frente à sua casa havia seis meses. Ela gritou por mamãe, pedindo ajuda. As rivais tinham encontrado uma solidariedade fugaz. Queriam desesperadamente continuar a viver sozinhas em suas próprias casas.

A sra. Leverton me achava uma degenerada, uma esposa fracassada que precisava posar nua para ganhar a vida, mas também tinha uma inveja bastante palpável da minha mãe. A sra. Leverton tinha um filho que queria fazer tudo por ela, mas "tudo" era levá-la para morar num asilo chique com ajudantes e enfermeiras. "Tudo" era colocá-la numa gaiola de ouro. Ele a levaria até o túmulo coberta de luxo, mas só o que ela queria era morrer em sua própria casa.

– Cacete – disse Hamish, massageando seu crânio.

Ele deixou minha calça inflamando em volta dos meus tornozelos, e o momento me ameaçou mais uma vez. Mordi o lábio e me contorci.

– Me come – eu disse, rezando para que nenhum Deus estivesse olhando.

Com isso, a atenção de Hamish voltou para mim. Ele me encarou com os olhos arregalados.

– Uau – ele disse.

Com um puxão, Hamish atirou minha calça no cascalho. Estremeci quando ele rasgou minha calcinha. Elas não eram de cintura alta, diáfanas ou muito velhas, mas o gesto dele inevitavelmente me lembrou do que eu tinha acabado de fazer com minha mãe. Tentando não ser arrastada para o fundo daquilo eu agarrei o pênis dele, que surgiu pelo topo de sua cueca.

Assim que minha mão o envolveu, eu o puxei para a frente e para baixo. Hamish gemeu de prazer, e eu abri as pernas e as enrosquei nele.

– Meu Deus, meu Deus, meu Deus – ele disse.

Fiquei ali parada, sem conseguir acreditar. Hamish tinha ejaculado na minha barriga. Meus dedos, grudentos e furiosos, apertaram com força.

– Ai – ele disse, colocando a mão sobre o meu pulso. – Larga.

Ele se remexeu, amassando dolorosamente um de meus joelhos com a bunda, e ficou sentado no banco atrás das minhas pernas, com as suas próprias dobradas por cima delas, formando uma tenda. Senti os odores fétidos do meu carro, uma mistura do cheiro fresco da sacola com as compras que eu tinha feito no mercado e do cheiro azedo vindo da mochila que tinha levado para a academia.

– Merda, desculpe – ele disse. – Foi muito intenso.

Não me movi. Subitamente, estava deitada ao lado de mamãe no porão. A sra. Leverton estava descendo as escadas carregando uma bandeja esmaltada cheia de chocolatinhos com menta arrumados em círculos decorativos. O telefone estava tocando na cozinha e Manny estava no andar de cima espalhando camisinhas como quem espalha sementes.

– Você me leva até o Limerick? – perguntei, como se estivesse pedindo para ser trancafiada num hospício ali na esquina.

Recusei-me a olhar para Hamish. Não queria ver seu rosto. Em vez de encará-lo, olhei para o rasgão em forma de quadrado que havia no encosto do banco de trás e tentei me lembrar como aquilo tinha acontecido.

Hamish foi gentil, embora sua motivação fosse uma vergonha desnecessária.

– Você quer se limpar? – ele perguntou.

– Não, vou ficar aqui.

Percebi que Hamish queria dizer alguma coisa, mas resistiu.

– Vou trazer uma toalha – ele disse.

Assenti com a cabeça, primeiro porque concordava com a idéia da toalha, mas também porque queria que ele desaparecesse por alguns segundos.

Fiquei ouvindo os sons da noite que me rodeavam, e lembrei que trepava com Jake no nosso fusquinha quando morávamos em Madison. Avery ficava cuidando das meninas enquanto nós íamos para um cantinho escuro do campus da universidade e deixávamos o rádio tocando baixinho enquanto fazíamos amor.

Eu queria olhar para o céu, mas estava olhando para o teto do meu Saab. O ar frio da noite entrou pela porta aberta a meus pés e eu estremeci, virando-me para ficar em posição fetal e ficando de frente para o banco do passageiro, onde estava minha bolsa com a trança de mamãe.

Uma vez eu li um livro sobre um crime verdadeiro que Sarah deixou lá em casa. Era sobre um *serial killer* chamado Arthur Shawcross; para mim, a descrição mais vívida nele foi a de uma mulher que o criminoso tentou matar, mas que foi esperta demais para ele. Ela era uma prostituta já mais velha, viciada em anfetaminas. Passou três dias doidona depois que Arthur tentou estrangulá-la depois de estuprá-la em seu carro. Ele escolhia uma prostituta na rua, dirigia até um lugar deserto e a matava quando não conseguia ter uma ereção. A mulher soube conversar com Arthur, soube se posicionar de forma que ele, que tinha as mãos em volta de seu pescoço, não conseguisse esmagar sua traquéia. Ela compreendeu que só sobreviveria se Arthur conseguisse ejacular. Contou que o trabalho levou horas e foi muito difícil, mas Arthur ficou tão agradecido que não a matou e a levou de volta ao local onde a tinha encontrado.

– Como é que você consegue ler essas porcarias? – perguntei a Sarah pelo telefone, sacudindo, como se ela pudesse me ver, o livro que eu mesma tinha devorado em uma só noite.

– Porque é real – ela explicou. – Não tem invenção.

Hamish voltou, usando o perfume Obsession for Men, de Calvin Klein. Fiquei envergonhada ao reconhecer o cheiro. Ele se inclinou para dentro do carro pela porta de trás e me estendeu uma toalha de rosto azul. Olhei para ela, horrorizada, mas não a peguei.

– Não precisa – eu disse.

Hamish fez uma cara interrogativa mas, em vez de me fazer uma pergunta, simplesmente sorriu.

– Ah, você gosta quando gozam em você – ele disse.

– Hamish – falei, sentando-me e me arrastando para fora do carro para tentar achar minha calça e minha calcinha –, tente não me fazer vomitar.

– Pô, você é má.

– É que eu sou amiga de sua mãe, e você só está preparado para seduzir meninas com metade da minha idade.

– Ou menos – ele disse.

– *Touché* – falei, fechando o zíper da calça e colocando os sapatos.

– Você precisa admitir que nosso relacionamento normalmente é um pouco diferente.

– Vamos no meu carro – eu disse. – Eu dirijo.

– Legal, a mamãe sempre me obriga a dirigir.

Eu me sentei atrás do volante, pegando rapidamente minha bolsa do banco do passageiro e colocando-a ao meu lado. Lembrei-me de Hamish aos oito anos, correndo para entrar no meu carro com um enorme sorriso no rosto. Ele ficou louco por Emily assim que a viu pela primeira vez, quando ambos tinham dois anos. Olhei pela janela para aquele homem feito com quem eu tinha acabado de quase foder e que estava andando para o outro lado do carro. Não sabia mais quem eu era, e nem do que era capaz.

Hamish se sentou e me deu um beijo na bochecha.

– Coloque o cinto – eu disse, deixando minha coluna ereta contra o encosto macio.

Ouvi meus pneus esmigalhando o cascalho da frente da casa de Natalie. Foi a cadeirinha de Leo que tinha feito aquele rasgo quadrado no encosto do banco de trás. Eu estava lutando para enfiá-la no carro no dia em que mamãe o deixou cair no chão, tentando mostrar a Emily que tudo estava sob controle enquanto ela segurava Leo com força contra o peito e gritava:

– Deixa isso para lá, mamãe! Vamos logo! Vamos logo!

Finalmente, coloquei a cadeirinha lá dentro de qualquer jeito e fechei a porta. Quando já estava dentro do carro, vi uma pequena mancha de sangue aparecer no gorrinho azul de Leo. Quando eu liguei para dizer a meus pais que estava grávida de novo, mamãe deu um imenso bocejo e disse:

– Você ainda não se cansou disso?

– Natalie saiu com quem? – perguntei a Hamish, entrando na rua.

– Ai, que merda. Não me obrigue a lhe contar.

Mas eu não queria falar sobre o que tinha acontecido entre nós dois.

– Tudo bem. Então podemos falar do seu pai? Você às vezes fica feliz por ele ter morrido?

– Cara, o que você tem? Desculpe pelo que aconteceu, mas fique calma, tá? Quero deixar você feliz.

– Desculpe. É que estou vindo da casa da minha mãe.

– Ah.

Todo mundo sabia que mamãe e eu tínhamos problemas e que eu cuidava dela por obrigação, mas me dei conta de que tinha acabado de fazer uma besteira. Contei a Hamish onde estava antes de ir para a casa dele. Eu era uma péssima assassina, e ele era uma péssima transa. Éramos perfeitos um para o outro.

– É legal com a mamãe – Hamish disse. – Nós nos damos bem, e gostamos de morar juntos. Com o papai era mais difícil.

– Você não precisa me contar – falei, sentindo-me culpada.

– Posso contar, se você quiser.

Lembrei-me de quando Hamish era bem pequeno. Ele deixava que Emily mandasse nele e de vez em quando ela abusava desse poder de uma maneira que me incomodava. Ele continuava igual. Concordou em me contar o que eu perguntei da mesma maneira que concordava em dar todos os seus brinquedos para minha filha ou em trazer baldes e mais baldes de areia para que ela construísse castelos para suas Barbies. Natalie e eu tínhamos pensado na possibilidade de os dois se casarem quando crescessem, mas foi por pouco tempo. Num determinado momento, percebemos que nem eu nem ela tínhamos idéia do que era necessário para fazer um casamento dar certo.

– Você sabia que eu e seu pai não nos dávamos bem? – perguntei.

Tínhamos saído da vizinhança das mansões padronizadas dos novos ricos, erguidas em série sobre as bétulas, e estávamos passando por uma área meio deserta, cheia de depósitos e centros comunitários depredados construídos na década de 1950.

– Isso é normal para você – disse Hamish sem me olhar.

– O quê?

– Acho que você pensa que me ignorar é se dar bem comigo.

– Eu nunca ignorei você.

– Sei muito bem o que você acha de mim.

– O quê?

– Que sou preguiçoso. Que exploro minha mãe. Esse tipo de coisa.

Fiquei em silêncio. Tudo o que Hamish disse era verdade. Saí da Phoenixville Pike e entrei na Moorehall. Estava pegando o caminho mais longo.

– Sou uma escrota, não sou?

Hamish riu.

– Quer saber de uma coisa? De vez em quando, é, sim.

Diminuí a velocidade do meu Saab e procurei pelo carro de Natalie no estacionamento do restaurante Mabry's Grill.

– Ele foi buscá-la num Toyota com tração nas quatro rodas – Hamish disse.

Limpei a garganta e liguei a seta, indo na direção do parque Yellow Springs.

– Meu pai era horrível às vezes – ele disse. – Não sinto falta de ouvir os dois gritando, nem de quando ele gritava comigo. Ele me odiava.

Aquele era o momento de dizer. "Não odiava, não" ou "Isso não é verdade", mas me recusei a fazê-lo. Hamish precisava de umas aulas de sexo tântrico, mas seu senso da verdade era perfeito.

– Mamãe ficou feliz, mas não tem coragem de dizer isso para mim. O que papai mais queria era se mudar de volta para a Escócia.

– Como ela agüenta morar tão perto da ponte? – perguntei.

– Acho que ela gosta de estar por aqui, caso o espírito dele saia de dentro do Pickering. Assim, ela vai poder dar uma marretada na cabeça do fantasma dele.

– É como eu me sinto em relação a minha mãe.

– Eu sei – Hamish disse, esticando a mão para acariciar meu cabelo.

Quanto tempo Jake levaria para chegar? O vôo duraria pelo menos cinco horas, talvez mais. Ele estava vindo de Santa Barbara, não de Los Angeles ou de São Francisco, que são cidades maiores. Havia coisas demais que eu não sabia. Queria contar a Hamish o seguinte: no dia em que Jake conheceu minha mãe ele se virou para mim e perguntou: "Por que você não me contou que ela era maluca?" Foi como se uma cortina se abrisse pela primeira vez e revelasse um mundo maior. E foi o início da enorme separação que haveria entre o amor de Jake e o amor de mamãe. Aquela era a força que teria me rasgado em duas, se eu tivesse permitido.

– Ela conheceu o cara na internet. Ele é dono de uma construtora e é de Downingtown.

– O quê?

– Ela ficou com medo de você criticá-la. Acho que quer se casar de novo.

Passamos pelo cascalho que havia na frente de diversas casas e por dois prédios baixos nos quais eu jamais vi ninguém entrar ou sair durante todo o tempo em que morei naquele vale. Esses prédios, que eram de uma empresa chamada Vanguard, tinham duas enormes letras V em suas fachadas sem janelas, e eram protegidos por cercas elétricas.

– Lembra? – perguntei a Hamish, indicando os prédios com a cabeça.

– Eu só queria entrar porque era proibido – ele explicou. – Não estava tentando roubar nada.

– Então, um Toyota com tração nas quatro rodas, hein?

– A Helen, criticar? A Helen nunca critica. Ela adora tudo!

– Escrota, né?

– A maior de todas.

– Se é para ser, que seja a maior – eu disse, rindo.

– Foi por isso que papai me mandou para a Academia Militar – Hamish disse após alguns segundos.

Lembrei-me da época mais difícil da vida dele e meu coração se encheu de compaixão. Ele tinha tentado deixar seu pai feliz repetidas vezes e falhara sempre. Numa ocasião eles três tinham ido jantar lá em casa e Hamish fez questão de se sentar na pontinha da cadeira, "como os soldados de verdade", sorrindo radiante ao passar as costeletas de carneiro para Emily.

– Você não é um soldado de verdade – o pai dele disse, colocando uma enorme quantidade de molho de menta no prato enquanto um silêncio constrangedor tomava conta de todos nós.

Em frente aos prédios da Vanguard ficavam os resquícios de uma cidade estabelecida ali antes da Revolução, cujas construções tinham sido erguidas esporadicamente até o final do século XIX. Só restavam sete delas e todas ficavam do mesmo lado da rua. As do outro lado tinham sido levadas pela mesma tempestade que revelou uma imensa coleção de cascalho conhecida como Pedreira Lapling.

Tudo naquela pequena cidade estava fechado quando eu e Hamish passamos de carro. A lojinha, que ainda funcionava e era ligada a um bar que só servia cerveja Schlitz, tinha fechado às oito. Pelas janelas eu vi as lamparinas baixas que ficavam sobre o balcão do bar e Nick Stolfuz, um homem da minha idade que era filho do dono, limpando o lugar.

Na esquina do que tinha sido uma pousada chamada Ironsmith eu fiz uma abrupta curva para a direita, com a habilidade de quem há anos conhece os mesmos atalhos invisíveis.

Quando eu morava em Wisconsin, ligava para Natalie toda vez que vinha para a Pensilvânia, e nós ficávamos andando de carro juntas por muito tempo, sem falar nada. Era nossa maneira de ficarmos sozinhas sem estarmos sozinhas, e era uma desculpa perfeita para dar a mamãe, a Jake e ao marido de Natalie, e assim conseguir escapar um pouco daquele viveiro de emoções que as pessoas chamam carinhosamente de "vida doméstica".

Nós tentávamos nos perder de propósito. Entrávamos em estradas de terra abandonadas há anos ou em cemitérios isolados. Nossos pés afundavam nos buracos deixados no solo pelos únicos visitantes freqüentes daqueles lugares: as toupeiras. Quando nos perdíamos, saíamos andando sem rumo e nos afastávamos uma da outra, sabendo que íamos acabar nos encontrando de novo. Se eu procurasse por Natalie, poderia ouvi-la chorando encostada num castanheiro morto. Nesses momentos, sentia o modo como eu tinha sido criada me puxando para longe como uma corda invisível. Meus pais não me ensinaram a abraçar, confortar ou fazer parte da família de outra pessoa. Tinham me ensinado a manter distância.

Passei por galinheiros e quintais escuros e cheguei ao túnel de pedra que separava a meia cidade das enormes fazendas e do subúrbio incipiente que estava sendo construído do outro lado. Percebi que Hamish tinha pegado no sono. Sua cabeça pendia do pescoço, e eu decidi não o perturbar. Senti vontade de dizer a ele que criticar Natalie como mamãe me criticava era meu jeito desajeitado de mostrar que eu a amava. Passei a vida inteira tentando traduzir a língua que mamãe falava, e agora descobri que era fluente nela. Quando é que a gente se dá conta de que os problemas de relacionamento de nossos parentes estão em nosso DNA, como a diabetes ou a osteoporose?

Nos últimos dez anos, Hamish fez diversos pequenos consertos na casa de mamãe. Depois de cada coisa que ele fazia, desde instalar um sistema de irrigação para molhar as cercas-vivas e as trepadeiras que ficavam ao longo da calçada até se enfiar num espaço minúsculo para resgatar um gato de rua que tinha se enfiado ali, mamãe o recompensava com comida. Eu chegava de tarde para ver se tudo tinha ido bem e encontrava Hamish sentado à mesa de jantar, rodeado das latas que eram o contrabando de mamãe.

Certa vez, quando mamãe foi até a cozinha de má vontade – pelo menos foi isso que eu achei – para pegar uma xícara de chá para mim, Hamish percebeu a expressão em meu rosto.

– Ela me contou que você tinha problemas com o peso.

Ele me ofereceu uma lata cheia de cobertura de chocolate, que foi ficando mais açucarada à medida que mamãe foi ficando mais velha e eu passei a ajudar na cozinha.

– Não, obrigada – falei.

– Oba, sobra mais para mim!

Hamish colocou uma enorme porção de cobertura na boca e piscou o olho.

Eu já tinha levado minhas filhas a diversas festinhas do outro lado daquele túnel de pedra. Ficava na cozinha com as mães, perguntando-me que demoníaca mente comum tinha criado brincadeiras como aquela em que as crianças pulavam em cima de balões de gás até que eles estourassem, e então corriam para um canto onde eram cobertas de doces até pararem de chorar. Certa vez eu fui acordada no meio da noite pela voz de outra mãe me contando que Emily tinha feito xixi na cama durante uma festa do pijama. Quando cheguei para buscá-la, ela estava sentada sozinha no hall de entrada em cima de um tapete de borracha em forma de cachorro, e tinha geléia no cabelo. Emily fazia xixi na cama e Sarah batia e chutava as outras crianças. Ela as xingava de Gordos Escrotos, Bebês Chorões e Idiotas Filhos-da-Puta, sendo que esse último apelido era seu preferido. Minhas filhas eram pólos opostos.

Olhei para Hamish e me perguntei o que levava um homem a decidir continuar morando com a mãe. Não me parecia ser uma boa escolha, mas, no final das contas, era a que eu também tinha feito.

O carro subiu até o topo familiar da última colina, e nós ficamos bem acima do nível daquelas casas em que Sarah arranjou uma cicatriz na testa por causa das unhas de um menino chamado Peter Harper e Emily deu seu primeiro beijo no sofá xadrez marrom de um colega seu da escola que tocava saxofone. Apaguei os faróis e segui devargazinho no escuro até o acostamento, onde parei o carro. A cabeça de Hamish sacudiu de leve e bateu contra o encosto do banco. Os olhos dele se abriram por um segundo e então se fecharam novamente.

Desde que as torres da usina nuclear de Limerick tinham sido construídas, se tornaram uma presença assustadora. Tanto poder ali guardado... Aqueles úberes brancos cortados, abertos no topo como crateras.

Fiquei no carro ao lado de Hamish, adormecido, olhando para as amplas fazendas e para as árvores iluminadas por trás pelas luzes que rodeavam as torres. Natalie e eu tínhamos falado em visitar a usina para ver quão perto delas conseguiríamos chegar, mas o plano nunca foi posto em prática. Era como se tivéssemos concordado, mesmo sem falar nada, que aquela imagem distante era melhor, que a realidade só poderia ser uma decepção. Sempre chamávamos as torres de "futuro sem futuro".

Quando descobri que estava grávida de Emily, liguei para o trabalho de papai. Eu tinha ido até a clínica dos estudantes da Universidade de Madison fazer o teste de gravidez. A enfermeira que me ligou para dizer o resultado recomendou que eu fosse a uma palestra sobre controle de natalidade. Fui, e fiquei ali rodeada por outras meninas grávidas ou com suspeita de gravidez e percebi que era a única que estava sorrindo. Eu queria aquele bebê, fosse menino ou menina. Desejava aquele ser que era metade eu, metade Jake.

– Nem todo mundo quer ter um filho tão cedo – papai disse. – Mas eu fico feliz, Helen. Jake gostou da notícia?

Sentado à nossa mesa de jantar, que tinha os pés bambos, Jake estava calado, porém solidário.

– Gostou.

– Você prefere menina ou menino?

– Não importa, papai. Já pensei nisso, mas para mim tanto faz.

– Então vou ser egoísta e confessar que adoraria ter uma netinha. Seria como ter uma Helenzinha para nos visitar.

Então liguei para mamãe. Quando ela atendeu, ouvi ao fundo o som da rádio de notícias que ela escutava o dia todo. Só falava de assassinatos, incêndios e de gente que tinha morrido de formas estranhas.

– Bem, você está orgulhosa do que fez? – ela perguntou.

– O quê?

– Você está desperdiçando sua vida, sabia? Fazendo uma cagada.

Encarei Jake, atônita.

– Mãe?

– O que foi?

– Eu vou ter um filho.

– Ninguém vai lhe dar um prêmio por causa disso – ela disse.

Minha expressão fez Jake se levantar e pegar o fone.

– Sra. Knightly, não é uma notícia maravilhosa? Fiquei tão feliz quando soube que ia ser pai!

Sentei-me no lugar dele e fiquei observando-o, maravilhada. Embora eu tivesse entrado no estado de confusão para o qual mamãe sempre me levava, sentia que, se olhasse para o rosto de Jake e ouvisse sua voz, conseguiria voltar para aquele mundo novo que tínhamos criado. Um mundo onde mamãe não reinava soberana.

Quase oito anos depois, também foi papai quem eu procurei na Igreja Católica local. Eu estava em Phoenixville, mas não disse isso a mamãe quando liguei para ela. Não queria vê-la sem antes falar com ele.

Um homem que trabalhava com papai tinha lhe contado que a Igreja de São Paulo estava arcando com custos cada vez mais altos de manutenção, e ele sugeriu que a sacristia criasse ovelhas. Por causa de todas aquelas lápides antigas surgindo em fileiras tortuosas, seria mais fácil para as ovelhas manterem a grama baixa do que para os cortadores de grama, e elas faziam o trabalho direitinho, garantiu papai:

– Vocês não vão precisar nem aparar com a tesoura.

Ele até se ofereceu para cuidar das ovelhas quando pudesse, embora não tivesse ligação com aquela igreja.

Eu e as meninas nos aproximamos dele através do estacionamento. Eu estava carregando Sarah, embora tivesse lhe dito em Madison que, como ela já tinha quatro anos, estava ficando grande demais para ser levada no colo. Emily, ao ver meu pai, sorriu pela primeira vez desde que eu tinha colocado as duas crianças e três malas no Fusca e partido.

– Vovô! – ela gritou.

Quando chegamos ao muro que dava no cemitério, Sarah quis ir andando sozinha. Papai se virou e largou o ancinho ao nos ver. Emily pulou o muro passando primeiro uma perna, depois a outra, e eu levantei Sarah para que ela pudesse acompanhá-la.

Papai apresentou as meninas para as ovelhas, que se chamavam Sally, Edith e Phyllis, e lhes mostrou como cuidava delas, limpando o abrigo de madeira onde dormiam e dando-lhes comida e água. Depois, conversou com Emily sobre um menino briguento de quem ela estava com medo. Então, as crianças ficaram contentes em brincar por entre os túmulos.

Papai e eu começamos a andar lado a lado.

– Está estampado no seu rosto – ele disse, muito sério, quando saímos da parte antiga do cemitério e chegamos às mais novas, onde cortadores de grama elétricos e não ovelhas eram responsáveis pela manutenção das lápides chatas.

– Nós vamos nos separar – falei.

Sem dizer nada, nós dois nos sentamos num banco de mármore branco doado por uma família que tinha perdido três pessoas num acidente de carro.

Ficamos em silêncio por alguns segundos e eu comecei a chorar.

– Sempre fico espantado com a vida que há nos cemitérios – papai disse. – As flores e a grama crescem mais aqui do que em qualquer outro lugar.

Apoiei minha cabeça no ombro dele. Jake tinha me dado afeição num nível mais profundo, e eu sabia que ia sentir falta. Percebi o desconforto de papai quase imediatamente. Ele se afastou alguns milímetros de mim, e eu fiquei ereta de novo.

– Já falou com sua mãe?

– Não tive coragem. Liguei para casa de um orelhão e ela me disse onde você estava.

– Você vai voltar para nossa casa?

– Gostaria de ficar perto de vocês. Mas acho que as meninas precisam...

– É claro – ele disse. – É claro.

Vi o cérebro de papai trabalhando da maneira que eu desejei. Lembrei-me do pequeno relógio com fundo de vidro que havia na mesa de cabeceira dele e de como eu, quando criança, ficava fascinada vendo as engrenagens se movendo lá dentro.

– O sr. Forrest tem um amigo que é corretor de imóveis – papai disse. – Algumas casas novas estão sendo construídas perto da região onde eu e sua mãe pensamos em morar. Casas bonitas, de dois andares.

– Mas..

– Vai ser um presente meu – ele disse, dando tapinhas em minha mão.

Eu fiquei de pé e desamassei a saia. Fazia muito calor, e a viagem de Wisconsin até ali tinha sido longa. Olhei culpada as costas de papai enquanto ele se aproximava do cemitério e das netas. Não queria ser como mamãe. Não queria depender dele.

Seis

Não lembro quando Hamish finalmente acordou. Passei o tempo em que ele ficou dormindo olhando para o nada, vendo as torres da usina nuclear e pensando em papai.

De noite, numa hora indistinta, as luzes da usina começam a piscar, primeiro a verde, depois a vermelha, uma cor respondendo ao chamado da outra. Era uma mensagem que eu e Natalie sempre traduzíamos como SOS, como se os habitantes de lá estivessem presos no núcleo derretido e, escondidos pela escuridão, se comunicassem com estranhos do lado de fora.

Quando Hamish esticou o braço para me tocar, eu já quase tinha me esquecido de tudo. De como e por que tinha ido parar ali.

– Eu costumava acreditar que tinha uma alma gêmea em algum lugar do mundo – ele disse.

Olhei-o sem entender, mas então o peso de sua mão em minha coxa me trouxe de volta abruptamente.

– Não é mentira – falou. – Não estou tentando impressionar você.

Beijei-o devagar, como se aqueles sonhos que temos na infância fossem verdade – sonhos de que somos adotados, de que caímos do céu, de que nossos pais não são nossos pais, e sim projeções holográficas que provam que existe um outro mundo para o qual escapar.

As luzes da usina piscavam do lado de fora. Hamish se debruçou sobre mim. Senti seu peso, sua respiração, sua elasticidade. Ele puxou a alavanca do lado do meu banco até que o encosto ficou praticamente horizontal. Nem eu nem ele dissemos nada. Tivemos de lutar contra a marcha e o volante, que estavam nos atrapalhando, mas nossa persistência foi conjunta e absoluta. Eu sabia que de forma alguma ia deixar aquele lugar até que nós dois estivéssemos satisfeitos em nossos vácuos separados. Foi um sexo determinado, como se estivéssemos escalando uma montanha, fazendo um esforço excessivo, riscando um item numa lista feita segundos antes. Nossa paixão foi alimentada pela falta de tempo e de oxigênio, e por estarmos cometendo um ato tão obviamente proibido.

Quando chegamos ao lugar que ambos procurávamos, como dois pacientes febris tentando se livrar de uma coceira, metade de meu corpo estava no banco de trás e minha cabeça formava um ângulo de quase noventa graus. Hamish usou seus braços para tirar parte do peso de cima de mim e, olhando para a frente, eu via apenas a margem cálida e úmida entre nossos abdômens que surgia quando a cabeça dele se movia para cima, na direção do teto do carro. Fechei os olhos e colei meu quadril ao dele. Recusei-me a sair daquele carro e daquele momento. Ia perseguir esse animal que desejou assassinar minha mãe desde que eu nasci. Até o dia de hoje, ele foi uma vontade inocente que eu carregava dentro de mim como um baço, um órgão dispensável mas sempre presente, que de certa forma fazia parte de um todo.

Entre a clavícula e o bíceps esquerdo de Hamish havia uma tatuagem que eu nunca tinha notado. Eu considerava tatuagens coisas idiotas – uma maneira de pessoas sem rumo mostrarem ao mundo que têm personalidade, tal como pedir drinques incrivelmente elaborados no bar. Fiquei olhando para o desenho, e uma onda de náusea e hilaridade surgiu em meu estômago. Era uma tatuagem circular, num estilo que os freqüentadores de shopping de subúrbio chamariam de "oriental", sem dúvida feita na loja do lado da oficina mecânica. Era possível identificar no azul a cauda de um dragão, segui-la com o olhar e, quase sem querer, chegar à cabeça dele, que estava mordendo a cauda.

– Nossa, Helen – ele disse, ofegante. – Meu Deus.

– Obrigada, Hamish.

– Totalmente de nada.

– Preciso ir para casa.

Hamish olhou o relógio de pulso e ergueu o corpo, assustado. Foi só então que pensei em Natalie. Imaginei-a saindo com o dono da construtora. Lembrei-me dela recitando um poema de Emily Dickinson quando éramos adolescentes: "Porque não tinha tempo para a morte (...)/ Ela, gentil, veio buscar-me." Natalie estava na ponta dos pés, usando as sapatilhas de bailarina que desprezava, e, no final de cada verso, girava sobre si mesma até que, tonta e um pouco bêbada por causa do conhaque que tínhamos roubado de sua mãe, ela caiu em meus braços.

– Você é a morte? – ela perguntou olhando para mim.

– Prazer em conhecê-la, minha irmã – eu disse com voz de barítono.

Nos momentos dispersos que ocorreram após eu deixar Hamish em casa, eu não sabia se devia me dar os parabéns ou pegar uma bolsa de gelo. Fazia mais de duas décadas que não transava no carro com um homem que ainda não tinha atingido uma idade em que precisasse tossir, cuspir ou gemer logo após acordar. Nós dois combinamos vagamente de nos encontrar de novo, e Hamish me encarou com o que eu só posso descrever como a agudeza de um microscópio. Ele via em mim a possibilidade de sexo e experiência. Através de minha percepção enevoada eu, quando o olhava, via os últimos vestígios de um encanto.

Era noite fechada. A lua estava coberta por nuvens e na minha vizinhança, ao contrário da de Natalie, colocar luzes do lado de fora não tinha se transformado numa competição, na qual os concorrentes exibiam orgulhosos seus sensores de movimento ou lâmpadas com baterias solares. Havia algumas luzes imitando lamparinas antigas, e a família Mulovitch, que morava no final do quarteirão, tinha uma lâmpada sem nada em volta em cima da porta da frente que era forte o suficiente para fazer o filho maconheiro deles confessar todos os seus crimes. Mas meu gramado e os gramados ao lado estavam mergulhados no breu.

Papai e o sr. Forrest encontraram uma casa para mim na região para onde papai tinha pensado em se mudar quando eu era adolescente. No dia em que fomos para lá, ele levou nós três de carro e tirou fotos quando o corretor me entregou a chave. Quando entrei na casa, pude ignorar as paredes que precisavam ser pintadas e o chão que precisava ser limpo, porque papai tinha ido até lá no dia anterior e mandado entregar duas camas para as meninas e um colchão e uma cômoda para mim.

Saí descalça do carro e andei pelo meu quintal. A grama estava fria mas ainda seca, e o orvalho demoraria para cair. Era cedo. Em algum lugar da cidade, alunos da Westmore estariam vomitando nos arbustos que delimitavam o quintal de dois décimos de hectare de uma casa qualquer onde haveria um barril de cerveja na varanda dos fundos. Meninas estariam desmaiando em lugares onde não deviam e a noite de Sarah estaria apenas começando no East Village, em Nova York. Levei alguns segundos para recordar o nome de seu namorado atual, mas quando toquei o galho do corniso lembrei que era um nome bem comum. Joe, Bob ou Tim. Um nome curto e facilmente substituível. Como Jake.

Fui até o meio do gramado e me deitei com as pernas e os braços abertos. Olhei para as estrelas lá em cima. Como foi que eu acabei indo morar num lugar onde fazer isso era loucura, enquanto meus vizinhos vestiam os patos de gesso de seus quintais com orelhas de coelho na Páscoa e com gorros de Papai Noel no Natal, e mesmo assim eram considerados normais?

Deixei que meus sapatos e minha bolsa caíssem das minhas mãos. Havia poucas estrelas no céu. A terra abaixo de mim estava fria.

– Tem crianças passando fome na China – mamãe dizia para mim quando eu comia demais.

– Isso não significa que eu não esteja com fome – sussurrei agora.

Lembrei a cara que mamãe fez quando levei Jake para conhecer meu pai. Ele foi o primeiro e único desafio declarado que eu fiz ao poder dela. Ela o recebeu com uma exibição de gentileza tão extrema que foi quase doloroso assistir. Forçou-se a sorrir, fazer mesuras e reverenciá-lo como se ele fosse o rei de um castelo, e ela uma humilde serva. Por que eu não enxerguei a verdade? Mamãe tinha uma determinação de aço, mais forte do que qualquer coisa que eu e Jake éramos capazes de construir. Nosso império de papel se mostrou tão frágil, no fim das contas.

– Você só amou sua mãe a vida inteira! – ele gritou para mim.

Eu me recusei a encarar essa verdade, colocando as mãos na frente do rosto como quem se protege de um golpe.

Eu sabia onde minha mãe estava. Não era no céu, e sim no porão dela, completamente morta. Tinha sua trança em minha bolsa como prova. Forceime a olhar para o firmamento sem piscar. Não consegui distinguir mamãe em lugar nenhum. Ela podia ser uma estrela escura que estava atrás de uma nuvem, como um pequeno tumor que acaba por matar um ser humano. Mas eu não a encontrava, por mais que procurasse.

Virei de lado. O resto do sêmen de Hamish saiu de dentro de mim. Estava cansada, estranhamente completa e pronta para ir dormir. Pensei na plataforma onde deveria subir quando o dia amanhecesse e na pose que deveria assumir quando estivesse lá em cima. Seria a quarta semana que eu posaria para a aula de Desenho de Modelo Vivo do professor Tanner Haku. Até o dia anterior, eu vinha me exercitando com pequenos pesos na frente do espelho e fazendo ioga com zelo ainda maior, para manter meus músculos fervilhando abaixo da minha pele. Sabia que era isso o que Tanner queria, e que se adaptar aos desejos de um professor era o segredo da minha profissão. Não apenas fazer a pose certa, mas compreender o nível de vigor físico que ele ou ela queriam que você tivesse. Natalie estava passando por um dos semestres em que se alimentava de *cream cheese* e torradas, pois o professor com quem sempre lhe colocavam era uma espécie de Lucian Freud. Ele queria dobras e mais dobras de gordura, pêlos pubianos, cicatrizes.

– Espinha curvada! – era o que ele sempre ordenava quando posávamos em suas aulas.

Fui eu quem convenceu Natalie a posar para as aulas. Ela relutou no começo, pois não se sentia confortável com seu corpo. Mas o trabalho lhe rendeu um emprego de meio período na tesouraria da universidade, e agora ela fazia as duas coisas.

Fiquei de pé, peguei meus sapatos e minha bolsa e encontrei dentro dela o chaveiro que era também uma lanterninha. Essa lanterna, assim como o telefone celular, era algo que eu tinha comprado por causa de mamãe. Muitas vezes eu ia ao shopping como um sargento armando um batalhão. Mamãe e eu precisávamos de celulares. Mamãe e eu precisávamos de chaveiros que eram lanternas. Mamãe e eu precisávamos de bules de chá de aço inoxidável, travesseiros de penas de ganso, capas de sofá de lona à prova de manchas. Se. Quando. Se tivéssemos qualquer coisa em comum, tudo estaria bem, tudo ficaria estável. Quando virei a chave na fechadura, imaginei meu próprio epitáfio: ELA VIVEU A VIDA DE OUTRA PESSOA.

Há anos, quando eu comecei a me cansar de estar sempre cuidando de mamãe, passei a jogar fora pequenos itens que encontrava pela casa. Talvez tenha sido por isso que não culpei a sra. Castle quando achei que ela tivesse roubado a tigela de Pigeon Forge. Depois de tudo o que ela fez por nós, eu tinha vontade de abrir a caixa de jóias de mamãe e mandá-la pegar o que quisesse. Infelizmente Manny, o rapaz das camisinhas, já tinha levado tudo, um fato que eu consegui esconder de todo mundo.

Tirei o casaco e larguei-o no piso em vez de pendurá-lo. Ao contrário de mamãe, eu sempre deixava pelo menos uma janela aberta na casa, mesmo no inverno. Gostava de sentir que o ar estava constantemente entrando e refrescando os cômodos. Andei até a estante da sala e lá, entre um livro de Virginia Woolf e um de Vivian Gornick (eu organizo meus livros alfabeticamente, pelo primeiro nome dos autores), vi o objeto de hoje à noite: uma estátua de madeira que Emily me deu de presente, um Buda que chorava com a cabeça nas mãos.

Como se estivesse cometendo um crime, eu pegava um objeto – um peso de papel, um arranjo de flores secas, um pequeno broche que tinha sido da minha trisavó – e "acidentalmente" o jogava fora no dia de tirar o lixo. Fazia isso sempre de forma espontânea, nunca planejada. Via algo numa prateleira e sentia a necessidade de pegar um pedaço de jornal ou um trapo velho e embrulhá-lo como quem faz uma mágica. Então andava bem rápido até a calçada e o jogava na lata de lixo, que estava ali à espera dos garis. Quando fazia isso, uma leveza me dominava. Menos uma pedra me puxando para baixo.

Olhei para o Buda, que era do tamanho de um punho fechado e feito de madeira nodosa. Um presente da minha filha. Mas, quando estiquei o braço para pegá-lo, pensei em Manny.

Toquei o Buda com os dedos, mas o deixei onde estava.

Subi as escadas até o meu quarto, tentando não pensar em Manny transando num dos quartos da casa da minha mãe enquanto ela provavelmente estava lá embaixo na sala, sentada em sua poltrona. O que eu devia a ele, além das gorjetas que lhe dava e do pagamento que ele recebia de mamãe?

Liguei o abajur que ficava em cima da mesa-de-cabeceira. O que eu estava lendo antes de o dia começar? Emily me mandara uma nova tradução do *Tao Te Ching*. Era reconfortante segurar aquele livrinho fino, mas quando abri as páginas e tentei ler, foi como se todas as letras fossem xis. Eu não era um peixe, uma porta ou um pedaço de bambu, e jamais seria. Eu era um ser humano fétido, como Lucian Freud.

Em cima da minha cômoda eu tinha pendurado um desenho que Jake fez de mim no início do nosso namoro. Ele se inspirou numa fotografia que Edward Weston tirou de Charis Wilson antes de se casar com ela. Sentei-me numa das cadeiras de vinil e metal que tínhamos na cozinha da casa onde morávamos em Wisconsin. Coloquei o chapéu de escoteira que usei na infância, que Jake desenhou de forma a parecer a boina esportiva de Charis, além de um sutiã e uma lingerie curta. Quando abri as pernas, fiz com que a lingerie subisse até o começo das minhas coxas. Embora não desse para ver nada por entre o tecido, que pendia como um véu, o convite estava ali. Por causa daquele desenho, eu deixei de ser uma estudante inteligente nas aulas dos meus professores e passei a ser uma *pin-up* pendurada na galeria que ficava ao lado da biblioteca da universidade.

Deitei-me na cama e me cobri com o cobertor. Não tirei nenhuma peça de minhas roupas imundas. Pensei nos rituais noturnos de beleza que mamãe me ensinou. Eu me senti tão adulta na primeira vez que ela passou creme hidratante em meus pés, colocando depois meias que fechavam no calcanhar com um laço de fita.

– Se não fizer assim, você tira as meias no meio da noite e estraga o efeito – ela explicou.

Antes de adormecer, lembrei-me de um dos inúmeros telefonemas que a sra. Castle me deu ao longo dos anos. Ela encontrou mamãe vestindo delicadas luvas de lã verdes, sobre as quais colocou um par de algemas de alumínio. Mamãe tinha dito à sra. Castle que não sabia onde estava a chave. Será que eu saberia?

Sete

Eu tinha oito anos quando papai sofreu um acidente no galpão onde gostava de trabalhar e precisou ser levado às pressas para o hospital. Ele ficou três meses sem voltar para casa, e não me era permitido vê-lo. Mamãe me disse que ele ia ficar fora exatamente três meses, e que estava visitando alguns amigos e parentes em Ohio. Quando perguntei quem eram os amigos e parentes e por que não podíamos ir também, ela não respondeu. O sr. Forrest passou a nos visitar com mais freqüência, e os Donnellson e os Leverton nos traziam carne assada e ensopados, que eu encontrava na varanda quando chegava da escola.

Eu entrava em casa e ficava sentada à mesa de jantar, lendo. Usava o *dimmer* que havia no lustre para deixar a luz bem fraquinha, apenas o suficiente para impedir que a casa ficasse mergulhada na escuridão após o cair da noite. Mamãe descia de noitinha e fazíamos o jantar juntas. Quando uma semana se passou e papai não apareceu, decidi guardar os ensopados. Em vez de comê-los, preparávamos biscoitos com manteiga de amendoim, comida congelada ou o meu preferido: torradas e mais torradas com açúcar e canela. Mamãe vestia a camisola com a qual passava a noite, sempre branca e diáfana, e eu ficava com o uniforme da escola.

– Ainda faltam 82 dias – ela dizia.

Ou:

– Só mais 73.

Aquilo se tornou uma espécie de código com o qual nos cumprimentávamos. "64 dias." "57 dias." "25 dias."

Durante aqueles três meses, não importava a hora que eu chegasse em casa. Sempre parava na casa do sr. Forrest no caminho de volta do ponto de ônibus e dava batidinhas na janela para acordar seu cão. Tosh, que era um *King Charles spaniel*, raça que o sr. Forrest dizia ser a única que valia a pena ter, vinha até onde eu estava e batia tristemente no vidro com a patinha.

Se eu visse um ensopado na varanda, levava-o depressa para a cozinha, embrulhava-o em papel laminado e escondia-o no freezer do porão. Temia que papai jamais voltasse para casa e que nos alimentar se tornasse minha responsabilidade.

Certa vez tentei explicar o que havia de errado com mamãe, mas falhei completamente.

– Ela não faz muita coisa – eu disse.

– Pode parecer assim para você, Helen – explicou a srta. Taft, minha professora da segunda série que estava dando aulas para sua primeira turma.

– Ela não dirige.

– Muita gente não dirige.

– O papai dirige. E o sr. Forrest também.

– Duas pessoas – ela disse, levantando dois dedos.

A srta. Taft sorriu para mim, como se apresentar números inteiros fosse resolver meu problema.

– Ela costumava caminhar, mas não faz mais isso – falei.

– Criar um filho tira toda a energia da gente.

Deixei de encarar a srta. Taft e olhei para o mapa-múndi que estava pendurado sobre o quadro-negro. Sabia quando devia calar a boca. O problema de mamãe era culpa minha.

Três meses depois de papai ter ido embora, ele voltou. Mamãe colocou um terninho que eu nunca tinha visto antes e escovou e arrumou o cabelo meticulosamente. Pela primeira vez, percebi que, por debaixo de suas camisolas diáfanas, ela vinha perdendo peso. Eu me dei conta de que jamais a tinha visto comer mais do que dois biscoitos com manteiga de amendoim. Ela tampouco fez qualquer comentário sobre os ensopados acumulados no freezer.

Papai abriu a porta e me deu um sorriso encabulado. Havia uma pena novinha em seu chapéu, mas ele também tinha emagrecido. Fui abraçá-lo – algo que nós não fazíamos nunca – e ele levantou uma grande sacola de plástico, inadvertidamente impedindo-me de me aproximar.

– Trouxe isto para você – ele disse.

Ele se virou para enlaçar mamãe. Vi o rosto dela quando se aproximou dele. Suas lágrimas já tinham deixado traços de rímel abaixo de seus olhos.

– Desculpe, Clair – papai disse. – Voltei para casa, para cuidar de você. Estou forte de novo.

Sem dizer mais nada, ele a levantou, apertou-a contra si e a embalou. Naquele dia, eu achei que "Estou forte de novo" significava apenas isso: a habilidade física dele de carregar mais peso. Dentro da sacola que ele me deu estavam objetos de plástico verde-piscina. Uma jarra, uma bandeja e uma tigela em forma de feijão, que mais tarde eu descobri ter sido a tigela que ele usava quando queria vomitar.

Nas semanas e meses que se seguiram, eu e papai passamos a jogar um jogo de perguntas e respostas.

– Por que você foi embora?

– Para ficar melhor.

– Melhor do quê?

– Melhor do que eu estava.

– O que você tinha de errado?

– Não consigo me lembrar, porque sumiu tudo!

Rapidamente, eu também me esqueci. Precisava de papai. Era mamãe que tinha problemas. Mamãe que tinha medo. Tanto medo que nada conseguia fazê-lo passar. Ela se sentia mais segura nos braços de papai. Ou na casa da rua Mulberry. Ou debaixo dos cobertores. Ou encolhida na poltrona com uma bolsa de água quente no colo.

Papai me cumprimentava de manhã quando eu descia para tomar café.

– Hoje é um dia difícil, querida – dizia.

Esse era nosso código, e sempre seria. Em dias difíceis, mamãe ficava na cama com as cortinas fechadas até que eu e papai saíssemos. Ela entendia por que precisávamos sair de casa, mas ainda assim considerava nosso abandono cruel. Papai e eu tomávamos café falando bem baixinho e comendo o mais rapidamente possível. Quando papai esquecia de me dar dinheiro para comprar o almoço na escola, eu pegava as moedas que ficavam numa jarra na cozinha, tomando cuidado para não fazer nenhum barulho.

Quando eu tinha 11 anos, contei a Natalie a maneira como mamãe se comportava, e mal pude acreditar quando ela disse que sua mãe era igual. Foi a felicidade mais intensa que eu já tinha sentido. Mas minha animação diminuiu à medida que fiz mais perguntas. A mãe de Natalie era alcoólatra. Para mim, aquilo era invejável. Poder localizar o problema tão facilmente dentro de uma garrafa teria sido um sonho.

Foi num dia difícil...

– Tudo bem, mamãe?

– É um dia difícil, Helen.

... que Billy Murdoch foi atropelado por um carro na frente de nossa casa.

Eu estava na escola. Papai tinha passado a noite anterior fora.

– Vou ter de fazer uma viagem de negócios até Scranton – ele disse.

Todas as outras pessoas de nosso pequeno quarteirão aparentemente estavam fora também naquela tarde. E, o que era mais importante: era um dia difícil.

Na tarde em que Billy Murdoch foi atropelado, mamãe estava fazendo tudo com muita calma, como sempre fazia em dias difíceis, preenchendo as horas com afazeres domésticos para se manter ocupada, para se impedir de sentar no sofá ou à mesa da cozinha e se deixar dominar. Era como se, limpando tudo, lavando as roupas e arrumando a casa, conseguisse manter seu terror a uma certa distância, o suficiente para poder respirar.

Mais tarde ela me contaria, em um de seus sussurros incompreensíveis, quando falava do lugar onde se escondera nos meses após o ocorrido, que se lembrava de ter ouvido o barulho – o barulho do corpo de Billy sendo atingido pelo carro.

– Foi como o barulho de um bastão de beisebol batendo numa abóbora – ela diria.

Eram mais ou menos duas horas da tarde, e mamãe tinha acabado de voltar do porão com um cesto de roupa limpa cheio de meias e cuecas de papai. Alguma coisa no cheiro adstringente do alvejante sempre a deixava mais animada, e o cesto estava quentinho contra o peito dela.

Sua rotina era pôr o cesto numa ponta do sofá e então esticar e dobrar as cuecas samba-canção de papai, organizando-as em duas pilhas: uma para as brancas e outra para as de listras azuis. Então vinham as meias. Os pares eram encontrados e colocados juntos, com a parte de cima dobrada para baixo.

Quando mamãe ouviu o som, não correu para a janela para ver o que tinha acontecido, como todo mundo depois alegou que teria feito. Ficou atenta por apenas um segundo, e então continuou o que estava fazendo. Passou a esticar e dobrar de maneira mais concentrada e mais robótica, até que o próximo som surgiu.

Era o som de um carro indo embora a toda velocidade, com os pneus cantando. Foi aí que algum sinal foi dado em seu sistema nervoso, indicando que algo estava errado lá fora. Apesar de todo o palavreado oco que enchia seu cérebro num dia difícil, ela largou as duas meias que estava segurando e andou, não correu, até a porta da frente. Mamãe não conseguia se lembrar de mais nada até o momento em que se viu de frente para a calçada. Seu temor pelo menininho a impeliu, mas, como um cão treinado para jamais sair do quintal da casa onde mora, ela estacou ao lado da caixa de correio.

Billy estava andando de bicicleta quando aconteceu. A bicicleta agora estava no começo do nosso gramado, e sua roda da frente tinha girado devagar até parar.

Mamãe colocou a mão direita no peito e começou a esfregar com força seu esterno com os nós dos dedos, para tentar se acalmar.

As pernas de Billy se moveram uma vez, depois outra.

Mamãe colocou a mão esquerda em cima da caixa de correio para se firmar. Ela estava a dois metros dele.

– Billy? – ela sussurrou.

Mais tarde, o médico disse que Billy teria tido mais sorte se estivesse andando. Assim, o carro o teria atingido de frente e mais para baixo no corpo. E ele teria caído, bum!, e morrido imediatamente.

Eu sempre me perguntei o que se passou pela cabeça dele naqueles minutos finais, com mamãe ali tão próxima. Como o mundo podia mudar tão rápido? Será que Billy, aos oito anos de idade, sabia o que era a morte? Carros vinham do nada e atropelavam você a duas casas da sua, e uma mulher que sempre pareceu uma adulta como outra qualquer, nos raros momentos em que você a via no quintal, estava perto de você, mas não o confortou. Será que era uma punição por ter ficado doente e não ter ido à escola? Por ter desobedecido à ordem de ficar em casa enquanto sua mãe tinha saído?

Eu tinha 16 anos. Nessa época, Natalie e eu colocávamos malhas de balé e inventávamos coreografias no porão reformado dos pais dela. Usávamos o bar circular de seu pai para nos lançarmos para a frente e repetíamos inúmeras vezes uma coreografia acrobática que envolvia o sofá longo e baixo e o tapete de pele de urso. Nossas danças eram sempre narrativas e suarentas, e continham abdominais e movimentos de perna que surgiam do nada.

– Ele não estava se perguntando nada – Natalie disse, tentando me consolar.

Quando eu cheguei em casa já tinham removido o corpo, mas ainda havia uma longa mancha no asfalto que era como um ponto de exclamação.

– Ele bateu com a cabeça – Natalie disse. – Não estava pensando em nada.

Mas eu ouvi mamãe aos soluços nos braços de papai.

– Ele me chamou de "dona" – ela dizia sem parar. – Ele me olhou e me chamou de "moça."

Todos os vizinhos gostavam de papai, embora ele não fosse exatamente sociável, porque sempre era educado e os cumprimentava quando os encontrava no supermercado. Ele tentou explicar a incapacidade de mamãe de andar até a rua.

– Por que ela não ligou para ninguém? – perguntou o sr. Tolliver, que vivia numa esquina ali perto e sempre obrigava sua esposa a caminhar com ele e a sacudir os braços e levantar as pernas como se fosse um exército de uma mulher só, marchando.

– A sra. Tolliver é uma mulher roliça – minha mãe dizia. – Ele não devia ter se casado com uma gordinha se não queria uma esposa gordinha.

– Clair ficou paralisada – explicou papai. – Literalmente paralisada. Ela não *conseguiu* ajudá-lo.

Conforme os homens e mulheres da vizinhança chegavam em casa do trabalho, os policiais os mandavam estacionar o carro a uma certa distância e seguir a pé ou, como se isso fizesse sentido, dar a volta pelo outro lado. Mas a maioria parava o carro e saía, juntando-se à pequena multidão parada no quintal da casa dos Beckford, que ficava em frente à nossa.

Eles pareciam mais zangados com mamãe do que com o estranho sem nome e sem rosto que tinha matado Billy Murdoch. Cada pessoa que se unia ao grupo precisava ouvir duas ou três vezes a história antes de entender como era possível alguém agir daquela maneira. Mesmo assim, não entenderam. Só assimilaram a informação. Clair Knightly, que era casada com um homem que todos eles conheciam, ficou parada no quintal vendo morrer um menino que todos eles conheciam. Ela não ajudou. Não se aproximou. Nenhum deles fez a pergunta que perturbaria os pais de Billy nos anos seguintes: "Clair Knightly falou com Billy? Ou ela nem disse nada?"

A resposta era: mamãe tinha chorado e cantado para ele.

Ela ficou ali, esfregando furiosamente o peito com os nós dos dedos da mão direita, para cima e para baixo. Às vezes deixava a mão esquerda cair, às vezes a colocava sobre a cabeça.

– Billy – ela disse sem parar, como se chamar o nome dele fosse trazê-lo mais para perto.

A cabeça de Billy estava no asfalto, virada para ela. Seus olhos estavam abertos. Mamãe viu a boca dele se movendo, mas não conseguiu parar de repetir seu nome para ouvir o que ele dizia. Dizer "Billy" era sua maneira de se ancorar no presente, naquele espaço ali ao lado da caixa de correio. Instintivamente, ela soube que era isso que precisava fazer para ajudar o menino.

Foi só quando vacilou por um segundo no ritmo hipnótico em que repetia aquela palavra que mamãe pôde escutá-lo.

– Moça?

Foi nesse momento que ela percebeu que não seria capaz de fazer aquilo. Parou de dizer o nome de Billy. Ficou olhando para ele. Ficou parada onde estava, massageando o peito até criar uma cavidade sanguinolenta entre a garganta e o plexo solar, como mostraria a papai dois dias depois.

A outra coisa que os vizinhos nunca descobriram foi a musiquinha que mamãe cantou para ele. Sempre que eu ouvia essa música pelo respiradouro que dava do quarto dela no banheiro, sabia que aquele seria um dia difícil. Era uma canção de ninar que mamãe ouviu quando era criança, e ela a cantava sem parar, com as palavras se colando umas nas outras como numa espécie de mantra.

Buquês são cheirosos, lindos e alegres para mim.
Narcisos crescem em maio no jardim.
Flores e meninas são sempre tão formosas.
Chamam-se Margarida, Violeta e Rosa.

Mamãe só cantarolava a melodia dos versos seguintes, pois tinha esquecido a letra havia muito tempo. Aquilo a acalmava, e eu sabia disso. Mas, ao ouvir aquela música quando entrava em seu quarto para lhe perguntar se estava precisando de algo, eu ficava parada na porta até que seus lábios parassem de se mover.

Mamãe cantou essa música para Billy Murdoch até que um caminhão de entregas apareceu na rua. Ele estava indo para a casa dos Leverton, que tinham ido viajar no dia anterior para comemorar um aniversário de casamento. O motorista, que vestia um macacão branco e usava um rabo-de-cavalo, pulou do caminhão e entrou em nossa casa pela porta da frente, que estava aberta. Ele encontrou o telefone que ficava numa mesinha na sala, ao lado do sofá onde estava o cesto cheio de cuecas e meias, e ligou para o hospital.

Quando a polícia e uma ambulância chegaram, Billy já estava quase morto, e todos queriam interrogar aquela mulher incoerente que estava cantando uma música sem sentido.

Depois desse episódio, nós passamos a manter as persianas sempre abaixadas e a fingir que o lixo deixado em nosso quintal tinha caído ali por acidente. Deixei de ir à escola por seis semanas. Natalie se encontrava comigo num banco de madeira de um parque que ficava a cinco quadras da minha casa.

– Ainda não – ela dizia, dando-me os deveres que eu precisava fazer.

Até seus pais preferiam que eu não fosse mais à casa dela.

– Odeio isso – eu dizia.

– Lembra da Anne Frank? – Natalie disse certa vez. – Finja que você é como ela, e que não pode ir a lugar nenhum por enquanto.

– Anne Frank foi exterminada!

– Bom, não se lembre dessa parte.

Comecei a passar os dias fazendo cálculos. Eu estava no segundo ano do ensino médio. Ainda faltava um ano e meio até que eu pudesse fugir dali.

Não contei isso a mamãe. Lá em casa, tudo girava em torno dela, mais ainda do que antes. Papai e eu nos cumprimentamos aos sussurros por seis meses depois da morte de Billy e, quando a campainha tocava, corríamos feito camundongos para cantinhos escuros, torcendo para que as visitas fossem embora. Alguém jogou uma pedra pela nossa janela da frente certa vez e nós escondemos isso de mamãe, afirmando que tinha sido papai, que, ao virar uma página do jornal, batera no vidro com o cotovelo e o quebrara.

– Dá para acreditar? – ele disse com a voz animada de um locutor de televisão. – Não sabia que era tão forte!

– E nem tão desastrado – minha mãe retrucou, debilmente tentando cumprir seu papel naquela peça e dando uma bronca nele.

Mas nós três sentimos que sua língua não estava tão afiada como de costume. A crítica, que era sua salvadora e guardiã, a tinha abandonado. Seu posto de vigia na janela da sala, de onde ela podia ver a sra. Tolliver marchando ou xingar de piranha a filha de nosso vizinho do lado, estava coberto por uma cortina pesada de lã, que tínhamos deixado de abrir.

Pouco depois do Natal daquele ano e três meses após o acidente, os Murdoch se mudaram. Um caminhão parou na frente da casa no meio da tarde e quatro homens colocaram todos os móveis da família lá dentro em menos de três horas. Natalie e eu estávamos andando de bicicleta quando chegamos ao topo da colina e vimos a sra. Murdoch parada no quintal da frente com o cachorro de Billy. Ela estava usando um casaco xadrez e uma saia rodada feita de uma flanela grossa e cinza que todas as mulheres pareciam ter comprado naquele ano. Lembro-me de ter diminuído a velocidade ao ver o caminhão, as caixas e o sr. Murdoch entrando na casa. Então meus olhos se cruzaram com os da sra. Murdoch, e eu mal pude manter o equilíbrio. O pneu da frente oscilou de forma perigosa quando eu praticamente parei de pedalar.

Natalie se aproximou de mim em sua bicicleta verde de dez marchas.

– Vamos – ela disse suavemente.

E nós fomos. Coloquei os pés nos pedais e passei pela sra. Murdoch. O cachorro de Billy, um *Jack Russell Terrier* chamado Max, esticou a coleira ao tentar me perseguir, e eu tentei lembrar que eram as rodas da bicicleta que ele odiava, e não a mim.

Como é possível pedir desculpas pela mãe que você ama? Pela mãe que você odeia, assim como todos eles. Eu só podia desejar que a sra. Murdoch tivesse em seu futuro muitas pessoas que a amariam, a consolariam e ouviriam a história de como ela perdeu seu filho. Minha mãe só teria meu pai. E depois, a mim.

Oito

No dia em que os vizinhos apareceram no nosso quintal, papai disse que estaria em Erie, examinando amostras em vidrinhos para calcular o nível de acúmulo sedimentar na água potável local.

Mamãe estava na cozinha, e eu tinha acabado de entrar em casa pela porta lateral. Depois que Billy morreu, ela parou de me perguntar aonde eu tinha ido. Eu podia até estar transando com o menino que morava na nossa rua, que ela chamava de "aquele horror" e que tinha uma tatuagem, o que na época equivalia ao sinal de Caim. Naqueles dias, mamãe estava precisando de toda sua força só para se manter de pé.

Num determinado momento, após o *timer* do fogão ter soado e eu ter lavado a mão no banheiro do andar de baixo, mamãe e eu ouvimos o mesmo som baixo ao mesmo tempo.

Eram homens se juntando.

Não sei explicar como sabia que devia ter medo, mas tive. E sei que fiquei imediatamente aliviada por papai não estar em casa. Ele estava longe, e só ia voltar após alguns dias. Nunca descobri se foi por isso que os homens escolheram aquele dia para bater à nossa porta.

Na sexta série eu tinha visto a foto de um linchamento ocorrido no sul do país. Era uma foto preto-e-branco pequena que fora mimeografada e distribuída pela nossa professora, que acreditava que a história tinha mais impacto quando era ilustrada. Os pais de diversos alunos reclamaram quando seus filhos apareceram em casa com fotos de linchamentos, de Auschwitz, ou da cabeça de um chefe tribal africano sangrando num espeto. Mas a professora tinha razão, e o fascínio que eu senti ao olhar para aquelas imagens me atingiu como um soco no estômago quando eu estava ali na cozinha com mamãe, que segurava um ensopado de legumes.

O espaço entre o forno e o balcão da cozinha era curto, mas naquele dia o barulho que vinha lá de fora aumentou a distância de uma forma que mamãe não poderia ter previsto. Ela estava segurando o pirex com o ensopado envolto num pano de prato, mas, ao ouvir o ruído, ficou paralisada, e o calor acabou por fazer com que deixasse tudo cair no chão.

– Vá ver o que é – ela disse.

Havia pânico em seus olhos.

– Eles querem falar com você – falei.

– Mas eu não posso. Você sabe que eu não posso.

E eu sabia mesmo.

Conhecia as limitações de mamãe porque era delas que meus ossos eram feitos. Foi então que me dei conta do que intuía há anos: eu havia nascido para ser sua representante no mundo e para trazer o mundo para dentro de casa, fosse com as colagens que fazia na escola quando era criança ou indo encarar os homens furiosos que estavam em nosso quintal. Eu faria tudo aquilo por ela. Era esse o nosso contrato, era assim que essa filha deveria servir essa mãe.

O dia estava quente, e quando eu cheguei em casa da escola coloquei um short que era uma calça jeans cortada. Mamãe desprezava os shorts feitos dessa maneira, considerava-os vulgares e desleixados pelo mesmo motivo que me fazia adorá-los: a franjinha que ficava na bainha, com a qual eu gostava de brincar. Naquela primavera, eu descobri que podia usá-los, assim como podia pintar as unhas. Pela primeira vez na vida, mamãe estava fraca demais para fazer com que suas críticas me afetassem.

Ao sair pé ante pé da cozinha pelo corredor dos fundos e entrar na sala, peguei uma colcha que ficava em cima do sofá. Não sei o que pensei que poderia fazer com ela, mas meus instintos ordenaram que eu me cobrisse o melhor que conseguisse. Lembro que a coloquei nos ombros, como se fosse uma imensa toalha de praia.

Um dos homens me viu por uma das janelas, e o barulho no quintal ficou ainda mais alto. Eu estava descalça e meu cabelo, tão ralo que minhas orelhas o atravessavam, estava solto. Desejei que Natalie estivesse ali. Como se, juntas, formássemos um exército que poderia vencer uma multidão.

Atravessei nossa pequena sala e, ao colocar a mão na maçaneta da porta que dava na varanda da frente, ouvi mamãe se arriscando a dizer duas palavras da cozinha, onde estava se escondendo.

– Tome cuidado – ela disse baixinho.

Eu sabia que aquilo tinha exigido um esforço heróico de sua parte. Mas algo aconteceu comigo nos segundos em que cruzei a sala e coloquei o que mais tarde consideraria ser minha capa de super-heroína. Mamãe, naquele momento, deixou de existir para mim.

A primeira pessoa que eu vi quando cheguei ao quintal me acalmou: era o sr. Forrest. Ele estava com Tosh. Estava um pouco afastado do grupo de pais e maridos e fez questão de tentar sorrir para mim quando eu o encarei por cima da nossa cerca, que batia na altura da minha cintura. Mas foi uma tentativa débil e preocupada. Tosh, que era agitado até nos momentos mais calmos, estava escondido atrás das pernas do sr. Forrest.

– Cadê sua mãe? – um dos homens perguntou.

Havia seis deles. Sete, contando com o sr. Forrest.

– Ela está lá dentro – respondeu outro, olhando fixamente para mim. – Ela nunca sai de casa, não é?

Esse fato, afirmado de forma tão definitiva para que todos ouvissem, foi como uma flecha envenenada surgindo do nada. Senti um aperto no peito e respirei fundo antes de responder.

– Você não sabe falar não? – perguntou o sr. Tolliver.

Senti ódio dele, um ódio que não tinha nada a ver com os comentários de mamãe sobre a maneira como ele obrigava sua mulher a marchar pelo quarteirão. O sr. Tolliver tinha em seu quintal um pedaço de madeira pintado de branco em forma de lápide, que dizia: AQUI ESTÁ ELE, DURO E GELADO,

O ÚLTIMO CÃO QUE CAGOU NO MEU GRAMADO! A rima supostamente dava graça à coisa. Foi quando li essas palavras pela primeira vez que passei a desprezar as decorações de jardim que tanta gente adora.

– Não seja grosseiro – o sr. Forrest disse, e sua voz saiu mais aguda do que o normal.

O colarinho dele estava desabotoado, mas ele ainda estava com a gravata que usava para ir trabalhar. Depois eu me dei conta de que o sr. Forrest devia ter encontrado os outros homens por acaso ao levar Tosh para passear.

Os homens soltaram murmúrios raivosos. A maioria ainda estava usando o que podia ser chamado de roupas de trabalho – calças e paletós puídos e, no caso de alguns, um casaco de couro com a logomarca da siderúrgica da cidade.

– Helen – o sr. Warner disse –, estamos aqui para falar com sua mãe.

O sr. Warner, que mamãe chamava de "o fanfarrão", se considerava o porta-voz de todas as ocasiões. Certa vez ele deu uma palestra sobre os benefícios da sílica nas estações de tratamento de esgoto da Libéria para papai, que sabia mais sobre o assunto do que qualquer pessoa num raio de muitos quilômetros.

– Ele leu um artigo numa revista – explicou papai quando finalmente conseguiu se livrar do sr. Warner. – Fico feliz por estar tão animado, mas nem eu quero falar de esgoto durante tanto tempo.

Continuei do lado de dentro da cerca de arame.

– Venha aqui conversar conosco, Helen – disse um homem que eu não reconheci.

Por que eu não percebi o pânico nos olhos do sr. Forrest antes de abrir o portão e sair? Acho que estava olhando para os outros homens, e não para ele. Foi só depois que fechei o portão atrás de mim que vi seu rosto. Eu sabia ler o medo tão bem como quem lê a sorte no tarô.

– Onde está sua mãe, Helen? – o sr. Warner perguntou.

– Helen, é melhor você voltar lá para dentro – o sr. Forrest disse.

Compreendi a situação o suficiente para ir na direção do sr. Forrest ao me afastar do portão, ou pelo menos pensava que tinha compreendido. Mas, quando me aproximei dele, ele se afastou.

– Mamãe está ocupada. Posso ajudar em alguma coisa? – perguntei, usando meu tom de voz mais adulto.

Estava começando a ficar nervosa. Dei mais um passo na direção do sr. Forrest.

– Gostaria de poder ajudar, Helen – ele disse, sem muita sinceridade na voz.

O sr. Forrest sabia o que devia temer, mas eu não. Estava começando a compreender a verdade, mas, com meus pés descalços e minha colcha em forma de capa, ainda não conseguia imaginar que homens como meu pai, que moravam perto de nós, poderiam querer me machucar. Os Murdoch tinham se mudado. Já fazia oito meses que Billy tinha morrido. Dali a um mês, eu acabaria a segunda série do ensino médio. Mas aquilo atrás do quê eu mais me escondi, aquilo que mais me cegou até o momento em que aconteceu, foi o fato de eu ser uma menina. No mundo em que eu fui criada, diferente do mundo em que fiz questão de criar minhas filhas, ninguém batia nas mulheres.

O sr. Warner avançou em minha direção e parou.

– Queremos ver sua mãe, Helen. Não você.

Isso, eu percebi agora, estava prestes a acontecer desde a investigação. Mamãe jamais foi considerada oficialmente responsável pela morte de Billy porque, de acordo com o relatório do legista, os ferimentos dele naquele dia tinham sido graves demais, e ele teria morrido mesmo que ela tivesse prestado socorro. A culpa foi do motorista que fugiu, não dela. Talvez ela pudesse tê-lo acariciado, como outras mulheres teriam feito, ou ido correndo ligar para a família dele ou para uma ambulância. Mas nenhuma dessas ações, concluíram as autoridades, teria salvado a vida de Billy Murdoch. Oficialmente, mamãe tinha sido apenas uma testemunha.

Quando olhei para trás, o sr. Forrest estava segurando Tosh nos braços.

– Sr. Forrest? – eu disse.

Estava me equilibrando numa espécie de gelo fino e perigoso, e não podia confiar em ninguém além dele.

– Você pode vir comigo, Helen. Por que não vem?

Um ou dois homens riram quando ouviram isso, e então todos nós vimos o sr. Forrest andar rapidamente até as três pedras chatas que ficavam na lateral do nosso quintal e levavam até a calçada.

– O Tony fica nervoso por qualquer coisa – o sr. Warner disse. – Ninguém vai machucar você.

Mas eu não fiquei aliviada ao ouvir isso. Se o sr. Warner fosse mesmo meu único protetor contra aquele bando de estranhos, então eu estava, como diziam os meninos da escola, "na merda". O sr. Warner conhecia todos os cortes de carne. Ele sempre dizia os nomes e as qualidades de cada um. Macio, fibroso, consistente, úmido. Talvez ele não fosse aquele que iria me esquartejar, mas eu podia imaginá-lo fazendo um discurso sobre os pedaços do meu corpo.

– Onde está a vadia? – o sr. Tolliver perguntou.

O rosto dele estava brilhante e vermelho, inchado de orgulho.

– A vadia maluca – disse o homem que eu não conhecia.

Aparentemente, aqueles machões gostavam de competir com adjetivos.

Eu sabia que o sr. Tolliver tinha sido demitido da siderúrgica. Muitos homens da vizinhança estavam perdendo o emprego. Meu pai tinha um cargo seguro, mas ficava chateado sempre que ficava sabendo que alguém tinha sido mandado embora.

– "Mandado embora" – ele dizia, sacudindo a cabeça. – Odeio essa expressão. Faz parecer que o homem era um animal que precisava ser solto na floresta.

O sr. Warner lançou um olhar furioso para os outros.

Eu logo descobriria que mamãe, que ficou amedrontada demais para observar a cena, estava trancada no banheiro do andar de baixo com o rádio ligado.

– Não sei o que fazer, sr. Warner – eu disse.

Ele tinha filhos. Eles eram um, dois e três anos, respectivamente, mais velhos do que eu, e nunca falavam comigo, a não ser quando me cumprimentavam na frente dos adultos.

– É melhor você entrar e pedir para sua mãe vir aqui. Não quero que você se machuque. *Você*, pelo menos, não fez nada.

Ele disse isso com a compaixão de um médico que anuncia que você vai sobreviver, mas só por mais algum tempo. Porém, o que eu estava ouvindo ainda era ruim. Eu não seria machucada, mas minha mãe, sim.

– Não posso fazer isso, sr. Warner. Por que vocês estão aqui?

Eu sabia o porquê, é claro, mas queria ouvi-los dizer em voz alta.

– Vadia – o sr. Tolliver disse.

Vi a preocupação no rosto do sr. Warner. Não era isso o que ele queria, assim como não era o que queriam dois ou três dos outros homens. Percebi que estavam se afastando. Mas, além do sr. Warner, ainda estavam ali o sr. Tolliver e o homem que eu não conhecia, e os dois usavam jaquetas de beisebol com a logomarca da siderúrgica. Os outros estavam fazendo o mesmo que o sr. Forrest e se aproximando do cantinho do quintal, tropeçando na horta que papai cuidava há anos e de onde tirava as ervas para mamãe.

Foi isso que finalmente me fez reagir. Quando o sr. Serrano, que era contador e tinha uma filha, pisou na salsinha italiana de papai, eu larguei a colcha que cobria meus ombros e dei um passo à frente.

– Você vai matar a planta.

Foi a palavra "matar" que causou tudo.

O amigo do sr. Tolliver subitamente ficou à minha direita, mas eu estava observando o sr. Serrano se afastar com cuidado da horta. Quando soltei a respiração, senti a bofetada.

Caí na grama e coloquei a mão no rosto. O sr. Warner estava pulando por cima de mim para segurar o homem, que estava recebendo tapinhas nas costas do sr. Tolliver. Vi o sr. Serrano me olhando antes de sair correndo dali. Não foi a primeira vez que eu vi pena nos olhos dos outros, a pena que era como um vasto oceano que eu jamais conseguiria atravessar.

Os bons homens foram embora murmurando sinceras desculpas por cima dos ombros, mas não para mim. Estavam se desculpando com o sr. Warner. Eu estava no chão. Eu era uma adolescente. Eu não tinha importância. O sr. Warner disse:

– Tudo bem. Depois a gente se fala. Boa noite.

Ele impediu que o homem que tinha me dado um tapa fizesse coisa pior, então creio que deveria ter agradecido, mas não o fiz. Estava me aproximando devagar da colcha, que tinha largado alguns metros atrás. Parecia-me ser a única coisa ali que podia me proteger.

O sr. Tolliver e seu amigo tinham ido até minha casa prontos para invadi-la e encontrar mamãe, mas não conseguiam desafiar a ordem do sr. Warner. Além disso, imagino que uma adolescente de short e camiseta caída no chão era uma cena assustadora demais para eles. Aquela cena indicava uma pergunta que nenhum dos dois queria fazer. O sr. Warner mandou-os comer alguma coisa para ficarem sóbrios.

– Vão para casa – ele disse.

Na primavera o dia demorava a acabar, mas já tinha chegado o momento em que a escuridão era inevitável e o sol começava a se pôr por trás dos pinheiros que separavam nosso quintal do quintal dos Leverton.

Alcancei a colcha, segurei-a contra o peito e me sentei. Não ia chorar. Lembro-me de ter feito essa promessa a mim mesma. O mais estranho era que a salsinha destruída de papai era pior do que a bofetada. Era uma das alegrias que ele trazia para dentro de casa, para a felicidade de mamãe. Quando cortava alecrim, manjerona ou tomilho, o cheiro ficava em suas mãos e ele as passava pelo cabelo de mamãe para fazê-la sorrir.

– Pode dizer a seu pai que a vizinhança decidiu que vocês têm de se mudar – o sr. Warner disse.

– Temos o direito de ficar – falei, escolhendo de que lado estava.

O sr. Warner me olhou espantado por um instante e então balançou a cabeça.

Ele saiu do nosso quintal e eu me embrulhei com mais força na colcha. Era uma colcha de retalhos que tínhamos comprado na Feira de Kutztown.

– Está vendo esta colcha? – disse a mulher que a vendeu a papai. – É toda feita à mão. Nada de máquina.

Papai a comprou, certo de que mamãe ficaria impressionada. E ela ficou, mesmo. Colocou a colcha no braço do sofá, e, nas tardes vazias em que

Natalie estava ocupada e eu precisava fazer alguma coisa para me divertir, eu a abria toda e inventava que cada retalho representava uma lembrança da minha família.

– Esse retalho vermelho simboliza a bofetada que Helen levou quando tinha 16 anos – sussurrei para mim mesma naquela noite.

Funcionou. O tapa se perdeu no buraco negro do meu passado e eu fiquei de pé, entrei para limpar o ensopado que tinha caído no chão da cozinha e ouvi o som arranhado de uma *big band* tocando no rádio quando passei em frente à porta do banheiro.

Nove

Na noite em que os homens invadiram nosso quintal, havia dois adultos ao meu alcance: mamãe, escondida no banheiro, e o sr. Forrest, algumas casas abaixo.

Quando peguei minha jaqueta do cabideiro perto da cozinha, vi uma das fotografias antigas da minha mãe. Era uma pequena. E ela estava usando uma combinação que tinha o corpete bordado. A bege. Ficava numa mesa cheia de outros objetos ao lado de um sofá de veludo vermelho que era, para mim, o móvel menos confortável do universo.

– Assim, as pessoas vão embora mais rápido – mamãe explicava quando eu reclamava.

– Que pessoas, mamãe?

Fui até onde estava a fotografia e parei. Queria magoar minha mãe, mas ela estava sempre chorando e desmoronando, latindo e mordendo, e atingi-la me parecia impossível. Peguei a foto e tracei o perfil do corpo de mamãe com o dedo. Coloquei-a no bolso da jaqueta e saí de casa o mais silenciosamente que pude pela porta da frente. Não tinha como mamãe ter me escutado, por causa do barulho do rádio.

Quando anoitecia, as ruas ficavam desertas. Ninguém mais estava fazendo nada em seus quintais. Imaginei rapidamente como seria uma visão aérea de nossa vizinhança se todas as casas tivessem o telhado arrancado. Em quantas delas haveria famílias felizes se reunindo para ver televisão com uma tigela de pipoca no colo? Na casa de Natalie, a mãe dela àquela hora já estaria quase entrando em coma alcoólico, levada pelo que chamava de "alguns golinhos". Natalie estaria em seu quarto, sonhando com Hamish Delane, que tinha acabado de se mudar para os Estados Unidos com a família. Ela vivia escrevendo coisas incompreensíveis em seus cadernos. Um dia, confessou para mim que escrevia seu nome de casada: sra. Natalie Delane.

Arrancar os telhados de todas as casas e misturar nossas misérias era uma solução simples demais, eu sabia. Casas tinham janelas com persianas. Quintais tinham portões e cercas. Havia calçadas e ruas cuidadosamente planejadas, e esses eram os caminhos que se devia tomar para entrar na realidade de outra pessoa. Os atalhos não existiam.

A porta dele se abriu antes mesmo que eu tocasse a campainha.

– Estava querendo mesmo falar com você – o sr. Forrest disse. – Entre, entre. Dê-me seu casaco.

– Trouxe uma coisa para o senhor.

Tirei a fotografia do bolso da jaqueta.

O sr. Forrest pegou-a. Fiquei olhando à minha volta, para o porta-guarda-chuvas de porcelana, para a sala, que eu só tinha visto de fora, e para a sala de jantar que havia depois dela e que ficava um pouco acima dos outros cômodos, separada por uma escada larga de três degraus.

Eu estava furiosa até chegar ali, e ainda sentia o calor em minhas bochechas.

– Sua mãe é uma linda mulher – o sr. Forrest disse, olhando para a foto.

– Hum.

– Vamos nos sentar na sala, que tal?

Só então percebi que o sr. Forrest estava sendo incrivelmente gentil comigo, chegando mesmo a ser solícito. Eu sabia que aquilo não era normal. Ele não ligava para quase ninguém no bairro, com exceção dos meus pais. Ele nunca era rude, mas era simpático de uma maneira fria e distante.

Ele nos visitou inúmeras vezes ao longo dos anos, mas eu nunca tinha ido a sua casa. Agora estava ali, na borda de um tapete de seda que havia na frente da lareira, sem saber o que dizer.

– Sente-se – ele pediu.

Eu obedeci. O sr. Forrest soltou um assovio alto e Tosh entrou na sala.

– Sei muito bem que não foi a mim que você veio visitar – falou, sorrindo.

Tosh parou obedientemente na frente dele e sentou-se no chão a seu lado, olhando para mim.

– Devo-lhe muitas desculpas – o sr. Forrest disse. – Não devia ter ido embora. Nunca me senti muito confortável neste bairro. Nesse ponto, não sou diferente da sua mãe.

Vi uma bandeja de prata oval numa mesinha de cerejeira de pernas curvadas que ficava perto da lareira. Em cima dela estavam diversas garrafas de cristal que refratavam a luz. O sr. Forrest seguiu meu olhar.

– É, você merece mesmo um drinque – ele disse nervosamente. – Eu quero um também. Venha, Tosh.

Ele levou o cachorro até o sofá branco onde eu estava e deu alguns tapinhas no lugar vazio ao meu lado. Tosh pulou ali e imediatamente se apoiou em mim.

– Muito bem – o sr. Forrest disse para ele.

Enquanto o sr. Forrest estava de costas para mim, eu abracei Tosh e acariciei suas orelhas.

– Escolhi vinho do Porto para você – disse ele. – Podemos bebericá-lo enquanto falamos desse povo nojento, e depois deixar o assunto para lá.

O sr. Forrest me entregou uma tacinha cheia do líquido rubro e se sentou na minha frente, numa poltrona de veludo dourado e pés baixos que fez com que seus joelhos se projetassem para cima. Ele riu de si mesmo.

– Nunca sento aqui – falou. – É uma poltrona que as senhoritas costumavam ter em seus quartos. Foi da minha bisavó.

– Eu às vezes vejo o senhor pela janela – eu disse.

– Que coisa mais sem graça de se observar.

Eu estava enlaçando Tosh e coçando atrás de sua orelha direita. Sua boca estava aberta como num sorriso e, de vez em quando, ele inclinava a cabeça para trás para me olhar. Bebi um grande gole do vinho do Porto e imediatamente quis cuspi-lo fora.

– É para bebericar – disse o sr. Forrest, vendo a expressão em meu rosto. – Eu disse isso, não disse?

O minuto mais longo da História se passou enquanto eu bagunçava o pêlo de Tosh e avaliava todo o aposento.

– Helen, o que aconteceu depois que eu fui embora?

– Deixa para lá – respondi, pois subitamente não quis mais falar no assunto e desejei apenas ficar sozinha com Tosh.

– Sinto muito, Helen. Normalmente eu deixo os vizinhos em paz, e eles também não me incomodam.

– O amigo dele me bateu.

O sr. Forrest colocou seu copo em cima da mesinha de mármore a seu lado. Parecia que também acabava de levar uma bofetada. Ele respirou fundo.

– Helen, vou ensinar a você uma palavrinha muito importante. Pronta?

– Sim.

– E depois vou lhe dar outra coisa para beber, pois está claro que você detestou isso aí.

Eu estava segurando a taça de vinho do Porto, sem nem ao menos conseguir fingir que estava bebendo.

– Aí vai: filho-da-puta.

– Filho-da-puta – repeti.

– Mais uma vez.

– Filho-da-puta – falei de novo, com mais segurança.

– Diga com vontade!

– Filho-da-puta! – eu disse, quase gritando.

Recostei-me no sofá, com vontade de rir.

– Existem milhões deles no mundo. É impossível vencê-los, pode acreditar. Só podemos tentar encontrar uma maneira de viver tranqüilos no meio deles. Por isso eu fico sentado lendo na frente da janela, com todas as minhas antiguidades e livros. Sei que não parece, mas sou um revolucionário.

Queria perguntar ao sr. Forrest se ele tinha um namorado, mas mamãe ordenou que eu nunca me intrometesse na vida dos outros.

– Você deve saber que sou um colecionador de livros – o sr. Forrest disse. – Gostaria de ver minha mais nova aquisição?

– E a minha mãe?

Eu a imaginei enroscada em volta do rádio como uma concha em forma de cone.

– Sua mãe? – ele disse, ficando de pé. – Nós dois sabemos que ela não vai a lugar nenhum.

Ele pegou a taça de vinho do Porto da minha mão. Tosh abanou o rabo, batendo-o contra o encosto do sofá quando seu dono se aproximou.

– Eu a odeio.

– Odeia mesmo, Helen? – perguntou o sr. Forrest, olhando para mim com um copo em cada mão.

– Não.

– Você vai sempre ser mais forte do que ela – ele disse. – Ainda não sabe disso, mas é verdade.

– Ela deixou o Billy morrer.

– Aquilo foi a doença dela, Helen. Não foi ela.

Olhei espantada para o sr. Forrest, querendo que ele continuasse.

– Deve ser óbvio para você que sua mãe é uma doente mental.

Ele colocou os copos na bandeja de prata e virou-se para me encarar.

– O que seu pai diz?

– Doente mental – repeti.

Era como se alguém tivesse colocado gentilmente uma bomba em meu colo. Eu não sabia como desativá-la, mas sabia que, embora ela fosse assustadora, lá dentro havia uma chave – uma chave para todos os dias difíceis, para todas as portas trancadas, para todos os acessos de choro.

– Você já tinha ouvido essas palavras?

– Já – eu disse, debilmente.

– Mas nunca tinha pensado que podiam se aplicar à sua mãe?

Eu já tinha usado a palavra "louca", mas nunca "doente mental". "Louca" não parecia tão ruim. "Louca" era uma palavra só, como "tímida", "cansada" ou "triste".

Tosh pulou do sofá, sentindo que o sr. Forrest ia sair da sala. Fiquei de pé.

– Vamos olhar os livros e fazer um gim-tônica para você. Sua vida não pertence à sua mãe, sabia? E nem a do seu pai.

– Mas você acabou de dizer que ela é doente mental.

– Sua mãe é uma sobrevivente. Vou mandar você para casa com um ou dois livros que ela não teria como obter se não fosse por mim, e você vai devolver a fotografia, por favor.

Tosh, o sr. Forrest e eu atravessamos a sala de jantar e fomos até a cozinha. Após ter estado nos outros dois cômodos, fiquei chocada ao vê-la. Era toda branca, e tudo nela indicava praticidade. Não havia nada no balcão que sugerisse que o sr. Forrest tinha comido ou cozinhado qualquer coisa nos últimos meses.

Ele abriu a geladeira enquanto eu me apoiava na pia.

– Você pode dar um biscoitinho para o Tosh – falou, de costas para mim.

Ele encontrou as garrafas que estava procurando e abriu o freezer.

– Eles ficam naquela jarra de porcelana em forma de coelho que está perto da pia.

Enquanto eu dava biscoitinhos que pareciam coelhos para o extasiado Tosh, o sr. Forrest me preparou um drinque.

– Por que o senhor é amigo dela?

– Sua mãe é uma mulher fascinante. Ela é incrivelmente inteligente, engraçada e bonita.

– E má.

– Infelizmente, você e seu pai conhecem esse lado dela muito melhor do que eu. Nós só dividimos livros. Nunca precisamos ir além disso.

Ele me entregou o drinque.

– Imagine, por favor, que todos os filhos-da-puta do mundo desapareceram – ele disse, batendo de leve seu copo contra o meu.

– E minha mãe?

– Sua mãe não é uma filha-da-puta. Os filhos-da-puta têm a natureza simples. Agora beba, pois logo vai entrar num aposento onde os líquidos não são permitidos.

O gim-tônica era mais gostoso do que o vinho do Porto, e era gelado. Eu e o sr. Forrest bebemos enquanto atravessávamos um corredor que saía da cozinha.

– Em algum ponto deste corredor, eu me transformo em outra pessoa – ele disse. – Mas, como você está aqui, vou tentar não me desligar completamente da realidade.

Nós chegamos a uma porta que tinha uma metade de vidro, através da qual eu vi pequenas luzes no enorme cômodo do outro lado.

– Vamos deixar nossos drinques aqui. Suas mãos estão limpas?

Coloquei minha bebida ao lado da dele numa prateleira.

– Acho que sim.

Ele pegou uma caixa de madeira em outra prateleira. Dentro dela havia diversos pares de pequenas luvas de lã brancas.

– Tome, coloque essas aqui.

Vesti as luvas e observei minhas mãos.

– Estou parecendo o Mickey.

– Não, está parecendo a Minnie – o sr. Forrest corrigiu. – Pronta?

– Sim.

Ele se virou para Tosh.

– Desculpe, garoto.

Abriu a porta e ligou um interruptor à sua direita. Lâmpadas que ficavam nas prateleiras de cima das estantes de livro, formando um círculo que rodeava todo o aposento, iluminaram ainda mais o ambiente.

– Essa é a minha cidade – ele disse. – Eu fecho essa porta e o mundo lá fora desaparece. Às vezes fico aqui por horas e horas e, quando saio, não tenho idéia de quanto tempo se passou.

Ele me levou até uma mesa longa de superfície brilhante, e eu não consegui resistir ao impulso de passar meus dedos por ela.

– Essa mesa é da Nova Zelândia – o sr. Forrest disse. – Foi feita com a madeira de uma ponte antiga, em cima da qual passava um trem. É muito pesada e custou uma fortuna, mas eu a adoro.

Ele se inclinou até o centro da mesa e pegou uma caixa de papelão larga e baixa.

– São minhas caixas-arquivo. É aqui que eu guardo as gravuras coloridas e algumas em forma de letra que chegaram ontem. Estavam horrivelmente empacotadas em sacos plásticos desses que a gente põe no freezer. Cruzes!

O sr. Forrest abriu a caixa. A primeira letra que eu vi foi um H, que estava debaixo de uma folha de papel transparente.

– Está vendo, foi perfeito você ter vindo hoje. Embora eu tenha de admitir que minha letra preferida na maioria dos alfabetos medievais seja o S.

Ele pegou o H, levantando o que explicou ser papel-pergaminho para protegê-lo, e abriu-o na minha frente.

– Está vendo os rostos? – perguntou. – Em geral eles são tão austeros... Mas esse artista desafiou os costumes e deu expressões aos personagens dentro das letras. Não sabia até vê-las pessoalmente, mas não vou conseguir vendê las. Pelo menos, não agora.

O sr. Forrest me lembrava um menino nerd da minha escola. Ele passava a maior parte do tempo numa sala cheia de equipamentos de som, mexendo com tudo. Uma vez, na lanchonete do colégio, ele falou tão entusiasmado sobre as qualidades da estática que todo mundo ficou em silêncio até que David Cafferty, um menino que tinha perdido os dois dentes da frente depois de ter levado um chute quando jogava futebol americano, começou a gargalhar, provocando uma avalanche de risadas que o soterrou.

– Elas são de que época? – perguntei.

– Do século XVI. Além dos rostos, o que as torna especiais é o fato de terem sido desenhadas por um monge que fez um voto de silêncio. Gosto de imaginar que essa era a única maneira que ele tinha de se comunicar. Espere, você vai ver.

O sr. Forrest rapidamente pegou todas as letras de dentro da caixa e colocou-as sobre a mesa, com o papel-pergaminho por cima.

– É uma história – ele explicou. – Ainda não entendi tudo, mas pela lança que um dos personagens carrega e a freqüência de certas cores, creio que o monge estava contando a história de sua vida.

Olhei para o H, que estava na minha frente. Havia uma figura em cada traço vertical. Por entre o traço horizontal, uma estava entregando algo para a outra.

– Isso é comida? – perguntei, pensando no ensopado arruinado de mamãe.

– Muito bem, Helen. São cereais. As letras contam a história da colheita, o que é muito comum, mas também contam outra história. Pronto, agora estão todas em ordem. Venha segui-las junto comigo.

O sr. Forrest foi até o outro lado da mesa, e nós olhamos para a letra A.

– É esse personagem que devemos observar – ele disse, apontando para o desenho de um homem com o cabelo cortado em forma de cuia. – Está vendo como ele está vestido de azul e dourado?

– Estou.

– Ele está em quase todas as letras. Isso é extraordinário. Esses alfabetos eram uma decoração, e não era comum chamar muita atenção para uma figura só.

– Aqui está ele de novo – eu disse, apontando para o C.

Fomos caminhando devagar ao longo de toda a mesa. Analisei cada uma das letras, seguindo o homenzinho vestido de azul e dourado.

– Seu pai não está em casa, está?

– Ele disse que ia para Erie.

– Como ele tem passado?

– Se eu pudesse tirar carteira de motorista, podia pelo menos fazer as compras de supermercado para ele.

Cheguei ao X e me debrucei sobre ele. Na linha inclinada que começava à esquerda havia um personagem que talvez estivesse dormindo. Na linha que começava à direita e cruzava por cima do corpo do personagem que dormia estava o homem de azul e dourado. Ele segurava a base de uma lança. O resto dela tinha sido enterrado no homem adormecido.

– Ele matou alguém! – exclamei.

– Bravo, Helen! Muito bem! Eu demorei muito mais tempo para perceber.

No Y o assassino implorava o perdão dos deuses, com os braços voltados para cima e uma enorme boca aberta que soltava um grito. No Z não havia nenhuma figura humana, apenas uma série de lanças interconectadas, e, no final, uma bigorna.

– Você ganha dinheiro com isso? – perguntei.

– Ganho. Eu viajo para muitas feiras de antiguidades e tento encontrar coisas em brechós. Sempre levo um par de luvas comigo. Já pilhei todos os recantos existentes num raio de 150 quilômetros.

– Quanto isso vale?

– Será que estou olhando para uma futura colecionadora?

Ele começou a recolher as letras, indo do Z até o meio do alfabeto, onde estava a caixa. Então colocou a metade final lá dentro e foi reunir do M ao A.

– Tudo o que tenho até agora são fotos de mamãe de lingerie.

– Você sabe o que é uma musa, Helen?

– Acho que sei.

– O que é?

– São coisas que os poetas têm.

O sr. Forrest colocou as letras empilhadas dentro da caixa de papelão e fechou-a.

– Outros tipos de artista também.

Ele se encaminhou para a estante que havia na parede dos fundos, indo diretamente pegar um enorme livro de lombada branca, e trouxe-o para mim, colocando o pesado volume em minhas mãos.

– *O nu feminino* – eu disse, lendo a capa.

O sr. Forrest pegou uma cadeira de encosto redondo.

– Sente aqui. Muitos artistas têm musas. Pintores, fotógrafos, escritores. Sua mãe tem todo jeito de ser uma musa.

Eu me sentei, colocando o livro sobre a mesa de madeira brilhante e virando páginas e mais páginas que mostravam ilustrações de mulheres nuas. Algumas estavam deitadas em sofás, outras sentadas em cadeiras, algumas sorriam modestamente e outras não tinham cabeças, só pernas, seios e braços.

– Meu pai trabalha avaliando água.

– Isso não quer dizer que a Clair não lhe dê inspiração.

– Para fazer o quê?

– Ela o faz seguir em frente, Helen. Deve estar cega se não consegue ver isso. Eles são inseparáveis. Um sustenta o outro.

Nas páginas à minha frente estavam dois quadros mostrando a mesma mulher.

– *A Maja vestida* e *A Maja nua* – li em voz alta.

– Isso. Goya – o sr. Forrest disse. – Não são lindos?

Olhei para as duas ilustrações e fechei o livro rapidamente.

– O sr. Warner me disse que todo mundo quer que a gente se mude – falei.

Naquele momento eu vi que havia buracos na mesa, nos locais onde um dia deveriam ter passado cabos de ferro para segurar as vigas da ponte. Os buracos tinham sido preenchidos por pinos perfeitamente redondos feitos de uma madeira mais clara.

– Você quer se mudar?

– Não sei.

O sr. Forrest ficou em silêncio por alguns segundos, e então me deu a mão.

– Acho que você deve me deixar ensinar-lhe a dirigir.

– No Jaguar?

– Existe algum outro tipo de carro? Eu não sabia.

Fiquei corada de alegria.

Levei duas coisas para casa: a fotografia de mamãe de combinação bege, que ia colocar no mesmo lugar, e um convite para ir brincar com Tosh sempre que quisesse. Mas o que mais tomou conta da minha mente foi uma visão de mim mesma dirigindo o carro do sr. Forrest. Na minha imaginação, eu usava uma echarpe colorida em volta da cabeça e enormes óculos escuros e, não sei bem por quê, eu fumava.

Já era noite, e o andar de baixo de nossa casa estava completamente apagado. Lá dentro, vi que o banheiro que dava na cozinha estava vazio e que o rádio tinha sido deixado na base da escada, junto com o tricô de mamãe. Subi para o meu quarto e peguei um pijama da gaveta de baixo da cômoda.

Coloquei o pijama e fui para o banheiro escovar os dentes. Pensei nas mulheres nuas escondidas na casa do sr. Forrest. Ele tinha esquecido de me dar um livro para levar para mamãe e, por algum motivo, eu adorei isso. Era como se eu tivesse vencido uma competição, como se a lealdade dele tivesse sido transferida para mim, embora de forma indireta. No banheiro, enchi meu copo de plástico rosa com água e levei-o comigo.

Ouvi as persianas de metal sendo fechadas quando entrei no meu quarto.

– Onde você estava? – minha mãe perguntou.

Ela foi até a segunda janela, que ficava acima da minha cama, e fechou a persiana dela também.

Não respondi. Atravessei o quarto e me sentei numa velha poltrona que ficava num dos cantos. Nela havia uma pilha de roupas meio sujas, como sempre, mas, em vez de tirá-las dali, eu me sentei em cima delas como se fossem uma montanha e encarei mamãe.

– Eu estava morrendo de preocupação – ela disse.

Silêncio.

Ela começou a andar de um lado para o outro sobre o tapete trançado do meu quarto.

– Helen, você sabe como é difícil para mim – falou.

Silêncio.

– Eu não podia ir falar com aqueles homens de jeito nenhum. Nem tive coragem de ir ao quintal desde que... bem, desde que aquele menino caiu na rua.

"Ele foi atropelado!", gritei, mas só dentro da minha cabeça.

– Onde você estava?

Mamãe se virou para mim, e seu olhar era ao mesmo tempo acusatório e suplicante. Suas mãos estavam tremendo e tateando em torno, acalmando uma fera invisível para mim, um fantasma que a assombrava todos os dias. As palavras do sr. Forrest eram as únicas que eu ouvia: "Doente mental."

– Devia estar na casa da Natalie. Não pense que não senti o cheiro de bebida. O que foi que você contou para aquela mulher? Disse a ela que sua mãe maluca estava escondida no banheiro, morrendo de medo? Você não vai conseguir nada na vida falando mal de mim para os vizinhos e se embebedando com a Natalie e aquela mãe detestável dela. Não posso manter essa casa limpa sem ajuda. Você sabe onde a mãe da Natalie nasceu? No sul, assim como eu, mas faz questão de esconder o sotaque, como se o sul fosse uma lata de lixo da qual ela conseguiu escapar. Pode acreditar em mim, se você acha que a mãe da Natalie é melhor do que eu, você está doida.

Eu me vi sentada na poltrona, como se tivesse saído do meu corpo. Fiquei levitando no ar enquanto mamãe falava sem parar, e não consegui mais ouvi-la. Ela estava fazendo gestos ainda mais largos, e tudo o que eu queria era que parasse. O copo de plástico rosa estava na minha mão. Atirei-o para a frente, e só quando a água atingiu o rosto de mamãe foi que percebi o que tinha acabado de fazer.

Queria contar a ela que tinha levado uma bofetada; queria que ela me reconfortasse. Queria gritar com ela e arranhar seu rosto. Queria que ela fosse sã. Mas ela apenas se encolheu e eu gritei:

– O sr. Warner me disse que a vizinhança decidiu que nós temos de nos mudar!

Sentei-me de novo na pilha de roupas amassadas, tão abruptamente quanto me levantei.

Mamãe não tentou secar o rosto. Ela me deu um sorrisinho vacilante e falou bem baixinho:

– O sr. Warner é bem do tipo que falaria assim. Ele é um...

Eu sabia como completar a frase para ela:

– Um idiota presunçoso.

Vi que mamãe ficou grata por isso, por eu tê-la encontrado no meio do caminho. A água estava escorrendo de seu nariz e lábios. Por causa disso, seu rosto estava brilhando à luz da lâmpada.

– Um dos homens me bateu, mãe.

Quanto mais eu falava, mais sentia que minha resolução, minha separação, minha autonomia estavam me abandonando. Eu ainda lhe pertencia.

Mamãe se virou um pouco para longe de mim e olhou para baixo.

– Helen...

– Sei.

– O problema é que eu...

– Sei.

– O problema é que eu tenho... Bem, você entende. Você é minha filha. Eu não pertenço a esse lugar.

Percebi que mamãe estava mexendo no tapete com os dedos do pé. Era um movimento obsessivo que parecia acompanhar o ritmo do tremor de suas mãos. Ela estava tentando se lembrar como era pedir desculpas, mas não conseguia.

– Que tal eu escovar seu cabelo como o papai faz? – falei.

Fiquei de pé. Mamãe escondeu o rosto com as mãos e me olhou por detrás dos dedos.

– Eu quero – expliquei. – Vai ser bom. Depois, nós duas vamos dormir e tudo vai estar melhor amanhã de manhã.

O que eu não disse era que tinha intenção de nunca mais falar com ela. Que de manhã eu ia acordar e sair de casa mais cedo para não precisar vê-la. Que ia começar a esconder comida para poder dizer que não estava com fome na hora do jantar. Que o sr. Forrest tinha me dado um presente maior que as lições de direção ou o gim-tônica. Ele chamou minha mãe de "doente mental", e eu estava determinada a ver aquilo como a nossa verdade, mesmo que papai se recusasse a fazê-lo.

As duas semanas seguintes foram maravilhosas. Quando papai voltou para casa, eu contei a ele o que aconteceu no quintal e disse que o sr. Forrest tinha se oferecido para me ensinar a dirigir. Não precisei mencionar que não estava falando com mamãe, pois foi a primeira coisa que ela disse ao recebê-lo. Tudo o que eu sabia era que, ao não falar com ela, sentia-me como se estivesse armazenando nozes ou munição. A cada dia que se passava, eu ficava mais forte.

O sr. Forrest parava seu Jaguar na nossa porta e buzinava. Eu pegava minha jaqueta e descia correndo as escadas. Às vezes vislumbrava uma sombra na sala, mas eram apenas três grandes passadas do pé da escada até a porta da frente, e eu escolhi acreditar que a presença dela diminuía toda vez que eu escapava. Lá fora havia o sol e o carro verde-claro com o desenho da onça saltando no ar, livre.

Uma vez que eu estivesse lá fora, o sr. Forrest e o carro dele ficavam a apenas vinte degraus de concreto de distância, mas eu sempre tive medo de escorregar pelo corrimão de metal para chegar mais rápido. Tinha uma visão da minha cabeça aberta na calçada, seguida de uma visão da minha mãe, incapaz de ir até o local onde eu tinha caído, incapaz de chamar uma ambulância, ou pior: sendo levada a um ponto em que pisoteava a massa cinzenta e o sangue enquanto tentava respirar, gesticulando freneticamente.

Quando papai começou a procurar casa em Frazer, Malvern e Paoli, ia sozinho. Tirava fotos dos cômodos e dos quintais com uma polaróide. Ele trazia as fotografias para mostrar para mamãe, fazendo uma espécie de montagem de cada casa, uma separada da outra pela madeira da nossa mesa de jantar.

Eu voltava das minhas aulas com o sr. Forrest e nós três ficávamos em volta da mesa, examinando cuidadosamente o que poderia vir a ser nosso. Foi por causa dessa experiência que papai decidiu me dar uma máquina.

– Assim você pode tirar fotos dos seus colegas de escola ou de um show da banda do colégio e trazer para mostrar para sua mãe.

– Eu não vou aos shows da banda do colégio.

– Ah. Bom, então das outras coisas que você faz.

Ele me deu um sorrisinho amarelo, e eu soube que não devia dizer nada. Fazer aquilo seria desleal, pois o que papai estava querendo dizer era que talvez mamãe jamais voltasse a sair daquela casa.

Mas eu gostava de ver as casas pelas fotografias que ele tirava. De noite, eu podia sonhar com quartos que flutuavam no ar ao lado de uma garagem onde estava estacionado um Jaguar vermelho-cereja com um painel de madeira de verdade.

Às vezes, não sabia se mamãe estava interrogando papai ou as próprias casas.

– São bonitas as paredes de madeira trabalhada – ela dizia –, mas esse carpete verde é horroroso. O que você acha?

– Parece grama – papai respondia.

– Grama suja, na melhor das hipóteses.

E, embora fosse minha vez de dizer alguma coisa, eu continuava calada.

Quando finalmente chegou o dia de mamãe ir ver as três casas que passaram por seu crivo, a estratégia precisou ser planejada com quase uma semana de antecedência. Mamãe escolheu a roupa que ia usar e deixou-a esticada no quarto de hóspedes, onde os rifles de seu pai ainda tinham o lugar de honra na parede. Decidi encontrar uma maneira silenciosa de demonstrar meu apoio, embora ainda me recusasse a falar com ela.

Eu estava fazendo uma dieta radical na época e, alguns dias antes do sábado em que ela ia visitar as casas, estava cortando as cenouras e aipos que ia comer naquele dia e fiquei olhando para eles. Usei os círculos laranja das cenouras como uma espécie de bloquinho de notas, fazendo uma versão dietética dos corações de chocolate com mensagens que são distribuídos no Dia dos Namorados. "Boa sorte!", escrevi num disco de cenoura com uma caneta preta. "Vitória!", escrevi em outro. Então, comecei a me animar. Escrevi: "Eles que se fodam!", "Cuide-se.", "Coma cenouras!", "Vamos lá!" e "Avante!".

O próximo passo foi esconder as cenouras pela casa toda, em lugares onde mamãe pudesse encontrá-las. Dentro dos sapatos que ela colocou no quarto de hóspedes ao lado da roupa que usaria. Debaixo do pompom que ficava dentro de seu pó-de-arroz e em cima da penteadeira, um objeto que eu já tinha desejado. Dentro da xícara de chá que ela sempre usava, rachada e com manchas de batom. Enquanto eu me esgueirava pela casa, entrando e saindo de cada cômodo em busca de esconderijos para as cenouras, esqueci meu ódio por mamãe e me abri para meu amor por ela. Era tão fácil ir de um para o outro... Era como brincar numa gangorra.

Na manhã do grande dia, papai pediu que eu saísse da sala e ficasse na cozinha com a porta fechada. Fazia um ano que mamãe não saía de casa, e cinco anos que não ia além do nosso quintal. Os vizinhos ficaram sabendo que papai estava passando seus fins de semana procurando uma casa nova, e estavam estranhamente silenciosos.

Papai me levou rapidamente para dentro da cozinha e me deu um beijo leve na testa, preocupado com mamãe, que estava lá em cima cantarolando com a voz trêmula. Antes de entrar, eu vi os cobertores que ele tinha empilhado na mesa da sala de jantar e soube por que estavam ali.

O dia começou com papai acordando cedo e indo até a cozinha para fazer um café-da-manhã para mamãe, que levou lá para cima numa bandeja. Seu amor por ela tinha um botão de volume, e a fraqueza de mamãe conseguia aumentá-lo tanto que qualquer som que eu pudesse fazer ficava abafado.

Os cobertores estavam ali para acalmá-la. Eles eram de um cinza fechado, um lado de feltro e o outro de acolchoado de lã. A última vez que mamãe tinha ultrapassado a fronteira de nosso quintal foi quando eu tinha 11 anos. Ela foi até a farmácia e voltou, e fez o trajeto todo com um cobertor na cabeça. Eu e papai a tínhamos guiado até a parte da farmácia onde ficavam os produtos femininos. Foi torturante para mamãe, mas ela quis estar comigo quando eu comprei meu primeiro absorvente.

Havia uma janela em forma de diamante na porta da cozinha, através da qual eu pude vê-la. Ela estava muito pálida, usando um terninho de linho damasco que ficou separado a semana toda. Em seus pés estavam os sapatos dentro dos quais eu tinha colocado os pedaços de cenoura. Papai a enlaçou e disse palavras suaves, que eu não pude ouvir, mas soube que eram palavras de conforto. Ele massageou as costas tensas dela até que ela se soltou de seus braços e ficou ereta como um poste, com uma postura perfeita que denunciava seu passado como modelo. Vi que ela tinha feito questão de colocar o tipo de maquiagem que considerava precisar usar fora de casa. Não eram apenas o pó e o brilho que usava sempre, mas a produção toda, que ninguém além de papai e do cobertor ia ver: rímel, delineador, base e batom vermelho fosco.

"Ela está preparada", pensei. "É agora ou nunca."

Papai levantou o primeiro cobertor cinza e enrolou mamãe nele da cintura para baixo, prendendo-o na frente com alfinetes de fralda. Ele chegava a arrastar no chão. O cobertor seguinte foi colocado por cima de seus ombros e preso da mesma maneira. Até ali ela ainda podia parecer uma criança grande fantasiada de monge. Mas era o cobertor final que, no passado, sempre tinha sido o mais difícil. O cobertor que cobriria seu rosto.

Quando eu ajudava papai a fazer aquilo, parecia que estávamos mandando mamãe para o cadafalso após colocar o cobertor na cabeça dela. Eu o deixei aberto para poder ver seu rosto.

– Tudo bem, mamãe?

– Tudo.

– Eu e papai podemos ir sozinhos.

– Não, eu quero ir.

Então eu abaixei o cobertor e observei a costura feita à máquina, sabendo que mamãe precisava da segurança dessa lenta sufocação para poder enfrentar o mundo lá fora.

Vi papai se inclinar para beijar mamãe antes de desdobrar o último cobertor. Eu sabia que era nesses momentos que ele a amava mais. Quando mamãe estava desamparada, quando a concha dura que a envolvia estava quebrada e todo o seu rancor e seu permanente estado de irritação não podiam protegê-la.

Era uma dança triste de duas pessoas que estavam morrendo de inanição nos braços uma da outra. O casamento deles era como aquele X, eternamente unindo o assassino e sua vítima.

Papai colocou aquele sinistro capuz na cabeça de minha mãe, que desapareceu e foi substituída por uma figura sem rosto, feita de lã cinza-escura. Eles foram bem depressa até a porta da frente. Eu saí da cozinha e senti o ar fresco da manhã entrando pelo vão aberto.

Subitamente, papai tomou mamãe em seus braços, ela gemeu como um animal preso numa armadilha e eu corri, primeiro até a sala, e então até o hall, a tempo de vê-los desaparecendo pela porta e escada abaixo.

Papai já tinha planejado tudo. O carro dele estava na contramão de todos os outros na rua, com o lado do passageiro virado para a nossa casa, e a porta já estava aberta. Vi a sra. Castle e o marido passando de carro. Papai os ignorou, quando num dia comum teria acenado para eles. O sr. Donnellson estava aparando a grama e olhou com piedade para meus pais.

Mamãe não se debateu. Ela estava sofrendo demais para ter forças para isso. Os gemidos ficaram mais altos, embora eles estivessem se afastando. Se eu não tivesse um dia ajudado a cobrir mamãe com aqueles cobertores, não teria acreditado que era ela que estava ali embaixo. Parecia uma cena de filme na qual uma mulher estava sendo seqüestrada. Papai, o criminoso, ligaria para casa pedindo um resgate, e eu teria de ceder: aqui está meu coração, aqui está tudo o que eu amo, aqui está minha mãe pela minha mãe.

Papai instalou mamãe no banco e colocou os cobertores para dentro do carro para poder fechar a porta. Ele bateu-a com um estalo e correu até o outro lado para se sentar ao volante.

"As coisas vão melhorar quando nos mudarmos", pensei, mas soube instantaneamente que aquilo era mentira.

Papai olhou para mim, e eu acenei para ele da porta. Vi o sr. Warner em seu quintal com o filho do meio. Entrei rapidamente para me esconder.

Meus pais não chegaram nem a entrar na primeira casa. A corretora ficou parada no quintal tentando olhar para dentro do carro enquanto papai explicava, dizendo que sentia muito, mas que não seria possível. Ele não estava mais interessado em comprar uma casa.

– Ela era muito presunçosa – mamãe diria mais tarde. – Muito curiosa, querendo saber quem eu era. Ela é que devia estar embrulhada num véu!

O sr. Forrest foi até nossa casa perguntar como tinha sido a excursão. Ele estava sentado em nosso sofá, com o braço sobre a colcha de retalhos. Papai trouxe uma bandeja com coquetéis e eu me sentei no sofá de veludo vermelho que ficava do outro lado da sala.

Era incrível ver mamãe fazendo sua crítica da corretora a partir das observações de papai. Ela caçoou do cabelo e das unhas da mulher, e afirmou que ela tinha voz de taquara rachada. E ali estava eu, sem poder dizer nada.

– O que é uma taquara rachada, mãe?

Minha pergunta causou apenas uma leve pausa.

Papai deu uma dose de uísque para mamãe e ela se recostou na poltrona como se nada de extraordinário tivesse acontecido nos últimos vinte anos.

– Você quer explicar, ou eu explico? – ela perguntou ao sr. Forrest.

– Primeiro as damas – ele disse.

Após servir o sr. Forrest, papai pegou seu uísque e se sentou no sofá que ficava ao lado da poltrona de mamãe. Todos nós estávamos olhando para ela. Ela ainda estava com o terninho de linho damasco, e suas pernas esguias estavam cobertas por uma meia-calça cor de pele e cruzadas no joelho.

– Taquara é uma planta aquática, mas quando a gente diz que alguém tem voz de taquara rachada, significa que fala de maneira desagradável e afetada. Essa mulher foi uma doçura conosco e só fez elogios, até que viu que seu pai não ia mudar de idéia. Então, a voz dela mudou completamente. De repente, ela ficou com o nariz empinado.

O sr. Forrest riu, gostando, e papai também, enquanto ela continuou destruindo a corretora. Eu fiquei sentada olhando os três, perguntando-me se mamãe tinha lido os pedaços de cenoura. Percebi que, dentro das quatro paredes de nossa casa, mamãe continuaria sendo a mulher mais poderosa do mundo. Era impossível vencê-la.

Depois que o sr. Forrest foi embora, papai colocou mamãe na cama e eu fui para o quintal, e depois de um tempo ele foi também.

– Que dia, meu docinho – ele disse, com o hálito cheirando a uísque.

– A mamãe é diferente, não é? – perguntei.

Não podia ver muito bem o rosto de papai na escuridão, e por isso fiquei olhando para o topo dos pinheiros, cujas silhuetas estavam bem nítidas naquela noite azul.

– Gosto de pensar em sua mãe como uma pessoa que é quase inteira – ele disse. – A vida em grande parte é feita de quases, de incompletos.

– Como a lua – eu disse.

– Isso mesmo. A lua é inteira o tempo todo, mas nem sempre conseguimos ver tudo. O que vemos é uma quase lua, uma lua incompleta. O resto está só escondido, e só existe uma lua, então continuamos seguindo seu progresso no céu. Planejamos nossa vida baseados em seus ritmos, em suas marés.

– Sei.

Eu sabia que devia ter compreendido algo por causa dessa explicação, mas só o que concluí foi que, assim como não podíamos ter outra lua, eu não podia ter outra mãe. Para onde quer que eu fosse, lá estaria ela.

Dez

Na noite em que matei minha mãe, dormi pouco, mas sonhei. Sonhei que serpentes penetravam os orifícios de minhas filhas, e eu não podia ajudá-las e nem mesmo gritar pedindo socorro. Então acordei com o som de pedrinhas batendo em minha janela.

O céu estava azul-marinho, mas eu soube quem estaria lá embaixo antes mesmo de me levantar. Ele fazia isso na época em que as meninas eram pequenas, quando esquecia as chaves. Roubava as pedrinhas decorativas dos vasos de nossos vizinhos em Wisconsin e atirava-as na janela de nosso quarto no escuro.

Andei até o parapeito. Fazia tantos anos...

– Jake?

– Deixe-me entrar – ele pediu.

Sua voz era suave e forte, e fez com que eu me lembrasse do que mamãe disse quando eu a coloquei para falar com ele, que estava ligando de Wisconsin.

– Parece que você vai se casar com um marinheiro.

Eu tinha dormido com as roupas que usara durante o dia. Não queria acender a luz e me olhar no espelho. Acima de mim estavam os globos de vidro que agora pareciam assumir a forma de mundos separados. Imaginei uma mãe e uma filha em cada um deles. No primeiro, a mãe e a filha estariam num trenó daqueles antigos, deslizando por um monte de neve fofa. No segundo, estariam bebendo cidra quente e contando histórias uma para a outra na frente da lareira. No último, a filha estaria segurando a cabeça da mãe debaixo da água gelada, estrangulando-a enquanto ela se afogava.

Forcei-me a ficar na frente de um espelho acima da minha cômoda neoclássica. Eu e Sarah a tínhamos salvado dos escombros da casa vitoriana que tinha sido demolida no bairro de mamãe. O espelho era ainda mais velho do que a casa, e em sua superfície havia pequenas marcas redondas e cinza.

Minha aparência estava exatamente igual à do dia anterior, mas havia algo em meus olhos que não pude definir. Não era medo e nem mesmo culpa. Dei um passinho para o lado, para que uma das marcas do espelho – um pontinho preto com um círculo negro ondulante em volta – ficasse exatamente no centro da minha testa. Bangue-bangue.

Fazia quase três anos que eu não via Jake. A última vez tinha sido pouco antes de Leo nascer. Ele tocou meu nariz com o dedo indicador e disse:

– É um botão perfeito! Não conheço mais ninguém com um nariz de botão. A Jeanine também tem.

– É. E também tem seus olhos castanhos.

– Espero que o bebê nasça com os seus, azuis.

Ficamos ali olhando um para o outro até que John veio do quarto, onde Emily estava deitada por ordens médicas.

– Estou interrompendo alguma coisa?

– Nós estávamos disputando quem tem mais cabelos brancos – Jake respondeu.

– Fácil – disse John, que tinha tanto senso de humor quanto uma pêra. – É a Helen.

Meu cabelo tinha começado a ficar grisalho há anos, quando eu já estava com trinta e tantos anos. Hesitei muito antes de pintá-lo. Achava triste a idéia de dizer adeus para sempre à minha cor natural. Decidi cortá-lo bem curto, embora às vezes achasse que parecia uma boneca de palito com um capacete preto.

Jake estava do outro lado da porta dos fundos, segurando uma mochila de couro marrom. Ao me aproximar, vi através da metade de vidro da porta que ele estava tamborilando os dedos na alça de couro. Aqueles hábitos dele – tamborilar os dedos, remexer os pés, estalar as juntas – me levavam à loucura no final do nosso casamento. Mas ver aquilo me confortou naquele momento. Ele ainda tinha a mesma energia nervosa de tantos anos atrás.

Tirei o trinco da porta e a abri.

Nós nos encaramos.

Jake tinha envelhecido bem. Da mesma maneira que os homens desleixados, que parecem não se importar com a aparência, mas que se cuidam bem e se exercitam, sempre envelhecem. Furtivamente. Ele já tinha 58 anos e diversos cabelos brancos, mas ainda parecia pronto para tudo.

– Fui até a casa da sua mãe – ele disse. – Por que você removeu o corpo dela?

Soltei uma exclamação de horror. Jake passou pela porta, pegando-a das minhas mãos, fechando-a com firmeza e passando o trinco.

– Como você entrou lá? – perguntei.

– Você deixou a janela dos fundos que dá na sala destrancada. Não sabia se você estava lá dentro, então subi na grade e arranquei a rede de dentro. Helen, o que foi que você fez? – ele disse, olhando diretamente para mim no meu pequeno hall.

– Não sei. Você estava falando que o corpo ia apodrecer, e eu pensei no freezer.

– Você matou uma pessoa – Jake disse, falando cada palavra bem devagar, como se eu fosse incapaz de compreender o significado delas.

Ele parecia estar com raiva suficiente para me bater.

Fui andando de costas até a área de serviço, assustada. Jake nunca tinha me agredido. Não era o tipo de homem que batia; nem mesmo gritava. Ele argumentava. Raciocinava. Quando muito, se agitava.

Havia muitos anos, Jake se obrigara a andar sem luvas no frio de Wisconsin. Vi os dois dedos que ele tinha destruído, cujas unhas ficaram permanentemente sem cor.

– O que você pretendia ao colocar sua mãe no freezer?

– Não sei – respondi, sentindo a prateleira em que ficavam o sabão em pó e outros produtos de limpeza machucando minhas costas. – Não sei.

Jake se aproximou de mim e eu me encolhi.

– Não tenha medo.

Ele pegou um dos meus braços e fez com que eu me afastasse da parede. Um frasco de amaciante caiu no chão.

– Venha aqui – ele disse.

E então me abraçou de uma maneira que Hamish, que tinha só trinta anos, jamais conseguiria. Havia intimidade, compreensão e até mesmo, por mais incrível que parecesse, compaixão em seu abraço. Lembrei que Jake sempre descrevia seu trabalho como efêmero, e dizia que tudo era efêmero no final das contas, até os relacionamentos.

– Não sei o que vou fazer – falei, permitindo-me descansar por alguns segundos no casaco cinza e áspero que ele estava usando. – Devia ter ligado para alguém, mas não liguei.

Gentilmente, Jake tirou a mochila das costas e colocou-a sobre a minha secadora.

– Você ligou para mim – ele disse.

Mantive minha cabeça enterrada no peito dele, embora tenha sentido que ele estava querendo se afastar e me olhar. Não queria que ninguém me visse. Não podia acreditar no que tinha feito, mas, ao mesmo tempo, crescendo dentro de mim como uma semente, estava surgindo uma sensação de que meu ato tinha uma justificativa. Ninguém, nem mesmo Jake, que sabia de tudo melhor do que ninguém, podia compreender o que se tinha se tornado minha vida com mamãe.

– Eu não estava mais conseguindo – expliquei.

Jake colocou as mãos em meus ombros e me forçou a olhar para ele. Minhas lágrimas saíram aos borbotões e minhas faces ficaram distorcidas numa careta. Eu tinha me esquecido de como o rosto de Jake podia ser gentil, pois há anos nós só conversávamos pelo telefone, eu na Pensilvânia e ele cada hora numa cidade diferente. Vi a bondade que havia nele, e que Emily amava tanto.

Vi o homem que Jeanine e Leo chamavam de "avozão" e de quem, por motivos óbvios, gostavam mais do que de mim.

– Ah, Helen – ele disse, tocando meu rosto. – Coitadinha.

Jake beijou o topo da minha cabeça e me segurou com força, embalando-me. Ficamos assim por muito tempo. Tempo suficiente para que a luz lá fora se transformasse de azul-marinho em azul-claro. Tempo suficiente para que o primeiro pássaro da alvorada fosse acompanhado por diversos outros. Só Jake tinha permissão de dizer aquele tipo de coisa para mim.

Quando nos afastamos, ele sugeriu que tomássemos um café. Atravessamos o enorme corredor dos fundos, em cuja parede eu tinha pendurado um mapa-múndi que tinha sido de papai. Ao longo dos anos, os países que ficavam na altura do meu ombro tinham se desbotado, pois meu casaco sempre roçava naquela parte do mapa quando eu saía de casa pela garagem. Vislumbrei a cidade de Caracas, que mal sobreviveu, com o canto do olho esquerdo.

Papai apareceu com o mapa duas semanas antes de se matar com um tiro na cabeça.

– Por que agora? – eu lhe perguntei.

Ele sorriu nesse momento, pois Emily tinha vindo falar com ele. Todos os homens, até mesmo seu avô, tinham sido uma decepção para ela nos primeiros anos após minha separação de Jake.

– Assim a Emily e a Sarah vão poder aprender geografia! – ele respondeu.

Acendi as luzes da minha cozinha. As lâmpadas ficavam dentro de pequenos círculos cavados no teto e supostamente eram melhores do que as tradicionais, mas o leve ruído de filamento quebrado que faziam sempre me perturbava. Fui até o balcão e peguei a cafeteira. Queria falar sobre outro assunto que não fosse minha mãe.

– Para quem você está trabalhando em Santa Barbara? – perguntei, fazendo um esforço para dizer algo.

– Um cara de informática – Jake disse.

Ele ficou de pé ao meu lado, como se fôssemos dois operários numa linha de produção. Pegou o bule de vidro da minha mão e abriu a torneira da pia para lavá-lo. Joguei fora o pó velho e coloquei um filtro novo na cafeteira.

– Ele tem umas 12 casas. Foi o Avery que me arrumou o trabalho. Ele é amigo do representante de aquisições desse cara.

– Representante de aquisições? – repeti, atônita.

Após me entregar o bule, Jake se virou para se recostar no balcão. Coloquei uma colher dentro da caixa com o pó de café, concentrando-me para contar o número de colheradas que devia pôr no bule.

– Tem certeza de que quer falar sobre isso? – ele perguntou.

Assenti com a cabeça.

– É uma vida nova. Estou fazendo cada vez mais esculturas particulares. É melhor do que ser professor. Gosto de dizer que me cansei de tudo quando estava em Berna.

– Então você é uma prostituta – falei.

– Essa é a minha Helen.

Sorri desanimada para ele.

– Obrigada.

– Minha artista de araque – Jake disse.

Ele deu uma olhada à sua volta. Fazia oito anos que não via minha cozinha. Desde um momento rápido numa festa, quando fizemos um brinde para comemorar a formatura de Sarah no ensino médio, embora tivesse sido por um triz.

Coloquei o filtro e liguei a cafeteira.

Não olhei para Jake, mas para o balcão, para as pequenas manchas douradas na superfície velha de linóleo. Não gostava de pedir ajuda.

Jake foi até a mesa da cozinha, onde eu separava as contas que precisava pagar e onde mantinha um arquivo com meus papéis, separado do arquivo de mamãe, que ficava na mesa da sala, e pendurou o casaco numa cadeira velha comprada no México. O café começou a ferver no bule atrás de mim. Lembrei que a lâmpada do nosso Fusca queimou no dia em que descobrimos que nosso casamento tinha acabado. Jake estava nos deixando, a mim e às meninas, em casa, e depois ia sair com um grupo de professores. Eu vi suas feições de forma breve, débil, triste, e então ele fechou a porta do carro. Fiquei ali parada na frente da nossa casinha com Sarah nos braços e Emily segurando minha mão.

– Tchau, papai – Emily disse.

E eu repeti:

– Tchau.

E Sarah disse a mesma coisa. Nossas palavras me pareceram latas inúteis amarradas no pára-choque.

Eu e Jake fomos até a mesa de jantar de tampo de vidro e ele se sentou.

– O que vamos fazer? – perguntei.

– Era nisso que eu estava pensando no caminho para cá – ele disse.

Dei-me conta de que Jake devia estar cansado. Ele nunca tinha se acostumado a viajar de avião, mesmo após todos aqueles anos indo de um lugar para outro. Sarah tinha me contado que, quando lhe pediu que ele descrevesse sua vida itinerante, ele respondeu com uma palavra:

– Solitária.

Eu não me sentei. Fiquei de pé, com os braços cruzados. Dali a quatro horas seriam dez da manhã, e eu teria de ir para Westmore, para posar para uma aula.

– Antes de entrar pela janela e vê-la no porão, eu achei que ia ser simples. Achei que podíamos ligar e dizer que ela morreu, que você ficou tão perturbada que ligou para mim, e que embora eu tivesse implorado que você chamasse uma ambulância, você tinha me esperado chegar antes. Mas agora não sei bem o que fazer. Ela está nua no freezer, e seria muito estranho dizer que você a viu e a deixou lá daquele jeito.

O nome de Manny estava na ponta da minha língua, mas eu não o pronunciei. Em vez disso, virei-me para pegar duas canecas dos ganchos que ficavam embaixo dos armários. Servi o café, que ainda estava fervendo.

– Não podemos dizer que a encontramos desse jeito? Que ela caiu? – perguntei.

Coloquei uma xícara na frente de Jake, e ele me encarou.

– Como assim?

Sentei-me numa cadeira, envolvendo minha caneca com as duas mãos.

– Podemos dizer isso que você falou, que eu estava tão nervosa que esperei você chegar, e em vez de tentar explicar como ela foi parar lá embaixo podemos apenas dizer que foi assim que a encontramos.

– Nua e com o nariz quebrado no porão?

– Exatamente.

Dei um golinho em meu café. Jake esticou a mão sobre a mesa e tocou meu antebraço.

– Você se deu conta do que fez, não foi?

Assenti fracamente.

– Você realmente a odiava, não é?

– E a amava também.

– Podia ter ido embora, ter feito outra coisa.

– O quê?

– Sei lá. Qualquer coisa menos isso.

– Ela era minha mãe.

Jake ficou em silêncio.

– O que há de errado com meu plano? – perguntei.

– Se falarmos isso, eles vão encarar o caso como um crime. Vão ser muito mais detalhistas.

– E daí?

– E daí? Eles vão descobrir, Helen. Vão acabar sabendo que você não a encontrou daquele jeito, que foi você quem fez tudo.

– E então acontece o quê?

– Acontece uma investigação.

Bebi meu café e me recostei na cadeira.

– Stonemill Farms – murmurei, como sempre fazia, o nome do condomínio onde morava.

Ele sempre me soou como o nome de uma cadeia medieval.

Jake tirou o casaco azul que estava vestindo. Embaixo dele estava uma camiseta que só meu ex-marido pensaria em usar. Em um fundo bege, havia o desenho de um bonequinho de palito deitado numa rede presa em duas árvores verdes, e abaixo estava escrito: "A vida é boa." Se eu precisasse colocar a coisa em poucas palavras, diria que esse tinha sido o motivo de nosso divórcio. Sempre discordamos nesse ponto. Acho que também foi por isso que nos casamos.

– Você ainda desenha nus? – perguntei.

– Minhas mãos não funcionam mais muito bem. Estou trabalhando com metal, agora.

– Você acha que devemos ligar agora?

Eu uni a idéia de ligar para a polícia com a possibilidade de finalmente tomar uma ducha. Não me importava mais se o que dissesse faria algum sentido.

– Por que você deu um banho nela? – Jake perguntou.

– Queria ficar sozinha com ela.

A palavra "sozinha" ecoou na minha cabeça. Subitamente, olhei para Jake e senti que ele ainda estava a milhares de quilômetros de distância, e que isso não mudaria por mais que se aproximasse.

Ouvi os gritos do bebê da casa vizinha pelas janelas fechadas que davam para os fundos. Nunca vira a criança, mas seus gritos eram os mais infelizes que já tinha ouvido. Eles atingiam a nota mais alta num vibrato, e então começavam de novo. Era como se aquela mãe tivesse dado à luz uma bola de ódio de quatro quilos.

Terminei meu café.

– Quer mais?

Jake me entregou sua caneca vazia e eu fui encher as duas. Isso era algo que sempre fizemos bem juntos: beber café. Quando eu posava para ele, nós dois conseguíamos beber três bules de café numa só tarde.

– Acho que você tem de me contar como aconteceu. Com todos os detalhes – ele pediu.

Levei as canecas de volta para a mesa, colocando a dele à sua frente e segurando a minha.

– Acho que eu devia tomar um banho. Preciso ir para a universidade posar para uma aula às dez horas.

Jake afastou a cadeira da mesa e me olhou.

– O que você tem? Você não vai trabalhar em Westmore hoje. Precisamos combinar o que vamos fazer e ligar para alguém.

– Você liga.

– E digo o quê, Helen? Que você estava cansada e parecia ser um bom dia para assassinar alguém?

– Não use essa palavra.

Saí da cozinha e subi as escadas, pensando em Hamish pelo caminho. Ele jamais sentiria vontade de matar sua mãe.

Através das janelas do andar de cima eu vi os álamos, que estavam balançando na brisa. As poucas folhas que ainda tinham estavam douradas e cor de pêssego, e flutuavam presas aos galhos. Há anos eu pensava que fugir de mamãe seria uma questão de tempo, que escapar significava pegar um carro ou um avião, ou me inscrever na Universidade de Wisconsin.

Ouvi Jake se mexendo na cozinha, o rangido do chão de linóleo imitando azulejos de terracota. Será que ele ia lavar as canecas? Será que ia ficar observando os pássaros em seu alarido diário debaixo da macieira? A vista das minhas janelas, quer mostrasse álamos no outono ou pássaros se alimentando, parecia-me ser a maior distância que eu já tinha viajado. Tentei imaginar a Helen que pegou o volante das mãos do pai naquelas primeiras férias de Natal da faculdade, quando ele dirigia até Wisconsin para ir me buscar.

– Pode deixar que eu dirijo na volta – eu disse quando estávamos chegando perto da estrada.

Papai passou a se referir àquilo como "nossa viagem" nos anos seguintes, quando se tornou cada vez mais claro que jamais faríamos outra.

Fui até o quarto e fechei a porta devagar. No banheiro, liguei o chuveiro para deixar a água esquentar. Quando comecei a tirar minhas roupas no tapete que ficava em frente à pia, dei-me conta de que estava tocando-as como se estivessem imundas de lama ou terra. Enrolei minha calça cuidadosamente até o chão e tirei-a antes das meias, pisando de leve no tapete como se o lodo de um cadáver pudesse escorrer se eu mexesse as bainhas de forma abrupta. Tirei as meias. Minhas unhas do pé estavam pintadas com o esmalte que mamãe sempre usava, aquele coral claro que eu detestava e que tinha colocado havia duas semanas, numa tarde longa que passei assistindo televisão com ela. O som do programa que falava do mercado de ações parecia a broca de um dentista abrindo meu crânio. Mamãe ficou dormindo na poltrona vermelha e branca.

Eu sabia que ainda era a mulher com quem Hamish tinha desejado fazer amor. A mulher para quem as meninas de Westmore sempre diziam: "Quando eu for velha, quero ser igual a você", sem perceber a ofensa. Mas sempre senti que tinha sido mamãe quem possuíra a beleza verdadeira, enquanto a minha era apenas de segunda mão. Sabia que a mesma estrutura óssea que fazia de mamãe uma espécie de Greta Garbo doméstica diminuía minha aparência, que era menos extraordinária. Papai tinha os olhos delicados, mas também tinha o maxilar um pouco para a frente e um nariz de batata, e as feições que eu herdei dele anulavam as que herdei de mamãe. Acho que ela se irritava com o fato de existir um quadro para o qual eu tinha posado no Museu de Arte da Filadélfia. Eu me apressei a explicar que era apenas o meu corpo no desenho:

– Julia Fusk não considerou meu rosto interessante – eu disse, tentando agradá-la após ver um panfleto da mostra na mesa de centro, que o sr. Forrest tinha trazido para lhe mostrar.

O vapor do chuveiro tomou conta do banheiro. Lembrei-me da caixa com as lingeries de mamãe, que eu tinha roubado do porão alguns anos antes. Eu as enrolei em papel-seda e as coloquei na gaveta de baixo de uma cômoda que havia em meu closet. Às vezes, abria a gaveta e ficava olhando a lingerie cor de pétala de rosa. Era uma coisa tão simples: o laço de fita que ornava o corpete se transformava nas tirinhas que passavam nos ombros. A seda flutuava e farfalhava na altura da cintura, mas ficava mais apertada e sensual ao chegar aos quadris.

Vi o perfil do meu corpo no espelho embaçado. Perdi toda a minha timidez após passar a vida tirando a roupa em público, e gostava de como o vapor me fazia parecer recatada. Rapidamente, pouco antes de entrar no chuveiro, debrucei-me sobre o espelho e desenhei uma carinha sorridente. Vi meu reflexo nos locais onde a superfície ainda estava limpa.

– Só é feio quem não se cuida – minha mãe vivia dizendo.

Em dado momento, papai passou a dormir no quarto de hóspedes. Todas as manhãs ele acordava e fazia a cama perfeitamente, como se ninguém tivesse dormido lá na noite anterior, como se a cama vazia estivesse esperando uma visita que jamais seria convidada. Até eu acreditei na mentira por um longo tempo, até que comecei a imitar mamãe e ficar acordada à noite, ouvindo os sons da casa. Quando os rifles do meu avô eram tirados das braçadeiras que os seguravam nas paredes, eu escutava o barulho do meu quarto. Pelo menos uma vez a cada dois ou três meses, percebia esse som bem específico. No meu último ano no ensino médio, em setembro, decidi investigar.

Estava muito quente para setembro, e a umidade parecia aumentar depois que anoitecia. Por causa dos ruídos da noite que entravam pelas janelas abertas, meus passos no corredor não foram ouvidos. Ao chegar ao quarto de hóspedes, abri a porta o mais silenciosamente que pude.

– Volte para a cama, Clair – papai disse, irritado.

Ele estava olhando para o rifle, que estava em seu colo, em cima de seu roupão azul-marinho.

– Papai?

Ele se virou e ficou de pé imediatamente.

– É você – falou.

O rifle ficou dependurado, com o cano apontado para o chão. Vi os lençóis amassados na cama. O travesseiro tinha sido tirado do quarto deles, pois a fronha combinava com os lençóis da cama de casal. Na mesa havia um copo de suco de laranja.

– O que você está fazendo? – perguntei.

– Estou limpando os rifles.

– Limpando os rifles?

– As armas são como todas as outras coisas, querida. Precisam ser limpas para continuar funcionando bem.

– Desde quando você liga para armas?

– É.

– Pai?

Ele não parecia estar inteiramente presente. Seus olhos se fixavam em mim por alguns segundos e então se perdiam.

– Por que não traz logo suas coisas para cá? – perguntei. – Não está enganando ninguém.

– Que bobagem, querida. Eu venho para cá de vez em quando, quando não consigo dormir. Para não acordar sua mãe.

– Já acabou de limpar? – perguntei, indicando o rifle com o queixo.

– Você não vai contar para sua mãe o que viu, vai? Ela gosta muito das armas do pai, e não quero que saiba que eu estava mexendo nelas.

– Mas você disse que as estava limpando.

– É.

Papai assentiu com a cabeça, concordando consigo próprio, mas não me convenceu.

Não consegui me afastar da porta e ir para perto dele. Sempre achei estranho vê-lo de pijama ou de roupão. Ele normalmente acordava mais cedo do que eu e trocava de roupa, e colocava o pijama depois que eu já tinha ido para a cama. Nas raras ocasiões em que o vi assim, não soube como classificá-lo. Ele não era o pai que eu conhecia, e sim um homem aprisionado que aparecia de tempos em tempos desde que eu tinha oito anos.

Papai levou o rifle até seu lugar na parede e fechou a braçadeira que o segurava.

– Um dia vou convencer sua mãe a se livrar deles.

Ele foi até a cabeceira da cama, apanhou o copo de suco de laranja e bebeu tudo de uma vez.

– Vou colocar você na cama, sim?

Atravessamos o corredor, indo para o meu lado da casa. Deitei-me em minha cama.

– Quer brincar de vento? – ele perguntou.

E, embora essa fosse uma rotina que tínhamos abandonado há anos, concordei. Qualquer coisa para fazer papai ficar mais um pouco em meu quarto. Qualquer coisa para fazê-lo prestar atenção em mim.

Quando desliguei o chuveiro, ouvi Jake falando em meu quarto. Fiquei imóvel e, tentando escutar o que ele dizia, lembrei de como a sra. Castle tinha aparecido na casa de mamãe na noite anterior, de como a água tinha escorrido da esponja pelo meu braço até chegar ao meu cotovelo, para pingar na tigela.

– Ainda não sei quanto tempo vou ficar.

Peguei uma toalha branca e felpuda de um cabide que havia no banheiro. Eu tinha comprado meia dúzia havia três anos, num impulso no shopping. Três para mim e três para mamãe. Achei que se usássemos toalhas brancas seríamos mais alegres e felizes, desesperadamente limpas.

– A ração diet e a mole são só para o fim de semana. A Grace gosta de carne, e o Milo gosta de carneiro e arroz.

Ele estava falando com o homem que estava cuidando dos cachorros, explicando tudo.

– Pode deixar, linda. Depois eu compenso você. Isso é coisa antiga, e eu preciso estar aqui agora.

Olhei para mim mesma, enrolada na toalha enganosa. Coisa antiga.

Ouvi Jake se despedindo e o bipe do telefone sendo desligado. Eu tinha conseguido manter meu corpo em forma, mas, aos olhos do mundo, não apenas aos dele, eu era mesmo uma coisa antiga. Tinha começado a tratar meu corpo como se ele fosse uma máquina, para manter tanto meu emprego quanto minha sanidade. Isso foi piorando à medida que as necessidades físicas de mamãe foram aumentando. Entre nós, tudo era melhor se fosse controlado. Os hábitos eram reconfortantes de uma maneira que o amor não podia ser. Eu achava que a sra. Castle ficava um pouco amedrontada ao ver que eu mantinha as cutículas de mamãe perfeitas, que lixava seus calos, colocando seus pés retorcidos em cima de um pufe bordado, e que ainda passava nela cremes anticelulite, apesar de seus 88 anos.

– Porra! Helen! – gritou Jake.

Abri a porta do banheiro. Ele estava segurando a trança. Eu a tinha tirado do saco plástico na noite anterior, com medo de que ficasse abafada lá dentro.

– O que... Por que você fez uma coisa dessas?

Olhei para ele. Jake parecia mais horrorizado com isso do que com o fato de que eu a tinha matado.

– Queria uma lembrança dela.

– Eu... eu... Meu Deus – ele disse.

Jake subitamente se deu conta do que estava segurando e jogou a trança de volta em minha cama desfeita.

– Você dormiu com isso?

– Eu a escovava toda semana. Adorava fazer isso.

Senti-me humilhada, enrolada ali naquela toalha com o cabelo molhado e espetado para cima. Lembrei-me de como mamãe sempre me implorou para usar pelo menos um pouco de maquiagem.

– Só um batonzinho, por favor – ela dizia.

No meu armário do banheiro estavam os tubos de cores vívidas que ela tinha me encorajado a comprar. Néctar de Verão, Vermelho Máximo, Groselha.

– Preciso me vestir – eu disse.

– O que vamos fazer com isso? Você não pode guardá-la – Jake falou.

A trança estava no meio dos meus lençóis.

– Eu sei.

Fiquei parada em cima do tapete que ficava na frente da minha cômoda, ainda enrolada na toalha. Senti uma sensação que nunca tinha experimentado diante de Jake: senti-me feia. Quis ligar para Hamish.

– Vou esperar você lá embaixo. Tem algum telefone lá? Procurei, mas não encontrei.

– Tem, é o número dele que mamãe tinha.

– Esse aqui está ligado a outra linha? – ele perguntou, indicando o pequeno telefone preto que ficava em minha mesa-de-cabeceira.

– Está. Foi idéia da Sarah. O telefone do andar de baixo está dentro do armário de bebidas, embaixo de um travesseiro. Sarah o chama de Bat-Fone.

Eu nunca tinha precisado me explicar para alguém na minha própria casa, seminua. Certamente não desde que começara a fazer coisas como esconder meu telefone.

– Tem uma frase colada nele sobre oportunidade, que você pode ignorar – continuei.

– Você sabe que eu estou aqui para ajudá-la, não sabe?

– Sei.

Assim que Jake saiu do quarto, eu me senti aliviada. Gostava de me esconder em minha escuridão. Gostava tanto que não tinha percebido que estava fazendo isso cada vez mais. Enroscando-me com mamãe na casa dela e ignorando o mundo áspero, selvagem e insistente que havia lá fora. Até Natalie eu passei a ver praticamente só em Westmore. Nós íamos até uma lanchonete perto da universidade e, lamentando-nos, bebíamos a água marrom que eles chamavam de café.

Fui até o telefone e liguei para a casa dela, sem saber o que faria se ela atendesse. Mas quem atendeu foi Hamish.

– Alô?

Não consegui dizer nada.

– Alô?

Desliguei. Queria ir até Limerick de carro e foder com ele de novo.

Um segundo depois, o telefone tocou.

– Nós temos identificador de chamadas – Hamish disse. – Quem está falando?

– É a Helen.

Hamish ficou em silêncio e então repetiu meu nome.

– Bom dia, Hamish – falei.

– Quando nós vamos nos ver de novo?

Perceber que ele queria o mesmo que eu, embora fosse pelos motivos errados, fez com que eu sorrisse como se tivesse metade, e não quase o dobro, da idade dele. Abaixei a cabeça, mas então vi meus dedos do pé pintados e olhei para cima rapidamente. As lembranças estavam surgindo aos borbotões.

– Quem sabe hoje à noite? – eu disse.

– Vou contar com isso.

– Não posso prometer. Tenho muitas coisas para fazer. Talvez.

– Vou estar em casa – Hamish disse, e então desligou o telefone.

Quando Jake começou a abandonar o ateliê que nós tínhamos montado para ele atrás de uma cortina pendurada na sala para ir trabalhar lá fora, no frio, eu não o questionei. Primeiro ele passava as tardes sozinho e voltava correndo no Fusca azul-claro para nossa casinha, com o carro tremendo e soltando estalos. Nós não morávamos muito longe do centro, e eu podia ir andando se precisasse resolver alguma coisa. Além disso, tinha Emily e Sarah para cuidar. Jake voltava quase congelado e muito agitado, falando do gelo preso às folhas e da maneira como um córrego serpenteava em torno de uma árvore.

– E as frutas – ele dizia. – Aquelas frutinhas vermelho-escuras. Se você as esmaga, elas viram uma tinta viscosa!

Coloquei o fone no gancho e me virei para a cama, onde estava a trança de mamãe, pulsando. Até eu sabia que seria perturbador demais guardá-la. Peguei minha tesoura de cabo laranja de um porta-lápis que ficava em cima da cômoda e me aproximei dela.

Entrei no banheiro e me inclinei bem sobre a privada, para que nenhum fio se soltasse e saísse voando. Comecei a cortar a trança em pedaços bem pequenos, que poderiam ser levados pela descarga.

Quando mamãe fez uma cirurgia no cólon, as enfermeiras rasparam os poucos pêlos púbicos que lhe restavam. Quando eu a coloquei para dormir nessa noite, percebi que o círculo tinha se completado.

– É como cuidar de um bebê gigante – eu disse a Natalie. – Ela está cansada demais para lutar e se deixa levar por mim, como se não estivéssemos brigando uma com a outra há meio século.

Natalie me ouviu e me fez perguntas. Os pais dela eram dez anos mais novos do que os meus e tinham se mudado voluntariamente para um asilo que ficava perto de um campo de golfe que vivia alagado. A mãe dela parou de beber e passou a dar aulas de aeróbica para os outros velhinhos. "O que vou dizer a Natalie?", perguntei a mim mesma.

Ao pensar nisso, cortei o dedo com a tesoura. O sangue se misturou aos cabelos que estavam flutuando na superfície da água. Quando terminei de cortar a trança, fiquei de pé e dei descarga. Esperei que a água parasse e dei descarga mais uma vez. Decidi que colocaria um pouco de detergente no vaso mais tarde, para remover quaisquer fios que pudessem ter restado.

Lembrei-me de levar mamãe ao médico. Os cobertores, as toalhas, a constante adulação. Quando chegava ao consultório e tirava suas proteções, ninguém seria capaz de adivinhar que tinha algo errado com ela. Era apenas uma velhinha tímida e um pouco estranha. Mamãe gemia e arranhava quando estávamos sozinhas, mas, quando entrávamos no consultório, sua interpretação começava.

Estive presente num exame retal de mamãe durante o qual, recordando-se das noções de hospitalidade que tinha aprendido na infância, ela tentou distrair o jovem médico falando da meticulosa restauração feita na residência de Thomas Jefferson, sobre a qual tinha lido numa revista. Fiquei sentada numa cadeira ali perto, sem saber o que fazer. O médico, um rapaz nascido nas Antilhas, foi educado demais para continuar o exame enquanto mamãe tagarelava. O resultado foi que nossa consulta durou muito mais tempo do que o previsto.

Quando entrei no meu closet, ouvi a voz de Jake falando com alguém lá embaixo, mas não consegui entender o que ele estava dizendo. Como a trança me tinha sido negada, eu abri a gaveta de baixo da cômoda que ficava ali dentro e peguei a lingerie cor de pétala de rosa.

Desci a escada, vestindo uma calça jeans e um casaco preto velho. Coloquei a lingerie, deixando-a por cima da calça como uma túnica. Como eu ganhava a vida tirando a roupa, as que eu usava para ir e voltar de Westmore mal eram percebidas. E talvez Sarah gostasse daquele conjunto quando o visse.

Jake estava na cozinha bebendo goles de vodca.

– Eu contei para Emily – ele disse.

– Você fez o quê?

– Não contei os detalhes horríveis. Só disse que a avó dela morreu. Precisava falar com ela. Tinha combinado de ir visitá-la na semana que vem.

– Ah – falei, consciente da forma que minha boca assumiu ao proferir o som.

– Ela não vem para o enterro.

Pensei em Leo escorregando das mãos de mamãe e caindo no chão, no som de sua cabeça macia batendo contra a cadeira. Emily ligou para mim quando chegou em casa.

– Não culpo você, mamãe – ela disse. – E não é só por causa do Leo. Não consigo mais visitar a vovó.

– Que bom – eu disse, mas estava me sentindo um pouco rejeitada.

Jake continuou a falar. Contou que Emily disse que sentia muito, que esperava que isso se transformasse num período de transição para mim, que levasse a mais autoconhecimento e autoconfiança, e mais desse papo hippie no qual eles dois acreditavam. Meus olhos pousaram no comedouro para pássaros pendurado no corniso e na bacia vazia e estéril que havia logo abaixo e que devia estar cheia de água também para os passarinhos. Aquele tubo de plástico oco balançando suavemente ao sabor da brisa, sem alpiste nenhum, parecia caçoar do meu instinto materno.

Emily adorou ser mãe desde o segundo em que Jeanine foi concebida. Eu já a tinha visto pegar seus filhos no colo e enterrar o nariz em suas nucas só para se inundar com o cheiro deles.

– Por que você está aqui? – perguntei a Jake. – Qual o verdadeiro motivo?

Jake fechou a garrafa de vodca e a colocou no armário de bebidas que mamãe me deu após a morte de papai.

– Porque você é a mãe das minhas filhas – ele respondeu, de costas para mim.

Jake pôs o telefone no armário, pegou a almofada que ficava em cima dele num aparador e colocou-a lá dentro também. Não sei se ver Jake tomando tanto cuidado para recolocar tudo do jeito que estava me fez sentir mais ou menos louca.

– E eu odiava sua mãe pela maneira como ela tratava você – ele continuou.

– Obrigada – falei.

– Onde está a trança?

– Quanta vodca você bebeu?

– O suficiente. Onde está a trança?

– Eu cortei com a tesoura e joguei na privada.

– Ótimo.

– A Emily sabe que você está bebendo?

Na primeira vez que entrei na casa de Emily, parecia que eu tinha levado dois socos no estômago. Primeiro vi que havia carpete branco na casa toda e que eu precisaria deixar meus sapatos no hall. Depois, quando pedi um drinque, ela me disse que não tinha nenhuma bebida alcoólica.

– Ela escolheu acreditar em mim quando eu disse que estava arrependido.

– Você mentiu?

– Você está tendo a influência de sempre sobre mim.

– E como é?

– Não é bom.

Sorri. Jake tentou me arrastar numa direção em que existia fé no mundo, e eu tentei arrastá-lo para o lado oposto, onde havia punhais atrás de cada sorriso. Num dado momento nós nos quebramos como uma boneca feita de partes que não se encaixam direito.

– E agora? – perguntei.

– E agora?

– Você parece estar no comando. Vou fazer o que você mandar.

– Vamos chamar a polícia.

– Achei que você não gostasse dessa opção.

– E não gosto, mas acho que você tem razão. Vamos dizer que você encontrou sua mãe daquele jeito ontem à noite, mas esperou até que eu chegasse para ligar. É melhor fazer isso o mais rápido possível. Já passei metade da manhã aqui.

– Se formos mesmo ligar para a polícia, quero voltar para a casa dela e limpar algumas coisas – falei.

– Você está preocupada em limpar a casa?

– Quero vê-la de novo – confessei.

Estremeci ao ver a expressão de espanto no rosto de Jake. Mas ele não estava dando nenhuma idéia melhor.

– Vá pegar seu casaco. Estou com um carro alugado, mas é melhor você dirigir.

Após colocarmos nossos casacos, Jake pegou minha mão e a apertou.

Lá fora eu me imaginei dirigindo o carro de Jake até um local perto da casa de Hamish, onde me encontraria com ele. O carro era um Chrysler conversível vermelho. Não tinha muitos acessórios, mas, como eu não era jovem e talvez fosse ser acusada de assassinato, poderia usá-lo para atrair Hamish. Seria como um brinquedo.

Saí para a rua com o carro alugado de Jake. Ficamos em silêncio por algum tempo. Mas, quando entrei na Pickering Pike e peguei o caminho para Phoenixville, percebi que ele começou a prestar atenção nos arredores.

– Meu Deus – ele disse. – Nada mudou por aqui. Parece que o tempo congelou.

Eu estava pensando no estado da cozinha de mamãe. Os potes de plástico espalhados e a tesoura no chão talvez pudessem ser vistos como elementos de um roubo frustrado.

Passamos pelo abrigo para veteranos de guerra que ficava ao lado do depósito de madeira.

– Espere só até ver a casa da Natalie – falei. – Ela tem três suítes!

– O que você vai dizer para ela?

– Gostaria de dizer a verdade.

– Você não pode, Helen.

Não respondi. Subitamente, pensei no conto de Edgar Allan Poe no qual uma pessoa é emparedada viva.

– Eu sou o único que pode saber disso, Helen. Eu. Mais ninguém.

– A Natalie sabia muito bem o que eu achava da minha mãe.

– Tudo bem, mas isso é diferente. Você ultrapassou os limites da maioria das pessoas. Não é o tipo de coisa que se conta para todo mundo.

– A maioria é idiota.

Passamos pela velha fábrica de pneus. Quando Sarah tinha quatro anos, ela se convenceu de que Jake morava ali.

– É difícil ficar no carro com você quando fala essas coisas.

– Por quê?

– Porque me faz lembrar do jeito como você sempre foi. Mesmo quando tudo estava bem, você era sombria. Odiava tudo.

– Ultimamente eu tenho andado muito de carro com homens que acham que precisam me analisar – falei.

Mas Jake não me perguntou a quem eu estava me referindo. Quilômetros se passaram no velocímetro, que tinha sido feito para parecer com o de um carro de corrida. Passamos pela casa de Natalie, mas eu achei melhor não comentar nada.

– A ponte ainda está aqui – disse Jake, num tom que mostrava que não queria mais brigar. – Lembro-me de como seu pai nos levava para passear de carro, e sempre mudava quando chegava aqui. Ficava mais alegre, de certa forma. Lembra? Como se estivesse animando o grupo para que todos chegássemos felizes à casa de vocês. Eu não entendia isso no começo.

– E entendeu depois?

– Ontem à noite, quando entrei pela janela, eu me lembrei de tudo. Aquela casa é uma prisão.

– E você se casou com um dos presos.

Apertei o volante com força. Não estava sendo agradável ficar dentro do carro com Jake. Lembranças demais, assim como verdades demais, podem doer na gente.

– Como está Emily? – perguntei.

– Bem – Jake disse, sorrindo. – Está se adaptando bem aos trinta anos que completou.

– Emily fez trinta anos... – eu disse, e Jake completou a frase para mim:

– No dia em que nasceu!

Rimos juntos no pequenino carro alugado.

– E o John?

– Bom, eu nunca cheguei a gostar dele de verdade, mas ele é uma boa pessoa. Responsável.

– Acho que ele me odeia.

Jake pigarreou.

– Isso seria você concordando?

– Acho que ele não gosta de nenhum de nós. Nem da Sarah.

– Pobre Sarah.

– Elas nos dividiram, Helen. A Sarah escolheu você. Sabe disso, não sabe?

Desviei o rosto.

– Puta que pariu! – exclamou Jake.

Tínhamos acabado de chegar a Phoenixville.

– Não é lindo? – perguntei.

– Eu tinha esquecido. Tinha esquecido completamente.

– Nem todo mundo passou a infância ao ar livre, com uma montanha como pai e uma cachoeira como mãe – eu disse. – Alguns de nós tivemos de crescer no asfalto mesmo.

– Pense só como deve ter sido para ela.

– Para quem?

– Para sua mãe. Por que ela ia *querer* sair de casa, se aqui fora só tinha... isso?

– Sei que você vai achar graça, mas comecei a gostar desse lugar com o passar dos anos.

– Desse lugar *aqui*?

Uma velha ponte que dividia as duas partes da cidade surgiu à minha frente. Abaixo dela havia um monte de lixo e um barril enegrecido pelo fogo.

– Tudo bem, a cidade já foi melhor, mas tem até um centro. Eles até tentaram revitalizá-lo – eu disse.

– Conheçam Helen, a representante do nosso Departamento de Turismo e Morte.

– Você já entrou no espírito de Phoenixville.

Parei atrás de um carro num sinal fechado, mas quando a luz passou de vermelha a verde o carro não se moveu.

– Não tem ninguém lá dentro – Jake disse.

Eu olhei. Era verdade. O carro nem tinha sido deixado no acostamento, simplesmente foi abandonado no meio da rua.

– Que medo – falei. – O que devo fazer?

– Dê a volta – Jake disse. – Isso não é problema nosso.

Dei a volta.

– A Alemanha Oriental era mais alegre do que esse lugar.

– Cuidado com a língua – eu disse.

Era como na minha infância. Eu podia xingar mamãe, mas nenhuma das outras crianças podia seguir meu exemplo. Ainda me preocupava com as lojas que estavam fechando na cidade, e ia ao salão do Joe cortar o cabelo.

– Desculpe. Sei que o bairro da sua mãe é mais bonitinho.

Jake estava sendo gentil, eu sabia. Logo depois que nos casamos, dirigimos de Madison até ali com Emily, e Jake esperava ver as casas imponentes que imaginava existirem no leste do país, que na verdade era o sul. Ele tinha visto *... E o vento levou* na televisão e se apaixonado pela Vivien Leigh.

Com exceção das poucas mansões que tinham sido construídas pelos donos da siderúrgica no norte da cidade, Phoenixville só tinha casas velhas de tijolo e de ripa de madeira. A suposta revitalização consistiu principalmente em inaugurar lojas de departamentos nos terrenos da antiga siderúrgica e das velhas fábricas de tecido.

Peguei o atalho que passava por trás dos trilhos do trem que levava ao estacionamento da Igreja Ortodoxa grega e à rua de mamãe.

– Espere – Jake disse, inclinando-se para a frente. – O que é aquilo?

Foi então que eu os vi. No quarteirão, havia inúmeros carros de polícia e uma ambulância.

– Não se aproxime – ele falou.

Sem querer, eu pisei no acelerador com o outro pé ainda no freio.

– Helen, faça o que estou mandando.

Precisei reunir toda a minha energia apenas para assentir.

– Vá devagar até uma daquelas vagas.

O estacionamento da igreja estava deserto naquela manhã de sexta-feira. Fiz o que Jake pediu. Quando estacionei, ele esticou o braço e desligou o carro.

– Merda – falei. – Que merda.

– Vamos ficar aqui um instante.

– O telefone da Sarah está logo abaixo do meu na lista da geladeira. E se ligarem para ela?

– A linha dela foi cortada semana passada – contou Jake. – Ela está só com o celular.

Sarah não tinha me contado. Olhei pela janela do lado de Jake. Vi a sra. Castle na calçada em frente à casa de mamãe, falando com um policial. Por um segundo, achei que ela tinha olhado na direção do estacionamento.

– Precisamos sair daqui – eu disse.

– Não precisamos, não. Temos de decidir o que vamos fazer agora.

Lembrei das ocasiões em que acordei no meio da noite quando era criança. Às vezes papai estava sentado numa cadeira no pé da minha cama, observando-me no escuro.

– Vá dormir, querida – ele dizia.

E eu obedecia. Pensei em Sarah. Sabia que, após um começo brilhante, a vida dela em Nova York tinha estagnado. Eu podia jurar que, nas últimas vezes que ela me visitou, algumas moedas sumiram da jarra em que eu guardava meus trocados.

– Jake, eu não vou conseguir. Preciso contar a verdade a eles.

Vi dois policiais saindo pela porta da frente. Havia sacos plásticos brancos amarrados em seus tornozelos, protegendo seus sapatos.

– O que eles estão segurando? – perguntei.

– Sacos de papel.

– Sacos de papel?

Eu e Jake ficamos olhando os dois homens levarem os sacos até onde a sra. Castle estava.

– Será que a sra. Castle fez um almoço para eles?

– Helen – disse Jake, subitamente cansado –, eles estão pegando objetos que podem servir de prova.

Ficamos em silêncio por um instante, atônitos, vendo os homens cortarem um pedaço de papel do alto de cada saco e colocarem-nos dentro de uma caixa de papelão.

– Isso não envolve só você – ele disse. – Eu subi naquela grade essa manhã. Eu entrei por uma janela.

– Vou contar a verdade. Vou dizer que fui eu que meti você nisso.

– E por que eu não chamei a polícia?

Não sabia o que dizer, então falei algo que sempre achei:

– Porque você é bom demais para mim.

Jake me encarou.

– Isso não vai adiantar nada. Está entendendo? Minhas impressões digitais estão naquela janela, no porão e no corrimão da escada que dá lá embaixo. Eu devia ter ligado para a polícia depois que você me telefonou, mas não liguei.

Assenti com a cabeça.

– Sinto muito – eu disse.

Nós dois nos recostamos no banco.

– Tente respirar – ele falou.

Pela primeira vez na vida o único pensamento em minha mente após uma instrução como essa não foi "Vá se foder". Eu respirei.

Ouvimos uma sirene na rua e, por instinto, nos abaixamos um pouco. Era uma ambulância.

– Por que eles precisam de outra? – perguntei.

– Outra o quê?

– Outra ambulância.

– Aquilo na frente da casa da sua mãe é o carro do legista.

Esticamos o pescoço para ver melhor o que estava acontecendo.

– A ambulância está indo para a casa da sra. Leverton – eu disse.

Fiquei radiante, extasiada. Como se isso anulasse os carros de polícia que estavam na frente da casa de mamãe. Como se a sra. Castle pudesse estar em nosso quintal simplesmente explicando que preferia torrar o pão antes de tirar a casca na hora de fazer sanduíches. E como *cream cheese* com cebolinha sempre tinha sido seu almoço preferido, embora fosse algo que a maioria das pessoas não gostasse na primeira vez que provava.

– O telefone da Emily está na lista? – Jake perguntou.

– O quê?

– Você disse que o telefone da Sarah estava abaixo do seu na lista da geladeira. E o da Emily?

– Não, não depois do que aconteceu com o Leo. Emily me pediu para tirá-lo de lá.

– Sua mãe tinha muito jeito com crianças.

– Eu matei minha mãe, Jake.

– Eu sei.

– Eles vão descobrir, não vão?

– Provavelmente. Sim.

– Em quanto tempo?

– Não sei. Logo.

Gostaria de ter morrido junto com ela.

Não esperava dizer isso e nem tinha me dado conta de que o sentia. Jake não respondeu, e eu me perguntei se tinha dito a frase em voz alta ou só dentro da minha cabeça. Nunca mais veria mamãe de novo. Nunca mais escovaria seu cabelo ou pintaria suas unhas.

– Veneno e remédio muitas vezes são a mesma coisa, só o que muda é a dose – eu disse. – Li isso num panfleto quando estava esperando mamãe sair de uma consulta no médico.

Não contei a Jake que achava que o mesmo se aplicava ao amor. Quis tocá-lo, mas temi que se afastasse de mim.

– Estava ficando mais fácil para ela sair de casa. Eu conseguia levá-la ao médico usando uma toalha de banho. Levou quarenta anos, mas ela passou de cobertores a toalhas.

Jake estava perdido em seus pensamentos, e eu estava olhando diretamente à frente, para um muro de cimento que cercava o estacionamento.

Eu sempre levava alguns segundos para reconhecê-lo sem o cachorro. O último de uma lista de cinco *King Charles spaniels* tinha morrido havia dois anos, e ele decidiu que estava velho demais para se arriscar a ter outro.

– Os cães não entendem quando nós os deixamos – ele disse certa vez quando nos encontramos na frente da casa de mamãe.

– É o sr. Forrest – falei, indicando o senhor elegante parado na colina que ficava além do muro de cimento.

– O único amigo dela – disse Jake.

Vi a sra. Leverton sendo colocada de maca na ambulância. Um paramédico estava segurando um soro ou algo assim, e eu vi a cabeça dela acima do lençol. Quase ao mesmo tempo, um Mercedes cinza-escuro foi estacionado, e o filho rico da sra. Leverton saiu de dentro dele. O sr. Forrest observou tudo da colina à minha frente. Ele estava usando calças de veludo cotelê com pregas e um paletó de flanela cinza, abaixo do qual parecia haver inúmeros casacos e blusas de gola rulê para protegê-lo do tempo imprevisível do outono. Um cachecol de *cashmere* estava enrolado em seu pescoço. O sr. Forrest gostava muito de *cashmere*. Eu sabia que ele devia ter pelo menos 75 anos de idade. Tinha parado de visitar mamãe pouco após o suicídio de papai.

– Acho que devíamos ir embora – Jake disse.

Eu estava olhando o sr. Forrest. Ele virou a cabeça em nossa direção, como se sentisse meu olhar. Seus óculos ainda eram os mesmos, uma armação quadrada de casco de tartaruga. Não tinha como ele não me ver através do vidro claro do pára-brisa de um carro que não era o meu. Encarei-o e engoli em seco.

– Você me ouviu? – perguntou Jake. – Dê a ré e saia daqui pelo mesmo caminho que viemos. Pelo atalho.

O sr. Forrest balançou muito levemente a cabeça para mim, e seu gesto foi um dos mais sutis que eu já tinha visto.

– Tudo bem – eu disse.

Virei a chave na ignição, dei ré cuidadosamente e saí dali.

Não disse nada a Jake sobre o sr. Forrest. Estava começando a sentir que os fatos se desenrolavam de forma inevitável, mas não queria tentar adivinhar o que viria a seguir.

– Vá para Westmore – Jake disse. – Vou ligar para Sarah.

– E vai dizer o quê?

– Nada, Helen. Não sei!

Segui os trilhos do trem pelas ruas menos movimentadas até sair da cidade. Era como se fôssemos fugitivos. Eu odiava aquela situação. Odiava com todas as minhas forças o fato de que o cadáver de mamãe ainda exercia tanto controle sobre mim. Ao ver um monte de cascalho à minha frente, atirei o carro nele. As rodas giraram no lugar até pararem.

– O que você está fazendo, porra? – Jake perguntou.

Pousei minha cabeça sobre o volante. Estava me sentindo entorpecida.

– Vou voltar para lá.

– Não vai porra nenhuma.

– O quê?

Nunca tinha visto Jake tão zangado.

– Vou voltar e contar tudo o que fiz – eu disse. – Você não vai ser acusado de nada.

Lágrimas rolaram pelo meu rosto, e eu me virei para sair do carro. Ele se inclinou sobre mim e segurou a porta, impedindo-me de abri-la.

– Nem tudo na vida gira em torno de você e sua mãe.

– Eu sei – disse aos soluços.

– Seria bom que nossas filhas não descobrissem que a mãe delas matou a avó, e que depois o pai delas pulou por uma janela como um palhaço que salta da caixa!

Um trem surgiu na ferrovia, e o maquinista buzinou bem alto ao ver nosso carro tão perto dos trilhos. Tudo estremeceu quando o trem passou ao nosso lado. Eu gritei. Fiquei gritando durante todo o tempo que o trem levou para passar.

Quando o silêncio voltou, observei os trilhos, completamente infeliz. Meus olhos pareciam estar do tamanho de cabeças de alfinete.

– Eu dirijo – Jake disse.

Percebi que minhas pernas estavam bambas quando fiquei de pé. Jake conseguiu dar a volta no carro antes que eu conseguisse dar um passo. Ele colocou as mãos nos meus ombros.

– Desculpe se fui muito ríspido – falou. – Estou pensando nas meninas, entende?

Assenti. Mas sabia que aquilo não era verdade. Não eram só as meninas, era a vida dele toda. Seus cães. Sua carreira. Alguém que ele tinha chamado de "linda".

– Sua mãe já destruiu tanta coisa.. – ele disse. – Não sei o que vamos fazer, mas precisamos pensar direito. Você não está mais na casa da sua mãe. Está aqui fora, no mundo.

Assenti de novo.

Jake me abraçou, e eu relaxei em seus braços. Pensei na voz estremecida de Sarah no CD que ela tinha gravado para mim. Dos sonhos que ela mantinha vivos, de uma forma que eu jamais conseguiria. Ela ia visitar mamãe e falava de Manhattan como se a ilha fosse um enorme bolo confeitado. Mas seu telefone tinha sido desligado, e ela sempre levava embora toda a comida que cabia em sua mala quando se hospedava em minha casa.

– Manny – murmurei, com a boca abafada pelo ombro de Jake.

Ele me soltou.

– O quê?

– Manny.

– Quem é Manny?

Senti-me fria como a neve. Meu coração parecia um bloco de gelo dentro do meu peito.

– Ele costumava fazer uns servicinhos para mamãe, alguns consertos. Coisas que eu e a sra. Castle não conseguíamos fazer.

– E daí?

– Há mais ou menos seis meses encontrei uma camisinha usada no meu quarto.

– Não estou entendendo.

– E alguém tinha mexido na caixa de jóias de mamãe.

– Ele transou com alguém no seu quarto? Com quem?

– Não sei. Nós trocamos as fechaduras da casa. A sra. Castle sabe disso, e os fiéis da Igreja Ortodoxa Grega também. Mas eu nunca contei a ninguém que as jóias tinham sumido.

– E por que está contando agora para mim?

Olhei para Jake, mas não soube o que dizer. Não soube o que seria bom o suficiente.

– Meu Deus – ele disse, virando-se e se afastando de mim.

Fiquei parada ao lado do carro. Não pensava em Manny desde a noite anterior. Lembrei-me de colocar a mão sobre a estátua do Buda, mas não consegui lembrar se a tinha jogado fora ou se ela ainda estava em seu lugar discreto em minha prateleira.

Quando Jake voltou, seu rosto estava muito pálido.

– Vamos entrar no carro – ele disse. – E não vamos falar nada. Vou levar você para Westmore. Quando a polícia entrar em contato, você vai fingir que está surpresa. Mas não finja que está arrasada. Quando eles chegarem a você, já vão saber que não era isso o que sentiria com a morte de sua mãe. Fique sem reação, sei lá.

– Mas eu *ficaria* arrasada com a morte de mamãe. Eu *estou* arrasada.

– Entre no carro.

Dei a volta no carro e me sentei no banco do passageiro. Jake virou a chave na ignição e saiu cuidadosamente do monte de cascalho, levando-nos de volta para a rua.

– Eu cuido das meninas. Não sei o que vou dizer a elas. Depois que deixar você na universidade, vou ligar para o Avery e marcar de almoçar com ele um outro dia. Assim, vou poder dizer que também tive motivos profissionais para vir para cá.

– Jake... – comecei a dizer.

– Helen, não quero ouvir nada agora. Não culpo você pelo que fez. Só quero poder limitar um pouco os estragos. Eu tenho a minha vida. Essa história do Manny é sua. Não vou falar dele para a polícia, e não sei nada sobre ele. O que acontecer, aconteceu, mas não vou jogar a culpa em ninguém.

Nós chegamos a Phoenixville Pike. Passamos pela casa de Natalie de novo. O carro de Hamish estava na garagem. Quando chegamos à altura da escola na qual as meninas tinham estudado, eu estava puta da vida.

– Então você quer livrar nossa cara, mas não quer pensar numa maneira de fazer isso acontecer – afirmei.

– Foi você quem a matou, Helen. Não eu. Não existe "nós".

– Ela era *minha* mãe!

– Esse é o "nós". Você e ela, apaixonadas uma pela outra.

Cruzamos a via 401 e passamos pelo cemitério Haym Salomon, que se estendia por cerca de quatrocentos metros ao longo da estrada. Era um dia lindo de outono. O ar estava fresco e o sol ora aparecia, ora se escondia por trás de um véu vaporoso de nuvens.

– Quando você começou a querer trabalhar só com gelo e folhas, achei que fosse por minha causa.

– Não era.

– Você parou de me desenhar. Aquilo me destruiu. Foi como se você tivesse batido uma porta na minha cara sem nem pensar duas vezes.

– Meu trabalho me levou a lugares diferentes, Helen, só isso. Desenhar era só um jeito de chegar a outras coisas.

– Não entendo como uma pessoa pára de desenhar para construir iglus e dragões feitos de merda.

– Pela milionésima vez: era lama, não era merda. E a Emily adorou aquele dragão.

– Emily, a garota perfeita – eu disse, e um segundo depois me arrependi.

À nossa direita, um celeiro estava caindo aos pedaços no meio de um campo plano. Eu queria correr até lá e desaparecer, como um dia todos nós desapareceríamos. Já tinha acontecido com meu pai e agora com minha mãe; os dois passaram a fazer parte da história inglória daquela região.

– Desculpe, Jake – eu disse, desesperada. – Não devia ter falado isso. Desculpe. Eu amo você.

– Você sabe o que ela passou por sua causa? Como você se apoiou nela? Ela me contou que você costumava ir para a cama dela no meio da noite e chorar.

Era verdade. Eu tinha 27, 28, 29 anos. Emily só tinha sete quando nós nos separamos. Ela era tudo o que eu tinha. Era um corpo quente que eu precisava abraçar.

– Foi você quem nos abandonou – eu disse, tentando inutilmente me defender.

– Nós abandonamos um ao outro, Helen. Lembre-se sempre disso.

– E você abandonou as meninas. Eu posso não ter sido perfeita, mas não coloquei o pé na estrada para me tornar um semideus da arte. Mesmo assim, a Emily acha que você nunca faz nada de errado.

– Eu nunca quis.

– O quê?

Jake diminuiu a velocidade, mas não olhou para mim.

– Eu nunca quis o divórcio – ele disse. – Assinei os papéis, mas nunca foi o que *eu* quis. Seu pai sabia disso.

Jake olhou para o volante. Algo tinha se quebrado dentro dele. Dava para ver o desânimo em seus ombros. Estiquei o braço e toquei o meio de suas costas. Lembrei como era tocá-lo quando éramos casados, como ele gostava de descansar a cabeça em meu peito e me falar de tudo que queria moldar, construir, criar. Tirei minha mão dali. Estávamos andando em círculos. Eu precisava me concentrar.

– Muito bem – eu disse. – O que fizemos hoje de manhã? Porque eu não estava na minha casa nessa última hora? Precisamos combinar tudo agora.

– Essa é a minha Helen. Nunca se deixa abater.

– Eles vão querer saber.

Jake se virou e me encarou.

– Não sei. Nós fomos tomar café?

– Alguém teria nos visto. Não, nós fomos para um lugar qualquer de carro e fizemos amor. Foi inesperado.

– Você ficou louca?

– Acho que você já sabe muito bem a resposta a essa pergunta.

Chamei a atenção de Jake para um carro que estava vindo na direção contrária pela ponte e então mostrei qual era a rua que dava em Westmore.

– Fomos até meu lugar preferido, de onde dá para ver a usina nuclear, e fizemos amor – eu disse.

– E como minhas impressões digitais foram parar naquela janela?

– Você foi até lá ontem. Ela lhe pediu para consertar a janela para ela e você consertou, pelos velhos tempos.

– Não é uma história muito boa. Eles vão investigar, tenho certeza.

– Você tem alguma idéia melhor?

Quando chegamos à universidade, eram 9:15h. Eu tinha 45 minutos até a aula de Desenho de Modelo Vivo do professor Tanner Haku. Precisaria fazer uma série de poses, cada uma por três minutos. A maioria era ridícula: segurar uma toalha na lateral do meu corpo ou fingir que tinha acabado de sair do banho e estava penteando o cabelo.

– Vou vir buscar você, como se não fôssemos receber nenhuma notícia que vá mudar nossos planos.

– E se a polícia aparecer?

– Aja como se tudo isso fosse novidade. Você não sabe quem matou sua mãe.

– E torço para que a sra. Castle fale do Manny para eles.

Jake abaixou a cabeça.

– Não fale essas coisas para mim.

– Tem razão. Estou sozinha nisso.

– Está. Quer dizer, sei lá.

Estávamos estacionados na frente da lanchonete da universidade. Atrás de nós, parou um carro de onde saía um hip-hop a toda altura.

Coloquei a mão na trava da porta.

– Boa sorte – Jake disse.

Não fui para a lanchonete, pois era quase certo que Natalie estaria lá, tomando um enorme café-da-manhã antes de ir posar para o imitador do Lucian Freud. Em vez disso, contornei o prédio baixo e longo, seguindo um caminho de terra que levava ao único pedaço do terreno de Westmore que não tinha sido urbanizado. O problema era que, toda vez que chovia, ele alagava, e às vezes permanecia assim por metade do ano. Havia um imenso carvalho no meio dele. Devia ter feito mais de duzentos anos antes que suas raízes tivessem começado a apodrecer.

Do outro lado do terreno, como eu esperava, estava a turma da aula de pintura em aquarela do Centro da Terceira Idade. No outono e no final da primavera surgiam pessoas mais velhas nos lugares mais bonitos do campus, segurando enormes telas e usando viseiras e jaquetas vermelhas iguais. A professora era uma mulher da minha idade. Uma voluntária, que adorava trabalhar com os velhinhos.

Sentei-me na grama, longe o suficiente para não ser notada. Todos eles, com exceção da professora, estavam de costas para mim, e ela estava concentrada em ir de aluno em aluno para oferecer algum comentário encorajador.

Coloquei minhas mãos embaixo do meu casaco para esquentá-las e senti a seda da lingerie cor de pétala de rosa. Era o mesmo que observar uma manada de zebras numa planície africana, de tão diferentes da minha mãe eram aqueles velhos. Eu encarava essas pessoas como maravilhas, como personagens de contos de fadas que eu gostaria que tivessem me criado. O que será que tinham sido antes de envelhecerem? Advogados, operários, enfermeiras, pais, mães? Parecia-me surreal que freqüentassem o Centro da Terceira Idade, vissem o anúncio de uma aula de pintura em aquarela e decidissem se inscrever. Eu sabia que jamais seria como eles. Fui criada por uma mulher solitária para ser uma criança solitária, e era isso que tinha me tornado. Não havia escapatória.

Eu precisava comer alguma coisa e, mesmo me arriscando a encontrar Natalie, o único lugar aonde poderia chegar a tempo a pé era a lanchonete da universidade. Hesitei, mas acabei me levantando e dando tchau aos artistas amadores que tinha sido treinada para condenar.

Onze

Passei pelo número cada vez maior de estudantes que havia do lado de fora da lanchonete. A Universidade Westmore não era conhecida por ter alunos brilhantes ou bons atletas. Era conhecida por ser uma universidade barata e próxima de várias cidades, boa para quem ia estudar coisas como marketing ou farmácia. O Departamento de Artes, assim como o Departamento de Letras, era uma anomalia tolerada pelos outros e protegida por uma variedade de pessoas que Natalie e eu classificávamos às vezes como gênios, às vezes como idiotas. O fundador da universidade, Nathaniel Westmore, tinha sido um pintor e escritor antes de desaparecer nas florestas do Maine, assim como um dia fizera Thoreau. O resultado foi que os dois departamentos permaneceram relativamente independentes do resto do campus.

Os alunos de Westmore vestiam as versões mais baratas das roupas que estavam sendo usadas em Nova York dez anos antes. Nas poucas vezes que levei Sarah para visitar o campus, sua aparência causou um alvoroço. Eu sempre me orgulhei do fato de minhas duas filhas morarem em outros estados e terem decidido viver suas vidas longe de casa. Mas, muitas vezes, desejava que morassem na minha rua, para que eu pudesse aparecer para jantar com elas. Mas jamais seria capaz de fazer isso com qualquer uma das duas. Um dos poucos pontos positivos da minha vida era que mamãe jamais pôde me fazer uma visita surpresa.

Subi pela rampa de deficientes e passei pela porta dupla, que criava uma ilha de silêncio na entrada. Então, ali estava Natalie, perdida num mar de estudantes trinta anos mais novos do que nós. Estava sentada sozinha num banquinho em forma de semicírculo, perto de uma parede cheia de janelas que mostravam a parte do campus de onde eu tinha acabado de sair. Não dava para ver o velho carvalho dali. Só a grama, que, após a próxima geada, mudaria de cor e, quando chegasse o inverno, emitiria uma espécie de sussurro conforme os talos ressecados batessem uns contra os outros.

Natalie estava olhando pelas janelas, talvez para a estrada, que ficava tão longe que as enormes placas de trânsito pareciam pequenos pontos verdes e os carros eram impossíveis de discernir.

Ao vê-la, percebi que não ia lhe contar a verdade. Como eu poderia colocá-la em palavras? Até agora, só tinha pronunciado a frase uma vez. "Eu matei minha mãe." Fiquei espantada com as coisas que poderia dizer se quisesse. "Eu matei minha mãe." "Eu dei para o seu filho."

Aproximei-me dela, mal notando os alunos que passavam por mim carregando bandejas cheias de comida.

– Natalie.

E lá estavam seus olhos, os olhos castanho-claros que eu conhecia desde que era criança.

Natalie estava usando um vestido estilo Diane von Furstenberg, mas que a própria Diane von Furstenberg jamais assinaria. O estampado era de um tipo inescrutável que costumava adornar os corpos de muitas mulheres de meia-idade – uma espécie de camuflagem ofuscante, desenhada para impedir que se visse o que estava dentro dela. Nós duas tínhamos descoberto que os vestidos de modelo envelope, como aquele, eram muito simples de tirar na hora de ir trabalhar, mas eu desisti de usá-los. Em algum momento, vê-los pendurados em meu armário começou a me deprimir – o tecido leve e os estampados ininteligíveis me faziam pensar em vestidos feitos com pele humana.

– Oi – ela disse. – Pode comer isso aqui, eu estou cheia.

Sentei-me na frente de Natalie e ela empurrou a bandeja laranja da lanchonete para mim. Nela, havia meio croissant recheado com queijo e um iogurte ainda fechado. Sempre foi assim conosco. Natalie pedia comida demais e eu ficava com o que sobrava.

– Onde você estava ontem? – ela perguntou. – Liguei para você umas dez vezes. Até liguei para o Bat-Fone duas vezes.

– Estava na casa da minha mãe.

– Foi o que eu imaginei. Como ela está?

– Você se incomoda se não falarmos nisso?

– Quer um café?

Sorri para ela.

Natalie se levantou, segurando sua caneca. Os funcionários da lanchonete nunca nos impediam de furar a fila para encher de novo nossos copos. Tínhamos os mesmos privilégios que os professores.

Devorei o croissant e comecei a tirar a tampa do iogurte. Quando Natalie voltou, eu já tinha comido metade da minha refeição de segunda mão. O café – quente, aguado, fraco – acabou com o resto do meu apetite.

– O que você tem? – ela perguntou.

– Como assim?

– Parece um pouco nervosa. É a Clair?

Pensei em alguns mecanismos de defesa. Podia ter falado que nem todo mundo só consegue dormir depois de tomar meia garrafa de vinho e um calmante, e que nem todo mundo estava secretamente dando para um peão de obra que morava em Downingtown... mas não falei nada disso. Ia contar o máximo de verdade que pudesse.

– O Jake apareceu.

Foi como se Natalie tivesse ouvido um tiro. Ela bateu na mesa com as palmas das mãos e se inclinou para a frente.

– O quê?

– Lembra que eu contei como ele costumava me acordar quando as meninas estavam dormindo? Com pedrinhas dos vasos dos vizinhos?

– Lembro, lembro.

– Ele me acordou essa madrugada, às cinco. Estava no meu quintal, jogando pedrinhas na minha janela. Passamos a manhã juntos.

– Helen, agora eu estou achando que você não está nervosa o suficiente! O que está acontecendo?

– Não sei. Como está o Hamish?

– Desde quando você liga para o Hamish? Como está o *Jake*?

Então contei a ela que Jake estava morando em Santa Barbara, na propriedade de um milionário da computação que ele nunca tinha visto. Que estava fazendo uma instalação lá. Que tinha uma mulher que cuidava de seus cães, que se chamavam Milo e Grace, e que estava planejando ir até Seattle em breve para visitar Emily e as crianças. Ao enumerar as poucas coisas que sabia, percebi que não era muito.

– Mas por que ele veio ver você?

Lembrei o que Jake disse: "Eu nunca quis o divórcio."

– Ainda não sei – falei.

Segurei a caneca de café com as duas mãos, como se estivesse esquentando-as. Natalie me encarou, lançando-me um olhar que dizia: "Você está me escondendo alguma coisa", e eu senti o tremor começando na altura dos meus cotovelos. Um segundo depois, derrubei todo o café fervendo.

Natalie se levantou. Um pouco de café espirrou na manga de seu vestido, mas a maior parte estava formando uma poça na mesa ou caindo sobre minha calça jeans. Não me movi. Senti o líquido quente queimando minhas coxas. Não me pareceu errado. Vi o relógio do outro lado da lanchonete. Eram 9:55h.

– Está na hora de ir para a aula – eu disse.

Minha voz estava mecânica, sem expressão. Eu sempre contava tudo a Natalie e agora, dentro de 24 horas, tinha feito besteiras o suficiente para estragar até uma amizade tão antiga quanto a nossa.

Por um segundo imaginei como seria se eu a convidasse para ir comigo para outro lugar, fugir, mudar para outra cidade, talvez abrir a loja de roupas com a qual ela sempre sonhou. Ela estava arrumando o vestido e secando o café que tinha molhado sua bolsa. "Lembra de quando andávamos juntas de bicicleta?", eu quis perguntar. "Lembra daquele nerd que morava na sua esquina e tinha uma buzina no guidão? Lembra como ele buzinava o tempo todo?" Pensei no sr. Forrest, que eu tinha visto naquela manhã. E subitamente vi a sra. Castle conversando com os policiais, movendo freneticamente os braços enquanto falava. Será que eu tinha visto isso mesmo? Ou será que ela estava conversando calmamente com eles? Eles estavam tomando nota de alguma coisa? Ou só escutando? Tentei me lembrar do número de carros de polícia que havia na rua. Dois em frente à casa de mamãe e um na esquina. Havia também o carro do legista, e a ambulância que foi para a casa da sra. Leverton. Podia ligar para o hospital para descobrir o que tinha acontecido com ela, mas Jake não aprovaria. Seria uma maneira de me entregar.

– Você está perturbada mesmo – Natalie disse.

Olhei para ela. Minha visão estava embaçada, e sua voz parecia vir de um lugar muito distante.

– Bom, está na hora de ficar pelada – ela falou, estendendo a mão para mim.

Nós dizíamos aquela frase uma para a outra há 15 anos.

– É.

– Vou levar você até sua sala, mulher. E depois da aula vamos sentar e conversar sobre homens. Também tenho uma novidade para contar.

Isso me ajudou. Eu me senti bem ao saber que Natalie estava planejando me contar sobre o dono da construtora. Foi isso que eu usei – a expectativa de uma confidência da minha amiga – para obrigar minhas pernas a funcionarem e me levantar.

Saímos da lanchonete e pegamos uma ladeira de asfalto que levava até o prédio do Departamento de Artes, comumente chamado de A Cabana. Nunca entendi esse apelido, porque o prédio na verdade parecia um agrupamento de escritórios que só chegou aos dois primeiros andares antes de ser cruelmente abandonado e coberto por um telhado de aglomerado e piche. Mas era lá dentro que ficavam as cabanas. Eram cantinhos escuros e quentes das grandes salas de aula onde alguns dos estudantes dormiam à noite, pois as condições ali muitas vezes eram melhores do que as dos apartamentos que eles alugavam na vizinhança. Principalmente no inverno. Se você estivesse na Cabana, podia ligar o aquecimento no máximo, pois era a universidade que pagava a conta. Quando passamos pela porta e subimos os três degraus que davam no corredor do primeiro andar, ocorreu-me que eu poderia ir viver na Cabana. Devia ter um cantinho vazio em algum lugar. Eu ainda não tinha me dado conta, mas estava tramando algo. No fundo da minha mente, estava planejando fugir.

Natalie entrou na sala 230, a mais quente do prédio. Eu achava injusto que ela sempre tivesse a sorte de ser escolhida para trabalhar lá, e me perguntava se havia certo favoritismo por parte dos funcionários da administração que selecionavam quais modelos trabalhariam com cada professor no início de cada semestre. Mas podia entender por que isso acontecia. Nem Gerald, o outro modelo, nem eu levávamos bolinhos e vinho para os funcionários. Quando chegava o Halloween, não colocávamos lápis com borrachas em forma de vampiros, abóboras ou fantasmas na caixa de correio das secretárias.

De repente me dei conta de que não queria ver Gerald de jeito nenhum. Sua mãe tinha morrido num incêndio no ano anterior. Ela foi dormir e esqueceu um cigarro aceso. Quando Gerald acordou, estava caído no chão e quase sufocado. Ele quase morreu também, e sua mãe, segundo os bombeiros, foi vítima da fumaça muito antes de ser queimada pelo fogo. Desde então, quando eu o encontrava, ele dizia "Minha mãe morreu", sem qualquer motivo, no meio de uma conversa sobre o tempo ou sobre as poses que íamos fazer. Natalie sempre achou que Gerald era meio burro, e esse novo hábito dele parecia confirmar isso. Mas, ao atravessar o corredor na direção da sala de Tanner Haku, percebi que na verdade ele era um gênio. Como os bombeiros saberiam que tinha sido *ela* quem deixara o cigarro aceso?

– Oi, Helen! Você está linda! – uma das alunas disse para mim.

Era uma menina chamada Dorothy, que era a melhor da turma, embora também fosse uma puxa-saco insuportável.

Dois ou três outros estudantes notaram minha presença depois do cumprimento de Dorothy. Eles estavam ajustando os cavaletes na sala, que estavam velhos e manchados após anos e anos de uso.

Fui para trás do biombo de três painéis, onde eu tirava e vestia a roupa. Reparei vagamente no cenário montado na plataforma. Havia uma toalha, um pente e uma fotografia de uma banheira daquelas antigas. O impacto em mim foi quase nulo. "Banheira", pensei simplesmente, e então fui para trás do biombo e me sentei na cadeira de madeira pintada de preto para tirar os sapatos e colocar os chinelos de palha que sempre usava.

Assim como eu tinha me apoiado na expectativa de Natalie me contar sobre o dono da construtora, agora o que me ajudou foi o forte cheiro de alvejante que vinha do roupão de hospital pendurado num cabide de metal atrás do biombo. Eu e Natalie achávamos que a mulher que trabalhava na lavanderia da universidade tinha medo de pegar alguma doença de nós, os modelos-vivos. O resultado era que ela passava tanto alvejante nos nossos roupões que em pouco tempo o tecido ficava fino como papel. Mas o cheiro do pânico dela, palpável por causa do alvejante, acordou-me para o que eu precisava fazer. Ouvi Tanner Haku, o desenhista japonês que tinha ido parar na Pensilvânia após vinte anos dando aulas por todo o mundo, entrar na sala e cumprimentar os alunos. Ele começou a falar do estilo individual na representação do corpo humano.

Tirei meu casaco pela cabeça e o enfiei num dos pequenos compartimentos que ficavam abaixo da janela. Coloquei os sapatos no compartimento inferior. Fiquei só com a lingerie de mamãe e minha calça jeans. Tanner Haku estava citando Degas: "Desenhar não é a forma; é a maneira como vemos a forma."

Mas ele não mencionou que a frase era de Degas. Se fizesse isso, teria de explicar quem foi Degas e o que significava para ele. Teria de sacrificar um pedaço bem maior de sua alma para aqueles alunos.

Desabotoei a calça e fiquei de pé para tirá-la.

– Isso não faz sentido – disse a voz bem fina de um dos estudantes.

Foi um golpe contra o peito de Tanner, tão real que eu quase pude ouvir o baque. Após todos aqueles anos, e apesar de eu ser apenas uma modelo, muitas vezes também sentia um golpe contra o meu peito nessas horas. Mas agora essa afirmação tão confiante de um moleque diante de cem anos de história me deixou indiferente. De certa forma, aquilo me fez ver que, não importava o que acontecesse, tudo ia permanecer igual, com ou sem mim. Gerald ficaria em meu lugar, diria "Minha mãe morreu" e os alunos assentiriam com a cabeça, constrangidos. Ele subiria na plataforma e os estudantes desenhariam pequenas variações sobre o tema – *Homem no pedestal* em vez de *Mulher na banheira*. Então, entregariam seus desenhos a Tanner, que os corrigiria sem muita atenção, ouvindo ópera a toda altura e bebendo gim.

– E a Helen vai fazer uma série de poses de mulheres fazendo a toalete – ele disse.

Ouvi algumas risadinhas enquanto colocava minha calça dobrada ao lado do meu casaco no compartimento. "Ele está jogando a isca", pensei, e isso me fez acordar de novo, ajudou-me a permanecer de pé.

Tanner começou a explicar o que isso significava, e eu sabia que ele estava apontando para a bacia e a toalha que estavam na plataforma e para a fotografia da banheira antiga. Sabia quc precisava me despir depressa. Em poucos segundos Tanner diria: "Helen, você já pode vir." Mas fiquei ali, imóvel, com a lingerie de mamãe. Senti o toque daquela seda tão velha em minha pele. Tirei a calcinha e o sutiã, puxando-o por cima das alças da combinação. Pensei em Hamish esperando por mim. Imaginei-o deitado no sofá da sala de Natalie. Então a visão mudou, e a cabeça dele estava coberta de sangue. Coloquei a calcinha e o sutiã no compartimento, em cima da calça e do casaco.

Havia um ritmo para a hora de tirar a roupa em Westmore. Eu entrava na sala de aula, falava com alguns dos alunos, olhava para a plataforma e ia para trás do biombo. Começava a me despir quando o professor chegava, e continuava enquanto ele prosseguia com a lenga-lenga que precedia minhas poses. Cada peça de roupa tinha seu lugar específico em cada uma das salas. Na sala onde Natalie posava havia um velho armário de metal que tinha sido resgatado do prédio de Educação Física antes que ele fosse reformado. Na minha, havia os compartimentos abaixo da janela e a cadeira pintada de preto. Passei os dedos pela combinação cor de pétala de rosa, sentindo meu peito, meu estômago e a curva dos meus quadris, e pensei em mamãe. Pensei no refúgio que

Westmore era para mim. Eu ia para lá, ficava nua em pêlo e me mostrava para os estudantes, que me desenhavam. Nunca fui tola o suficiente para acreditar que eles de fato me viam, mas o processo metódico de tirar a roupa, subir na plataforma atapetada e ficar ali em cima, tremendo de frio, fazia com que eu me sentisse uma revolucionária.

Ouvi os estudantes procurando uma folha em branco em seus enormes cadernos de desenho. Tanner estava chegando ao fim de sua inútil minipalestra. Tirei a combinação e coloquei os chinelos de palha. Coloquei a combinação na cadeira e tirei o roupão de hospital do cabide. Cobri-me com ele rapidamente.

– Helen, você já pode vir.

Olhei para a combinação. Era minha mãe ali naquela cadeira. Senti vontade de chorar de horror, mas não o fiz. Será que eu estava pensando na minha autopreservação naquele momento? O que será que me induziu a fazer aquilo? Como se a combinação fosse um dos itens que eu costumava jogar fora de tempos em tempos, eu a enrolei e a coloquei no espaço que havia entre os compartimentos e a parede de cimento. Sabia que ficaria ali por um longo tempo. Natalie um dia perdeu um anel naquele buraco, e meses se passaram até que um professor, entediado a ponto de reorganizar os móveis no meio da própria aula, o encontrou.

Saí de detrás do biombo, fechando o roupão de hospital com a mão na altura da cintura. Os únicos sons vinham dos meus chinelos e dos alunos, que se ajeitavam para começar a desenhar. Subi os dois degraus que levavam até a plataforma e Tanner me entregou um livrinho. Eu e Natalie já o conhecíamos de cor. Não era muito maior do que a palma da minha mão e fazia parte de uma série de pequenos livros de arte impressos no final da década de 1950 que estavam sendo levados de uma sala da universidade para outra há anos. Este mostrava 15 quadros coloridos de Degas, e seu título era simplesmente *Mulheres se vestindo*.

– Não precisa – eu disse, estendendo o livro de volta para Tanner.

– Vamos fazer uma série delas, três minutos para cada uma. Dez, nove, sete, quatro e dois. Pode fazer a última por mais tempo, se quiser. Conhece os quadros?

– Conheço.

Normalmente eu diria o nome dos quadros na ordem em que ele os tinha enumerado, mas não estava mais prestando atenção em Tanner. Em vez disso, canalizei toda a minha energia para Dorothy, a melhor aluna da turma. Por ela, eu vestiria o assassinato da minha mãe.

Na primeira pose, eu teria de ficar quase de costas para a sala, por isso me virei enquanto Tanner se afastava da plataforma. Vi a foto da banheira pregada na cortina que ficava ali atrás, tirei o roupão e segurei-o com a mão direita para fingir que ele era a toalha mostrada no quadro *Após o banho, mulher se secando*. Inclinei-me para a frente, como a mulher do quadro fazia, e virei a cabeça um pouco para mostrar de leve meu perfil. Imediatamente a sala se encheu do som do carvão sendo passado no papel por dezenas de alunos, como se eles fossem máquinas fotográficas e eu fosse um alvo em fuga. Poucos deles sabiam ter consideração. Dorothy era uma exceção.

Três minutos para cada pose eram uma concessão para os estudantes. Quando chegasse o final do semestre, eles iam precisar desenhar em apenas dois. Mas eu conseguia segurar poses por muito mais tempo, e tinha conseguido desde sempre. Ficar completamente imóvel era algo que sabia fazer de forma muito natural.

– Parece que você nasceu para isso – Jake disse certa vez.

Ele era meu professor naquela época. Era o meu Tanner Haku, e eu pensava que era sua Dorothy. Mas não tinha o talento dela.

– Você tem uma pele tão linda... – Jake disse.

E eu me agarrei àquilo. Quase como se, caso ele dissesse de novo, algo fosse se quebrar dentro de mim. E ele disse, quando percebeu que eu estava com tanto frio que estava quase tremendo. Ele se aproximou de mim – eu estava deitada e sentia uma câibra na lateral do corpo – e ficou parado, me olhando.

Morri de medo de ele dizer: "Sabe, eu estava enganado. Você é horrorosa. Isso não foi uma boa idéia."

– Você está ficando azul de frio – ele disse.

– Desculpe – respondi enquanto fazia de tudo para impedir meus dentes de baterem.

Tinha 18 anos e nunca tinha visto um homem nu, muito menos me despido na frente de um.

– Relaxe.

Jake colocou um cobertor em cima de mim. O toque da lã grossa e áspera me pareceu uma agressão, mas eu estava gelada demais para reclamar.

– Coloquei a chaleira no fogo – ele disse. – Vou fazer um chá. E tenho miojo também, se você quiser.

Miojo como afrodisíaco. Depois eu perguntaria a Jake se ele soube desde o início que nós íamos fazer amor.

– Não tinha idéia – ele respondeu. – Quando você apareceu com aquele terninho rosa bobo eu quase dei uma gargalhada.

– Era coral – corrigi.

O terninho rosa bobo tinha custado todo o dinheiro que eu tinha.

– Mas quando você tirou a roupa eu me apaixonei.

– Então a roupa era bonita?

– Só ficou bonita quando caiu no chão.

Eu estava enrolada no cobertor de lã áspera quando ele voltou com duas canecas de chá.

– Obrigado, Helen – ele disse, colocando a caneca perto de mim.

Eu ainda estava com frio demais para esticar o braço e pegá-la.

– Você se saiu muito bem hoje.

Não respondi.

– E sua pele – ele disse. – Ela é realmente linda.

Comecei a chorar. Estava com tanto frio, tinha tanta neve empilhada lá fora e eu estava tão longe da minha mãe... Jake colocou a caneca numa mesa e me perguntou se podia me abraçar.

– Pode – eu disse.

Ele me envolveu com seus braços e eu apoiei a cabeça em seu ombro. Ainda estava chorando.

– O que houve? – ele perguntou.

Como eu podia confessar o que parecia ridículo até para mim? Depois de passar a vida sonhando em fugir dela, eu sentia falta de mamãe. Uma saudade que me perseguiu durante todo o primeiro semestre, como uma dor.

– É que estou com muito frio – respondi.

– Próxima pose! – rosnou Tanner.

Os estudantes deram os retoques finais naquilo que era mais óbvio em *Após o banho, mulher se secando*, mas não naquilo que ainda tinham vergonha de desenhar: a minha bunda. Toda vez que eu via os desenhos dos alunos do primeiro período, percebia que a atenção aos detalhes estava sempre focada nos objetos à minha volta, nunca no meu corpo. Mas, na única vez que posei para a turma do Centro da Terceira Idade, ninguém teve esse medo. Tanto os homens quanto as mulheres se atiraram de cabeça na tarefa, sabendo que o tempo era curto.

– *Mulher fazendo a toalete*! – Tanner anunciou orgulhosamente.

Ninguém riu dessa vez. Os alunos estavam sérios. Joguei o roupão que tinha servido de toalha na plataforma, inclinei-me sobre a bacia de metal que tinha sido colocada sobre uma cadeira e peguei uma esponja com a mão direita. Virei-me de frente para os alunos e apoiei meus seios com o braço direito, estendendo a mão com a esponja até a axila esquerda, como se estivesse me lavando.

Eu sempre tinha achado essa pose um pouco constrangedora. Ela me forçava a olhar para minha axila e me deixava consciente demais de meu próprio corpo. À medida que os anos se passavam, mais manchas de sol surgiam em meu peito e em meus ombros, e a pele firme com a qual eu tinha sido abençoada se afrouxava, por mais que eu conseguisse fazer posturas complicadas na aula de ioga. No fim das contas, a flexibilidade perdia para a gravidade. Eu estava entre uma Vênus e uma anciã. Subitamente me dei conta de que, se não fosse tão flexível ou não estivesse tão em forma, não teria sido capaz de cometer os dois crimes dos quais era culpada. Teria sido muito difícil levantar e arrastar mamãe. E impossível seduzir Hamish.

– Helen? – Tanner disse.

Ele estava muito perto da plataforma. Senti o cheiro das cápsulas de alho que ele tomava todos os dias.

– O que foi? – perguntei, sem sair da pose.

– Você está tremendo. Está com frio?

– Não.

– Concentre-se. Mais dois minutos para essa! – anunciou Tanner para a turma.

Cinco anos antes, bem tarde da noite, Tanner sentiu vontade de desenhar o esqueleto de um coelho que viu numa vitrine empoeirada do Departamento de Biologia. Ele e eu tínhamos ido juntos a uma exposição, e a noite terminou com nós dois andando aos tropeços num prédio que ainda não tinha sido reformado, sem uma lanterna. Encontramos muitas vitrines, mas não a que ele procurava, e ficamos apavorados como crianças quando a porta do prédio se abriu e Cecil, o velhíssimo segurança da universidade, disse:

– Tem alguém aí?

Quando o Departamento de Biologia estava sendo reformado no ano seguinte, eu vi ossos numa lata de lixo ali perto. Sem me importar se tinha alguém olhando, prendi a saia nas mãos e subi em alguns tijolos que tinham sido colocados ali por um guindaste e que ainda estavam amarrados com cabos de aço, para ver dentro da lata. E encontrei o esqueleto do coelho.

Agora ali estava ele, branco e brilhante, a atração principal de uma coleção de objetos encontrados que Tanner exibia no longo parapeito de uma janela que se estendia por uma das paredes da sala. Às vezes, era a primeira coisa que eu via quando entrava ali – os delicados ossos do coelho ao lado de pedras de diversos formatos e tamanhos, um olho de Deus feito pelo filho de um aluno e uma enorme quantidade de pedaços de vidro que Tanner tinha achado na praia em uma de suas viagens para a costa de Nova Jersey.

Agora eu senti esses ossos ameaçadores atrás de mim e não consegui deixar de pensar em minha mãe, apodrecendo até virar apenas ossos também. Havia algo nessa idéia de deteriorar até virar um cálcio amarelado que precisava ser colado para não desmoronar que me assustava e me confortava ao mesmo tempo. Era como se mamãe fosse eterna, como a lua. Senti vontade de rir naquela pose constrangedora, rir da natureza inescapável da coisa. Morta ou viva, a mãe - ou a ausência de uma - moldava toda a existência de um ser humano. Será que eu tinha pensado que seria tão simples assim? Que uma vez que sua substância fosse demolida eu estaria vingada? Eu a tinha feito rir fazendo papel de boba. Eu lhe contei histórias. Eu me exibia tolamente com a bênção de outros bobos e, fazendo isso, certificava-me de que ela não perdesse nada mesmo virando as costas para o mundo exterior.

Eu tinha entregado minha vida a mamãe, de maneira geral, e com isso fui capaz de guardar pequenos momentos para mim. Podia ler os livros de que gostava. Podia cultivar as flores que queria. Podia ir até Westmore e ficar nua em cima de uma plataforma. Foi só imaginando ser livre que eu entendi o quanto estava aprisionada.

- Próxima pose! - Tanner rosnou, e eu percebi pelo seu tom de voz que estava me mandando me concentrar mais.

Essa pose de agora era ótima. Sentei-me de lado na cadeira, sabendo que os estudantes iam precisar imaginar a borda da banheira abaixo de mim. Se estivesse realmente sentada numa banheira, minha bunda estaria mais arredondada e não achatada pela cadeira, e eles precisariam imaginar isso também. Peguei mais uma vez o roupão e o usei como se fosse uma toalha. *Após o banho, mulher secando o pescoço.* Nessa pose, eu sempre podia massagear um pouco os ombros antes de ficar completamente imóvel.

Ouvi alguns dos alunos reclamando que o tempo não tinha sido suficiente. Queriam que as poses durassem mais. Havia um menino que eu detestava particularmente, apesar de eu me considerar uma pessoa implicante. Quando eu estava me apresentando na primeira semana, contando minha vida, falando sobre minhas filhas, sobre os lugares onde moravam e sobre o que faziam, ele perguntou:

– Então você é tipo velha igual à minha mãe?

Respondi, sem me preocupar com meu orgulho, que tinha 49 anos. A reação dele se resumiu a duas palavras, que eu contei a mamãe morrendo de rir:

– Que nojo!

– Eu tentei seduzir o Alistair Castle uma vez – mamãe disse.

Fiquei paralisada, atônita. Quando mamãe fez oitenta anos, começou a me contar coisas que eu nunca soube. Como um amigo de seu pai passou a mão nela de forma indecente. Como ela parou de ter o que chamava de "relações" com papai após o acidente dele. Como ela não gostava muito de Emily, embora se divertisse com as histórias que Sarah contava sobre seus fracassos nos testes.

– Imagine ter de fazer um teste para ser garçonete – ela dizia, adorando o fato de que Nova York era tão competitiva que até para trabalhar num restaurante era preciso passar por uma série de entrevistas.

A cada revelação inesperada eu ficava sem reação, uma arte que aperfeiçoei ao longo dos anos para poder descobrir a verdade por trás dos lampejos.

– E como foi que você tentou seduzi-lo? – perguntei, pensando na dor que isso teria causado a papai se ele tivesse ficado sabendo.

– Que nojo! – mamãe respondeu, olhando para a lareira vazia, cujos tijolos tinham sido pintados de preto. – Era a Marlene Dietrich que tinha razão. Por dez anos ainda dá para colar durex na cabeça e esticar a pele, mas depois é melhor se esconder. Assim, você mantém sua aura de mistério.

Quis contar a mamãe que ela tinha ganhado na loteria quando o assunto era uma aura de mistério. Por causa de Billy Murdoch e de suas saídas com os cobertores, sua aura era à prova de balas, mesmo que isso a tornasse mais assustadora e estranha do que inatingível.

Ela olhou da lareira para mim, avaliando-me.

– Você devia fazer uma plástica. Eu faria, se tivesse sua idade.

– Não, obrigada.

– Pense na Faye Dunaway.

– Peitos, mamãe. Se eu fizer uma plástica, vou colocar peitos gigantescos. Posso servir o jantar neles, você come no direito e eu no esquerdo.

– Helen, que coisa asquerosa!

Mas ela riu da piada.

Fechei as persianas antes de ligar na rede de televisão PBS. Quando estava fazendo isso, mamãe atirou sua lança costumeira contra mim:

– Manny e eu estávamos conversando e nós dois achamos que é seu rosto que precisa de plástica. Seu corpo ainda está ótimo.

O que eu tive vontade de dizer foi: "Que bom que o Manny quer trepar com o meu corpo sem cabeça."

Mas disse:

– Parece que vai passar um show da Boston Pops Orchestra em vez do programa sobre o mercado de ações.

Dias depois, veio o resto da história.

– A Hilda Castle estava no hospital, fazendo uma histerectomia – mamãe disse. – E eu me ofereci para ele.

Aquela frase me causou aversão.

– Você o quê?

– Eu tentei seduzi-lo.

Eu estava segurando as toalhas de banho que usava para escondê-la no caminho até o carro, e ela estava me distraindo, como sempre fazia quando precisávamos ir ao médico.

Desdobrei a primeira toalha, colocando-a sobre os ombros dela como um xale. Essa era a toalha reserva. Se por algum motivo a que protegia sua cabeça caísse, ela podia pegar essa segunda e colocá-la na frente do rosto.

Mamãe me olhou nos olhos. A toalha cor de alga escurecia sua pele enrugada.

– A Sarah já dá a boceta?

Eu sabia que devia ignorá-la.

– Estamos atrasadas para a consulta – falei.

Mamãe ia fazer uma ressonância magnética e estava morrendo de medo. Por semanas a fio antes do exame, eu chegava na casa dela e a encontrava deitada no chão da sala com um relógio fazendo tiquetaque ao lado da cabeça.

– O que você está fazendo? – perguntei a primeira vez.

– Praticando.

Ir ao médico era a única coisa que eu não podia fazer em nome de mamãe. Era o corpo dela que eles precisavam futucar, não o meu. Duas vezes o homem que mamãe ainda chamava de "o médico novo", embora ele tivesse começado a clinicar no consultório do médico original de meus pais na década de 1980, tinha falado para ela tomar um sedativo antes das consultas. Com isso, tentava tornar o processo de sair de casa menos doloroso para ela. Mamãe tinha concordado com a cabeça, como se considerasse aquele um sábio conselho. Eu a vi dobrando a receita do remédio no meio, e depois dobrando-a inúmeras outras vezes, até deixá-la do tamanho de uma unha. A receita ficou ainda menor do que os bilhetes que eu encontrava no quarto de Sarah quando ela era adolescente. "A Mindy transou com o Owen debaixo da arquibancada", diziam os papeizinhos dela. "Xanax, 10 miligramas. Quando necessário", dizia a receita de mamãe.

Como eu era sua filha, podia comprar o remédio para ela, e, embora mamãe se recusasse a tomá-lo, muitas vezes eu engolia uma cápsula antes de tentar enfiá-la no carro. Eu via a coisa de forma otimista – se, após tomar o sedativo, eu batesse o carro e matasse uma de nós ou nós duas, a vida ficaria mais fácil.

– A Emily deve dar, pois ela já se casou – mamãe disse.

Antes que ela completasse a frase eu coloquei a toalha sobre sua cabeça, abafando o som. Mas, na verdade, era melhor quando ela começava a falar de assuntos como aquele. Sua agressividade era uma forma de força, e portanto era preferível do que a alternativa, que era ela gemendo de medo enquanto eu a guiava pela escada da frente.

Eu já tinha feito aquilo vezes demais para me preocupar com o que os vizinhos pensavam. Manny me contou que muitas das pessoas que tinham se mudado para o bairro há menos tempo achavam que mamãe tinha queimaduras pelo corpo, e que os cobertores e toalhas serviam para esconder as cicatrizes.

– Mas ela é uma velhinha bem legal – ele disse. – Eu fiquei surpreso.

– É – respondi, e Manny foi até o porão fazer um conserto qualquer, pelo qual eu precisaria calcular o pagamento adequado depois.

– O Alistair ficou me olhando sem fazer nada – mamãe disse, sentada ao meu lado no carro debaixo de suas cobertas. – E parou de vir nos visitar.

– E a Hilda começou.

– Ele passou a rejeitá-la após a cirurgia. Tínhamos isso em comum.

– Uma histerectomia?

– Não, uma rejeição – mamãe explicou, levantando um pouquinho a toalha para que eu pudesse escutá-la.

– Entendi.

– Próxima pose! – rosnou Tanner.

Percebi que os alunos estavam ficando inquietos. Normalmente, a concentração deles acabava após três poses. Foram necessários poucos ajustes para que eu me colocasse como *Mulher se lavando em sua banheira*. Eu precisava me inclinar mais, largar o roupão e pegar a esponja, que seguraria na altura da nuca. Meus ombros estavam doendo agora, mas de uma maneira que já era muito familiar. Por um segundo, olhei para cima para observar Dorothy em seu cavalete. Ela me encarou atentamente.

A família de Jake tinha o hábito de rezar. Emily tinha seguido a tradição atirando em todas as direções: espiritualismo nova era, renascimento cristão e uma política de inclusão ecumênica que chegava quase a ser sublime.

Lembrei de papai, cuidando das ovelhas no cemitério de uma igreja na qual jamais entrou. Ele dizia que igrejas o assustavam.

– Gosto mais de ficar aqui, com os mortos.

Nas semanas que se seguiram ao seu suicídio, eu dei mais significado a essa frase do que ela provavelmente merecia. Fiz isso com tudo. Lembrei-me dos beijos muito doces que ele deu na testa de Emily e Sarah poucos dias antes. Fiquei espantada com a maneira como todos os seus ternos estavam perfeitamente arrumados no armário, sendo que um deles, que Jake tinha lhe dado de presente, estava embrulhado num plástico de lavanderia. E fui procurar uma foto que tinha achado quando era criança em seu galpão.

Ainda estava na gaveta de ferramentas dele. Olhei para aquele menino, que ia se tornar meu pai e acabar se matando. Quando foi que começou?

Eu estava com a foto na mão quando liguei para Jake em Wisconsin. O trabalho dele estava começando a ficar conhecido. Ele estava prestes a pedir uma bolsa para estudar fora para a Fundação Guggenheim. Tinha acabado de sair da casa que tínhamos ocupado em Madison e estava alugando outra nos arredores da cidade – um lugar onde antigamente eram guardadas as carruagens de uma mansão que ficava perto de um lago.

– Conte-me tudo – ele disse.

– Não posso.

Consegui explicar o que tinha acontecido, mas ainda não tinha sido capaz de usar a palavra "suicídio". Então Jake descreveu o lago e me contou como sua porta dos fundos dava numa escadinha de concreto que levava diretamente à água; dependendo da época, o lago quase invadia a casa.

– Onde estão as meninas? – ele perguntou.

– Na casa da Natalie. Eu estou na cozinha. Mamãe está lá em cima.

Apertei o fio do telefone com tanta força que minhas unhas ficaram brancas.

– Diga qualquer coisa – Jake disse. – Não pare de falar.

Fui para a frente da janela. Vi o galpão em que papai trabalhava e o quintal dos fundos da casa dos Leverton.

– O neto da sra. Leverton estava no quintal tirando as ervas-daninhas – eu disse. – Foi ele quem chamou a polícia.

Senti o choro subindo pela minha garganta, mas não permiti que saísse. Estava cega de raiva e muito confusa. Estava com ódio do mundo.

– Pensei nele essa manhã. Foi só uma lembrança passageira. Estava levando as meninas para o clube. Emily ganhou uma medalha de natação ontem, por conseguir nadar duzentos metros. Eu ouvi uma música vindo do carro que estava parado atrás de mim no sinal. Era Vivaldi, uma música muito dramática que faria papai sorrir. O sr. Forrest saberia dizer o nome exatamente.

Afastei o banquinho vermelho da parede e o coloquei no meio da cozinha. Assim, poderia me sentar nele e ver a sala de jantar e a rua lá fora.

– Ele usou a pistola do meu avô – contei a Jake.

Se eu tivesse prestado atenção, teria ouvido um leve chiado na linha ou no som da respiração de Jake. Era o som abafado que simbolizava a distância que havia entre nós. Contei a ele tudo que sabia: como estava o corpo de papai quando eu cheguei; como mamãe me pareceu apagada, tamanha a minha dificuldade em me concentrar nela; como a polícia e os vizinhos tinham sido tão educados, tão gentis, mas tudo o que eu sentira tinha sido a vontade de arrancar o rosto de cada um deles e atirar a pele sanguinolenta no chão onde papai estava.

Finalmente, após eu passar muito tempo falando, Jake disse:

– Eu sei que ele amava você.

Minha boca se abriu. Pensei na vodca que estava em meu freezer lá em casa. Perguntei-me quais remédios – sedativos e analgésicos – estavam escondidos nos armários dos banheiros e nas gavetas da cômoda.

– Como isso pode ser considerado uma prova de amor? – perguntei.

Mas Jake não soube o que responder.

Pensei no padre da igreja Católica que, segundo papai, nunca acertou seu nome.

– Ele chamava papai de David em vez de Daniel quando o encontrava cuidando das ovelhas.

– Helen?

Era Tanner. Ele estava parado ao meu lado.

Ouvi uma certa comoção nos fundos da sala. Endireitei meu corpo na cadeira e minhas juntas doeram.

– Vista isso – ele disse, colocando o roupão de hospital sobre mim. – Tem alguns homens aqui querendo falar com você.

– Homens?

– É a polícia, Helen.

Por cima do ombro de Tanner, eu vi os fundos da sala. Parados ao lado da porta, tentando não olhar para nada para não correr o risco de ver um dos desenhos do meu corpo, estavam dois homens com uniforme da polícia. Junto com eles estava outro homem de calça e paletó, envergonhado como os outros dois. Tinha fartos cabelos brancos e um bigode. Observou a sala toda e pousou os olhos sobre mim.

– Vamos sair mais cedo hoje, a gente continua na aula que vem – Tanner anunciou.

Os cavaletes foram sacudidos quando os alunos retiraram seus blocos de desenho de cima deles e largaram os carvões por ali. Mochilas foram abertas e celulares ligados, emitindo musiquinhas, bipes e apitos e mostrando aos jovens que de fato algo mais interessante tinha acontecido no mundo enquanto eles estavam na aula.

Lembrei-me de um enfeite de Natal de feltro que mamãe mandou para Wisconsin no meio do mês de julho de um determinado ano. Todos os detalhes do enfeite eram lindos e perfeitos: cada miçanga colada era diferente da outra, e a fita que serviria para pendurá-lo na árvore era de seda trançada. Junto com ele veio um cartão que dizia: "Fui eu que fiz. Não desperdice sua vida."

Enquanto os alunos foram saindo, o homem de paletó se aproximou da plataforma.

– Helen Knightly? – ele perguntou, estendendo a mão para mim. – Meu nome é Robert Broumas, da polícia de Phoenixville.

A mão dele ficou suspensa no ar e eu olhei para as minhas próprias, que estavam fechando o roupão na frente.

– Pois não? – eu disse.

– Temos uma má notícia para a senhora.

– O que houve?

Tentei pensar em como me preparar, no que devia dizer. Ali vinha a festa-surpresa sem surpresa, e eu não tinha idéia de como me comportar.

– Uma vizinha de sua mãe encontrou-a esta manhã.

Olhei para Robert Broumas e depois para Tanner.

– Não estou entendendo.

– Sua mãe está morta, sra. Knightly. Nós temos algumas perguntas a lhe fazer.

Não consegui ter qualquer reação. O policial me olhou com muita atenção, e tudo o que pude fazer foi encará-lo de volta. Não quis me levantar e sair da plataforma, pois aquilo me pareceu covarde, uma confissão de culpa.

Se eu tivesse conseguido desmaiar, teria sido ótimo ter aquele momento de esquecimento. Mas não foi possível. Tive vontade de desmaiar ao ver papai, mas ouvi a voz de mamãe:

– Ela vai me ajudar a limpar tudo – ela disse a um policial que estava ali perto.

Sem saber o que fazer, eu fui para a cozinha, enchi a tigela verde que ele tinha trazido do hospital com água e voltei para o corredor. Mamãe estava pisando descalça no sangue de papai.

– Finalmente, ele fez – ela disse. – Nunca achei que fosse capaz.

Tive vontade de esbofeteá-la, mas vi que os policiais estavam nos observando e fiquei segurando a tigela.

Doze

Quando eu tinha 12 anos, encontrei uma fotografia de papai na pequena gaveta de metal de sua mesa de trabalho no galpão. Ele era um adolescente na foto, e estava na frente de uma casa de tijolinhos cercada por várias outras iguais. Estava numa escada imponente feita de cimento e havia uma pilastra de tijolo e argamassa de cada um de seus lados. Ele vestia uma camisa branca de botão e uma calça de pregas com um cinto fino de couro marrom. Ao lado da escada dava para ver a ponta de uma enorme lata de lixo, e de dentro dela saíam as pernas de uma mesa e o que parecia ser uma cadeira.

Aos 12 anos, eu já tinha aprendido a prestar atenção quando papai falava de sua cidade natal. Ela se chamava Lambeth e não existia mais nos mapas, pois tinha desaparecido sob uma represa homônima construída no rio Delaware.

Mamãe chamava Lambeth de "Cidade Suja", pois após eles terem expulsado a população da cidade – ou "evacuado", como gostavam de dizer – tinham construído a represa cuja água supostamente deveria cobrir tudo.

Mas, apesar dos cálculos cuidadosos dos engenheiros, o que invadiu a cidade foi uma onda de lama, que carregou consigo velhos cortadores de grama e esqueletos de animais de estimação desenterrados de cemitérios improvisados nos quintais das casas. Após seis meses a lama recuou, deixando as partes mais altas da cidade imundas e arruinadas.

Isso aconteceu pouco antes de papai conhecer mamãe na sessão de fotos para a loja John Wanamaker.

– Foi por isso que eu decidi trabalhar com água – ele explicava para as pessoas.

O alagamento de sua cidade coincidiu com o progresso de algumas cidades próximas, incluindo Phoenixville.

– Foi Lambeth quem pagou pelo Centro Social do Espírito Santo – papai dizia quando passávamos pelo prédio baixo de tijolos.

Quando fiz 13 anos, papai decidiu que eu já estava grande o suficiente para ir com ele até Lambeth. Ele preparou um piquenique para nós dois e deu um beijinho na testa de mamãe.

– Fique bem, meu amor – falou.

Quarenta minutos depois, senti uma mudança palpável na atmosfera do carro quando chegamos aos arredores da cidade, onde casinhas térreas e casas de tijolos em fileiras de cinco ainda coexistiam pacificamente, até que num ponto determinado as ruas desapareciam debaixo d'água e só ressurgiam alguns quilômetros mais adiante.

A casa dele era apenas uma sombra da construção da fotografia. Ela e as outras que a cercavam deviam ter sido demolidas, mas foram esquecidas e permaneceram de pé. O único acesso que restava era uma rua esburacada de asfalto com valas em ambos os lados que tinham sido cavadas pela própria água. Papai precisou evitar os buracos, e por isso jogou o carro de um lado para o outro como um motorista bêbado. Para mim, foi como estar num brinquedo enjoativo de um parque de diversões.

Finalmente chegamos, e papai me deu a mão antes de subirmos os degraus apodrecidos da escada.

– Era aqui que você estava na foto – eu disse.

– A natureza toma as coisas de volta. Cuidado quando chegar à varanda.

As tábuas de madeira da varanda, cuja pintura tinha descascado, estavam quase podres. Alguém – imagino que meu pai – tinha colocado um pedaço de compensado ali para que fosse possível chegar até a porta sem cair. Vi que um arco tinha sido cavado no compensado e percebi que ele foi usado na construção de um dos cavalinhos de balanço que papai fazia.

Entramos pelo hall, e eu vi uma lamparina a gás em cima de uma cadeira. Ela costumava ficar no galpão dele.

– Você não precisa contar a sua mãe sobre tudo que vai ver aqui – papai disse.

Além dos livros da escola, eu tinha começado a ler uns volumes baratos que comprava escondido e, por isso, achava que sabia quais eram as necessidades de um homem. Imaginei que dentro daquela casa haveria algo que incendiava minha imaginação e a de Natalie: um antro de perversões. Um lugar com cortinas de veludo, almofadas bordadas e mulheres fumando piteiras que pareciam vasos, mas não eram. Era só até ali que eu fantasiava, mas achava que estava preparada para o que ia ver.

Não estava.

No início, nem compreendi o que eles eram.

Não havia nenhum no hall ou na sala, mas, nos cômodos dos fundos do primeiro andar e nos quartos do segundo andar, estava algo que me fez compreender o que papai tanto fazia no galpão quando não estava construindo cavalinhos. Ele estava fazendo manequins de compensado.

Entrei na cozinha e os vi presos na parede, dois adultos e uma criança. Levei um susto.

– Papai! – gritei.

– Estou aqui.

E estava mesmo, logo atrás de mim.

– Que legal!

Pude sentir um de seus raros sorrisos surgindo, apesar de não estar olhando para ele.

– Que bom que você gostou.

Fui até onde estavam os manequins e passei de leve o dedo pela cabeça da criança, tomando cuidado com as farpas. A madeira não tinha sido lixada nem pintada. Os membros dos manequins eram unidos por diversos pregos e parafusos.

– Esse é você? – perguntei, com a mão espalmada sobre o peito da criança.

– É. E os outros dois são minha mãe e meu pai. Esse foi o segundo que eu fiz. Você era só um bebê na época.

Em dado momento, eu me dei conta de que papai vinha construindo essa família de manequins há cerca de 12 anos. Fiquei extasiada pelo segredo que nós dois passamos a compartilhar, do qual mamãe tinha sido excluída.

– Foi aqui que você ficou durante todo aquele tempo?

– Não – ele disse, repetindo o discurso de sempre. – Eu estava em Ohio, visitando alguns amigos e parentes.

Aos 13 anos eu já imaginava que aquela era uma mentira que meus pais contavam, mas ainda não sabia por quê.

Estava frio na casa, porque não havia aquecimento, e quase não tinha restado reboco nas paredes. Mas eu entendi por que papai gostava dali. Tudo era silêncio, com exceção dos galhos que arranhavam as janelas. De vez em quando eles quebravam o vidro, e papai explicou:

– É porque as árvores querem ocupar o lugar. Está pronta para ir lá para cima?

– Que coisa mais esquisita, papai.

– Posso contar com você, não posso? – ele perguntou, e seus olhos se encheram de ansiedade por apenas um segundo.

– Nunca vou dizer nada, se você não quiser.

Subimos a escada juntos, como se estivéssemos indo a uma festa chique no andar de cima. Ali estavam mais manequins. Num quarto à esquerda havia uma cama com um deles sentado. Vi que tinha um espaço entre o ângulo do cotovelo dele e a parede. Ao lado da cama, havia outro parado de pé.

– Essa é minha mãe vindo me acordar – papai disse.

– E quem é esse?

Apontei para um manequim bem magro que estava segurando algo que, sem pintura ou sombreado, parecia ser uma corda ou uma cobra.

– Esse é o médico. Ele estava indo ouvir minha respiração com o estetoscópio.

Virei-me para olhar para papai.

– Eu estava sempre doente – ele disse. – Era difícil para mamãe.

Em outro quarto me reconheci em um dos manequins e, sem falar nada, apontei para a figura presa à parede.

– Acertou – papai disse.

Havia outros dois manequins naquele quarto, que era o menor de todos no segundo andar, e eu não perguntei quem eles representavam. Se eu era o maior, que era da minha altura aos oito ou nove anos, então os dois embrulhinhos que tinham sido colocados dos dois lados dele eram meus irmãos ou irmãs que nunca tinham chegado a nascer.

No meio do quarto maior havia dois adultos gesticulando e um cavalinho de balanço como os que papai tinha feito para mim e para as feirinhas beneficentes da Igreja Ortodoxa grega da nossa rua. Esse cavalinho não estava pintado, e apenas linhas feitas a lápis marcavam os locais onde as cores estariam.

– Por que você não pintou esse? – perguntei.

– Pensei nisso, mas quis que ele se sentisse em casa aqui. Pode se balançar nele, se quiser.

– Estou grande demais, pai.

Os olhos dele ficaram tristes por trás das lentes grossas de seus óculos.

– Não nessa casa. Nessa casa, você não tem idade.

Olhei para ele e senti uma dor no centro do peito, como se todo o ar do cômodo não fosse suficiente para me preencher.

Ele sorriu para mim. Não quis desapontá-lo, e por isso retribuí o sorriso.

– Eu mostro – ele disse.

Papai tirou os óculos, dobrou-os cuidadosamente e entregou-os a mim, colocando um dedo de cada lado da parte superior de seu nariz. Segurei-os cuidadosamente, sem colocar a mão nas lentes. Eu sabia que, para ele, o mundo sem aqueles óculos era apenas um borrão.

Papai subiu devagar no cavalinho.

– Tenho de admitir que nunca tentei fazer isso antes. Não sei quanto peso ele suporta.

Ele se sentou nas costas chatas do cavalo e manteve os pés no chão em vez de colocá-los nos pedais de madeira das laterais. Fiquei feliz por seus óculos estarem comigo. Assim, se eu estremecesse, talvez lhe parecesse que estava sorrindo.

Papai moveu o cavalinho para a frente e para trás gentilmente, apoiando a maior parte de seu peso nas pernas.

– A Hilda diz que eu ponho tantos parafusos neles que esses cavalos agüentam até o peso de um cavalo! – ele disse, rindo da piada da sra. Castle.

Aquela curva de compensado batendo no chão de madeira me incomodou. Ia contra tudo o que mamãe tinha me ensinado sobre colocar os móveis em cima de tapetes e os copos em cima de descansos.

– Vou lá para cima – falei.

Papai parou de balançar o cavalinho.

– Não, querida.

– Mas tem mais uma escada.

– É só um sótão vazio. Não tem nenhum manequim lá em cima.

Ele ficou de pé com o cavalinho entre as pernas, e eu percebi que tinha mais um segredo.

– Vou subir! – eu disse alegremente e saí correndo, ainda segurando os óculos dele.

Ouvi papai tentando me seguir. Pousei a mão no pilar do corrimão e pisei no primeiro degrau.

– Não, querida! – papai gritou.

No topo da escada havia uma porta dividida em quatro painéis retangulares. Coloquei a mão na maçaneta fria de porcelana.

– Você não vai gostar do que vai encontrar aí – ele falou.

– Que pena – eu disse. – A vida é assim mesmo.

Era uma expressão que o sr. Forrest sempre usava quando estava conversando com mamãe na sala. Ela reclamava e ele dizia "A vida é assim mesmo", e voltava a falar de Anthony Trollope, que eles sempre liam juntos, ou do romance *Os vislumbres da lua*, de Edith Wharton, cuja primeira edição ele deu a mamãe de presente.

Virei a maçaneta e entrei no sótão.

Era muito menor que os aposentos de baixo e tinha janelas apenas nos fundos, com uma vista para a cidade afogada. Diferentemente das janelas do primeiro e segundo andares, essas mostravam algo além das árvores do quintal, e eu vi a curva ameaçadora do Delaware lá longe.

Papai estava na porta. Ele subiu as escadas devagar, dando-me tempo para ver o que havia ali. Seus olhos pareciam perdidos sem os óculos.

– Tome – eu disse, entregando-os a ele.

Ele colocou-os desajeitadamente.

– Há uma parte da frente usada para guardar coisas. Dá para chegar lá por aquela portinha ali.

Mas eu estava observando o colchão que havia no meio do aposento, coberto por um lençol grosso de algodão azul em cima do qual estava um cobertor enrolado e um travesseiro. Pensei em todos os dias que ele passava viajando.

– Às vezes eu durmo aqui – falou.

Mudei de posição e fiquei de costas para ele. Havia livros no chão ao lado do colchonete. Reconheci um que mostrava a história dos trens por meio de fotografias. Ele passou um tempo na mesa-de-cabeceira de meus pais. Também havia uma grossa antologia de poemas de amor. Papai a deu de Natal para mamãe. E vi também, por debaixo de vários romances policiais, a coxa grossa de uma mulher nua retratada numa revista. Sua pele me pareceu alaranjada.

– Gosto de olhar a vista daqui à noite – papai explicou. – Sinto-me como se estivesse escondido num ninho.

– Você foi mesmo para Ohio daquela vez?

– Eu estava num hospital, Helen.

Absorvi aquela informação.

– E as suas viagens de negócio?

A pergunta ficou suspensa no ar. Papai se aproximou de mim por trás e colocou as mãos nos meus ombros. Ele se inclinou e beijou o topo de minha cabeça, como fazia com mamãe.

– Eu faço viagens de negócios – ele disse. – Mas, às vezes, quando estou voltando para casa, passo uma noite aqui.

Eu me soltei dele e me virei para encará-lo. Estava com o rosto vermelho de raiva.

– Você me deixa sozinha com ela.

– Ela é sua mãe, Helen.

Tropecei no colchonete e caí. Papai veio me ajudar, mas rapidamente eu fiquei de pé e andei até o outro lado do colchão, para que o lençol azul e o cobertor fedorento ficassem entre nós.

– Nunca é por mais de uma ou duas noites – ele disse.

Chutei longe a antologia de poemas de amor e os romances policiais para revelar o resto da mulher alaranjada. Os seios dela eram os maiores que eu já tinha visto. Apesar de ser bem novinha, eu os considerei ridículos.

Eu e papai olhamos para a mulher.

– Ela é nojenta, papai – eu disse, esquecendo momentaneamente a minha raiva.

– Admito que sua parte de cima é um pouco exagerada.

– Ela parece uma aberração.

Não conseguia parar de pensar na palavra "hospital". O que aquilo significava?

– Ela é uma mulher linda, Helen. Os seios são uma parte natural do corpo feminino.

Sem pensar no que estava fazendo, cruzei os braços sobre o peito.

– É nojento! – falei. – Você vem para cá para ficar olhando essas mulheres nojentas e me larga com a mamãe.

– É verdade.

Não perguntei "por quê", pois já sabia a resposta.

– Posso vir para cá com você?

– Você está aqui agora, meu docinho.

– Mas posso vir dormir aqui?

– Sabe que não pode. O que íamos dizer a sua mãe?

– Vou contar para ela – ameacei. – Vou contar sobre as revistas. E vou contar sobre os bebês de madeira que vi no quarto!

Cada frase que eu disse atingiu papai com mais força. Ele não se importaria muito se eu falasse que dormia lá ou que tinha uma *Playboy*. Mas se importaria se contasse sobre os manequins.

– Eu sempre lhe ensinei a não ser cruel.

– Para que hospital você foi? – perguntei.

Papai me olhou, pensando no que responder.

– Vamos fazer nosso piquenique. Lá, eu conto tudo.

No resto da tarde, papai me mostrou as partes ainda visíveis de sua cidade natal. Nós comemos sanduíches de salada de batata e pepino, e biscoitos de chocolate que ele mesmo fez. Eu bebi leite e ele bebeu duas garrafas de coca-cola, e deu o maior arroto que eu já tinha ouvido. Depois disso, eu não consegui mais parar de rir. Ri tanto que acabei tendo um acesso de tosse.

– Por que não ficamos aqui até anoitecer? – papai disse.

Eu soube que aquilo era um presente para mim, e não tive coragem de perguntar de novo sobre o hospital. Parte de mim ficava feliz com a mentira. Ela me fazia parecer normal, mesmo que fosse falsa. Onde estava seu pai? Visitando parentes e amigos em Ohio. Naquele dia, decidi que não ia culpar papai por nada – por suas ausências, suas fraquezas ou suas mentiras.

Treze

Jake e eu estávamos casados há pouco mais de um ano quando eu comecei a ter pesadelos. Eles envolviam caixas, as caixas de presente vazias que ocupavam espaço nas mesas ou eram arrumadas em círculos em volta da árvore de Natal. Mas as caixas do sonho estavam encharcadas, e seu papelão, enegrecido. Dentro delas havia pedaços do corpo da minha mãe.

Jake aprendeu que devia me acordar devagar. Colocava a mão no meu ombro quando eu começava a murmurar palavras que, no começo, eram distorcidas demais para que ele entendesse.

– Você está comigo, Helen, e a Emily está dormindo no berço. Vamos ver a Emily, Helen. Você está aqui conosco.

Jake tinha lido em algum lugar que repetir o nome da pessoa que estava dormindo ajudava a trazê-la gentilmente para o presente, e por isso falava assim comigo quando percebia que eu estava acordando. Meus olhos se abriam, mas permaneciam sem foco, até que eu o ouvia dizendo seu nome, o nome de Emily e o meu. Minhas pupilas ficavam como as lentes de uma câmera, ajustando-se, reajustando-se.

– Foi o sonho do esquartejamento? – Jake perguntava.

Vagarosamente eu saía daquela terra onde havia esquartejado mamãe e colocado seus pedaços em caixas com rótulos. No sonho, papai sempre estava andando pela nossa casa. E assoviando.

Os alunos foram saindo da sala e Tanner ainda tentou, em vão, lhes passar um dever de casa aos gritos. Eu fui para trás do biombo para me vestir.

– Vamos esperar a senhora aqui fora – disse o detetive Broumas.

Os policiais saíram e fecharam a porta, mas eu não consegui começar a me vestir. Fiquei sentada na cadeira preta, tremendo e apertando o roupão de hospital com cada vez mais força para mantê-lo fechado na frente. Eu finalmente a tinha matado, e agora todo mundo ia saber.

– Helen? – Era Tanner. – Está tudo bem? – ele perguntou.

– Entre aqui.

Tanner foi para trás do biombo e se ajoelhou na minha frente. Nós tínhamos tentado transar uma vez, mas acabamos ficando bêbados e deprimidos. Quando ele se ajoelhou, eu vi que estava começando a perder cabelo.

– Você precisa se vestir.

– Eu sei.

Olhei para os meus joelhos, que subitamente me pareceram tão marmóreos quanto a pele de mamãe. Vi minhas juntas, cuja gordura parecia ter sido cortada para reutilização dos dejetos. Minhas coxas e meus braços virariam a carne moída da dieta de Scarsdale[2] e ficariam estocados no freezer do porão, esperando para serem grelhados.

– Vai dar tudo certo – Tanner disse. – A polícia sempre assusta, mas eles só vão lhe fazer perguntas sobre a rotina de sua mãe e coisas assim. Isso aconteceu comigo quando a proprietária do meu apartamento morreu.

Pensei em assentir com a cabeça. Por um segundo, até achei que estava assentindo. Mas meu cérebro parecia estar partido ao meio. Olhei para Tanner.

– Não estou chorando – eu disse.

– Não, Helen, não está.

– Acabou.

Tanner não conhecia os detalhes da minha vida. Quando ficamos bêbados, eu mencionei que achava que mamãe estava acabando comigo dia após dia, ano após ano. Perguntei-me se ele seria capaz de adivinhar o que "acabar" sig-

[2] Dieta hipocalórica muito divulgada nos anos 1970. (N. da T.)

nificava ou se, apesar de seus hábitos anarquistas, ainda acreditava nos retratos sentimentalistas de mães que eram criados no mundo todo.

– Deixe-me ajudá-la – Tanner disse. – Esse é seu casaco?

Ele enfiou a mão no compartimento e tirou meu casaco de lá de dentro, junto com meu sutiã, que caiu no chão sujo. Tanner o apanhou rapidamente.

– Desculpe.

Embora Tanner tivesse me visto nua milhares de vezes, quando tirei o roupão de hospital e deixei-o cair nas costas da cadeira senti-me como se jamais tivesse me despido na frente dele. Ele me entregou o sutiã como se fosse um vestido que eu pudesse enfiar pela cabeça. Ao ver essa tentativa de Tanner de me vestir, percebi que, por mais difícil que fosse, precisaria me controlar.

Peguei o vestido da mão dele e coloquei-o no colo. Consegui dar um pequeno sorriso.

– Obrigada, Tanner. Pode deixar que eu faço.

Ele esticou a mão esquerda para mim, e eu coloquei minha mão livre nela. Quando estava me levantando, ele gentilmente se inclinou e me beijou na cabeça.

– Vejo você segunda-feira de manhã, às dez?

Dessa vez, eu assenti mesmo.

Estava fechando a calça quando Natalie entrou na sala.

– Você está aí atrás?

– Estou.

Ela apareceu, com seu vestido envelope e uma nuvem de perfume que tinha acabado de colocar. Seu rosto estava molhado de lágrimas recentes.

– Eles foram procurar você na sala 230. Me vesti o mais rápido que consegui. Posso lhe dar um abraço?

Sempre, mesmo agora, algo em mim indicava que era preciso pedir permissão.

O calor dela me fez derreter, me fez querê-la como eu sempre tinha desejado uma mãe. Mas, dentro de meu cérebro animal, pensei como aquilo era perigoso. As mesmas coisas que me confortavam podiam destruir um mecanismo qualquer que eu precisava manter intacto para sobreviver.

Quis arranhar Natalie com minhas unhas. Quis machucar seus seios enormes e a gordura em suas laterais, seus pneuzinhos. Quis pegar o cabelo ridiculamente pintado dela e arrancá-lo pela raiz. Quis fazer tudo isso porque não podia fazer o que mais queria – rastejar para dentro dela e desaparecer.

Deixei que ela acariciasse meu cabelo curto e minha nuca. Deixei-a massagear meus ombros ossudos. E chorei, só um pouquinho, sem saber se era porque deveria, dadas as circunstâncias, ou se era porque o carinho de Natalie me era doloroso.

– Onde está o Jake? – ela perguntou.

Natalie se afastou de mim e manteve as mãos nos meus ombros. Olhei para ela. Estava feliz por ter lágrimas nos cantos dos olhos. Será que isso faria com que os outros sentissem mais solidariedade por mim? Será que eu conseguiria chorar de novo, se necessário?

Lembrei-me da história que eu c Jake tínhamos inventado.

– Não sei. Ele vinha me pegar aqui. Ia se encontrar com um ex-aluno dele que trabalha na Tyler agora.

– Então ele está vindo para cá? Ele pode ir com a gente.

– Ir com a gente?

– Para a delegacia.

– O quê?

– Sua mãe foi assassinada, Helen.

Sentei-me com força.

– A polícia não lhe contou? Achei que você soubesse – ela disse.

Tentei não estremecer.

– Por quem?

– Achei que eles tivessem contado para você, querida. Desculpe. Olhe, coloque os sapatos. Eles vão lhe dizer tudo o que sabem.

– Eles têm algum suspeito?

– Não sei. Eu estava falando com um deles, mas outro cara, de terno, não deixou que ele me desse detalhes.

– O detetive Broumas – falei.

Minha voz pronunciou cada sílaba no mesmo tom. Pensei em Jake e nos votos que fizemos em nosso casamento: "Você aceita esse homem como seu legítimo esposo, na saúde e na doença, na extravagância homicida?"

– Sapatos – Natalie disse, empurrando-os na direção da cadeira com o pé.

A porta se abriu, e eu ouvi a voz de Jake no corredor.

– Ela já está se vestindo? – perguntou uma voz que eu não conhecia.

– Nós já vamos – Natalie cantarolou. – Só mais um minutinho.

– O marido dela está aqui.

– Ele pode entrar.

– O detetive está fazendo algumas perguntas para ele.

Eu e Natalie nos olhamos. Eu já tinha colocado os sapatos e, na medida do possível, estava pronta.

Peguei minha bolsa e por um segundo pensei confusamente que a trança de mamãe ainda estava lá dentro. Jake estava certo. Se não fosse por ele, ela ainda estaria em minha cama, enroscada como uma cobra.

– Quer passar um batom?

– Me dê um beijo – eu disse.

Sem hesitar, ela obedeceu. Passei o dedo nos lábios, espalhando o gloss.

– Pronta?

– Vamos.

– O que aconteceu é horrível – Natalie disse no caminho da porta. – Mas o Jake está aqui. São os desígnios misteriosos de Deus.

Não podia contar à minha amiga que aquilo não tinha nada a ver com Deus, mas tudo a ver com uma reação em cadeia que eu tinha iniciado havia menos de 24 horas. Empurrar as toalhas, enrolar os cobertores no corpo dela, colocar a combinação cor de pétala de rosa entre o compartimento e a parede, deixar traços de sua trança prateada no meu vaso sanitário. Tudo isso, somado ao telefonema para Avery, que alertou Jake, tinha sido feito pelas mãos que agora seguravam minha bolsa, tocavam a maçaneta da porta, apertavam a mão carnuda do detetive Broumas.

Vi Jake sentado na mesa do professor de uma sala ali em frente. Ao me ver, ele fez menção de se levantar, mas alguém colocou a mão em seu ombro para impedi-lo.

– Seu marido está respondendo a algumas perguntinhas – disse o detetive Broumas. – Gostaria que a senhora fizesse o mesmo.

Olhei para os ombros dele. Havia flocos brancos de caspa espalhados na lã azul-escura de seu paletó. Seus olhos, castanhos e com longos cílios, me fizeram lembrar de um terapeuta com quem eu tinha me consultado cinco anos após a morte de papai.

– Perguntar, perguntar, perguntar – eu disse ao homem. – É só isso o que você sabe fazer?

Uma aluna, atrasada para a aula, passou ouvindo uma música muito alta, virou a cabeça em nossa direção como uma câmera automática e seguiu em frente.

– Estamos prontas para ir – Natalie disse.

– Ir?

– Sim, detetive. Gostaria de acompanhar minha amiga até a delegacia.

O detetive sorriu.

– Não vai ser tão complicado assim – ele disse. – Só quero levá-la até uma sala vazia.

Eu observei Jake. Seus pés estavam balançando um pouco acima do chão. Embora fosse tão alto e tão maduro, naquele momento ele me pareceu uma criança. Como tinha vindo me ajudar e pulado aquela janela, estaria inextricavelmente ligado a qualquer coisa que acontecesse comigo. Lembrei-me da história. Ele tentou consertar a janela de mamãe, como um favor para mim.

– Podemos entrar aqui?

– Aqui? – perguntei, apontando para a porta por onde eu e Natalie tínhamos acabado de sair.

– Se a senhora não se incomodar.

O detetive pediu que Natalie esperasse do lado de fora, e então chamou um dos policiais uniformizados para entrar na sala conosco.

– Foi uma manhã muito confusa naquele bairro – disse o detetive.

Ele deu uma olhada na sala e, vendo que não havia nenhuma cadeira, apontou para a plataforma.

– Bom, tem uma cadeira ali. Está bem para a senhora?

– Claro. Tem outra ali atrás do biombo – falei.

– Você pode pegá-la, Charlie? Podemos colocá-las aqui.

– Na verdade, o professor Tanner preferiria que não tirássemos a cadeira da plataforma. Vamos continuar as poses na segunda-feira – expliquei.

O detetive Broumas sorriu. Ele tirou o paletó e pendurou-o num dos cavaletes da primeira fileira.

– Estávamos conversando com seu marido. Ele disse que é artista. Foi assim que a senhora começou a trabalhar como modelo?

– Foi.

O policial chamado Charlie trouxe a cadeira preta e colocou-a na frente do detetive Broumas.

– Coloque-a ali junto com a outra – ele disse. – Vamos lá?

Subi na plataforma e me sentei na cadeira que substituía a banheira na pose *Mulher se lavando em sua banheira*. O detetive Broumas pegou um caderno de notas no bolso de seu paletó pendurado.

Lembrei-me de quando encontrei um bloquinho que devia ter caído do bolso de Jake. Era uma espécie de diário no qual ele relatava o que via lá fora no frio.

> *"Usei a água para formar pingentes de gelo durante quarenta minutos. Usei uma árvore como abrigo. Será que consigo quebrar o gelo e soldá-lo em outras formas após derretê-lo com as mãos?"*
>
> *"Folhas finas como papel. Como embelezar o que já é perfeito?"*

– Está pronta? – perguntou o detetive Broumas.

Ele se sentou na minha frente. O policial uniformizado foi para perto da porta. Percebi que ele estava um pouco entediado, como se esse fosse um dia como todos os outros.

– Minha amiga me contou que mamãe foi assassinada.

– Ela não morreu de causas naturais.

– Quem fez isso?

– Ainda não sabemos. Ela foi encontrada no porão por uma vizinha.

– A sra. Castle. Ela tem a chave – falei, respondendo à minha própria pergunta.

– Na verdade, não tem, não. Ela encontrou uma janela nos fundos que tinha sido arrombada e pediu que uma jovem a ajudasse.

O detetive Broumas leu o que tinha anotado em seu caderninho. Era um caderno de couro com uma fita vermelha como marcador.

– O nome da jovem é Madeline Fletcher. O pai dela mora na casa ao lado.

Por um segundo pensei na menina tatuada entrando na casa de mamãe pela janela, e no quanto isso a teria incomodado.

– É a janela que meu marido tentou consertar ontem.

– Ela estava completamente aberta.

– Não deveria estar.

– A sra. Castle disse que a senhora esteve lá ontem à noite. Que viu seu carro às sete horas estacionado na frente da casa.

– Isso mesmo.

– O que a senhora estava fazendo lá?

– Ela é minha mãe, detetive.

– Por favor, tente se lembrar do que fez lá e de como ela estava quando a deixou. Estava dormindo? Estava acordada? Que roupa vestia? Alguém ligou para vocês? Ouviu algum barulho? Sua mãe andava assustada com alguém ou alguma coisa?

– O estado de mamãe vinha piorando há algum tempo – eu disse, usando uma linguagem que desprezava e que as pessoas sempre empregavam ao se referirem aos velhos. – Ela teve câncer no cólon há alguns anos e nunca se recuperou completamente. O médico dela diz que, quando as pessoas vivem muito, acabam tendo câncer no intestino. É uma piadinha que ele gosta de fazer.

O detetive Broumas pigarreou para limpar a garganta.

– Deve ter sido difícil para vocês. Falamos com a sra. Castle, e eu sei que ela costumava cuidar de sua mãe. Há mais alguém que freqüentava a casa?

Olhei para minhas mãos. Fazia tempo que não usava jóias ou bijuterias. Não gostava de seu peso em meu corpo, e, sempre que ia a um restaurante, no final da refeição tinha empilhado tudo – anéis, brincos e relógio – no lado esquerdo do meu prato. Não conseguia conversar com tudo aquilo em mim.

– Não recentemente.

– A sra. Castle mencionou um incidente que aconteceu na casa há pouco tempo – o detetive insistiu.

Encarei-o de novo.

– Eu encontrei uma camisinha no meu antigo quarto.

– E?

– Nós concluímos que devia ter sido o menino que fazia alguns serviços para mamãe.

Ele olhou o caderno.

– Manny Zavros?

– Isso.

– Que mora na Watson, 1.525?

– Essa é a casa da mãe dele. Ele desapareceu depois que a sra. Castle contou ao pessoal da igreja o que tinha acontecido.

– Desapareceu?

– O senhor acha que foi ele?

– Estamos procurando pistas.

– Não quero arrumar problemas para o Manny, mas...

– Sim?

– Aconteceu uma outra coisa que eu não contei a ninguém.

– É para mim que deve contar tudo.

Eu sabia que esse era o momento de plantar a semente. Meu rosto ficou vermelho enquanto eu falava.

– Na mesma época, as jóias da caixinha de mamãe sumiram.

– E a senhora não chamou a polícia?

– Só percebi depois de algumas semanas. Manny já tinha desaparecido, e eu já tinha trocado as fechaduras da casa. E também não quis aborrecer mamãe. Fazia anos que ela não usava a maioria daquelas jóias.

– Entendo. Aliás, sua mãe não foi a única moradora da vizinhança que morreu nas últimas 24 horas.

Eu sabia o que o detetive ia dizer, e tentei esconder qualquer expressão que pudesse indicar isso.

– Não foi o sr. Forrest, foi?

– Por que está perguntando por ele?

– Porque gosto muito dele. Eu o conheço desde que era garotinha.

– E a sra. Leverton?

Respirei fundo e coloquei a mão sobre a boca. O gesto – calculado demais – me deixou imediatamente constrangida.

– Ela foi encontrada em seu quarto esta manhã, pela faxineira.

Embora eu soubesse o que tinha visto – a sra. Leverton sendo colocada ainda viva na ambulância –, não pude evitar pensar que ao menos estive presente quando minha mãe morreu.

– De que exatamente elas morreram?

Senti uma leve camada de suor surgindo em meu corpo por debaixo do casaco. Minhas mãos ficaram geladas. Por que eu não perguntei isso logo?

– Morreram de forma bem diferente. A sra. Leverton estava inconsciente, mas ainda viva quando a faxineira a encontrou. Ela morreu na ambulância, a caminho do hospital.

– E minha mãe?

– A que horas você saiu da casa de sua mãe na noite passada?

Endireitei-me na cadeira e procurei sinais de uma acusação iminente no rosto do detetive. Mas ele me olhou gentilmente e puxou a prega da perna direita da calça com a mesma mão que segurava a caneta.

Lembrei-me de uma expressão que Sarah me ensinara. "Beleza fraca." Era um termo do *show business* que descrevia homens que eram sombras dos realmente bonitos. Tinham as proporções e as qualidades certas – cor do cabelo, altura etc. –, mas sempre havia algum defeito que os impedia de conseguirem o papel principal. Um queixo fraco, olhos separados demais, orelhas de abano. Decidi que Robert Broumas tinha uma "beleza fraca".

– Quero saber como ela morreu.

– Já vou lhe responder. A que horas você saiu da casa de sua mãe?

– Pouco depois das seis.

Nesse momento, quase tive um sobressalto. A sra. Castle disse que tinha me visto às sete.

O detetive Broumas virou algumas páginas de seu caderninho. Endireitou-se na cadeira e limpou a garganta de novo.

– Foi direto para casa?

– Não.

– Para onde foi?

– Talvez a sra. Castle tenha lhe contado que mamãe não andava muito bem. Ela não me reconheceu ontem.

– Ela me contou, sim.

– Eu sabia que ia ter de levá-la para um asilo. E que, assim que ela fosse para lá, jamais veria sua casa de novo.

De repente, comecei a chorar. As lágrimas rolaram pelo meu rosto e eu as limpei com a manga do casaco. "Ela nunca precisou ir morar em outro lugar", tive vontade de dizer a ele. "Entende o quanto isso era importante para ela?"

– Eu fiquei passeando de carro. Fui a um lugar para onde sempre vou, para pensar um pouco.

– Que lugar?

– Perto das fazendas e da estrada que dá no parque Yellow Springs. Dá para ver a usina nuclear de Limerick de lá.

– Quanto tempo a senhora ficou lá?

Calculei o tempo que passei com Hamish e acrescentei a hora extra que fiquei na casa de mamãe.

– Cerca de três horas.

– A senhora ficou sentada em seu carro, pensando, por três horas?

– Admito que caí no sono. Minha mãe às vezes me deixa exausta.

– E depois foi para casa.

– Fui.

– Deu algum telefonema ou falou com alguém?

– Não. Pode me dizer como foi que minha mãe morreu?

Minhas mentiras estavam se acumulando, e eu sabia bem disso.

– O corpo dela foi encontrado no porão.

– No porão? Ela caiu?

Decidi parar de falar. Estava soando falsa até para mim mesma.

– Ainda não temos certeza. A autópsia vai ser feita esta tarde. O que sua mãe estava usando ontem à noite?

Mencionei a saia que eu tinha cortado, a blusa que tinha rasgado e seu sutiã cor de cimento. Os policiais já deviam tê-los pegado no chão da cozinha.

– Ela se vestia sozinha? – o detetive perguntou.

– Sim.

– E saía muito de casa?

– Mamãe sofria de agorafobia. Era muito difícil para ela sair de casa.

– O que quis dizer é se ela ia ao quintal, se tirava o lixo, essas coisas.

– Mamãe era muito voluntariosa. Ela não deixava que eu e a sra. Castle fizéssemos tudo.

Pensei que o interrogatório mal tinha começado, mas o detetive Broumas colocou a fitinha vermelha na página em que estava escrevendo e fechou o caderno. Ele relaxou visivelmente, mostrando que não estava mais trabalhando.

– Posso lhe fazer uma pergunta pessoal?

– Posso ver minha mãe?

Ele se levantou. Eu continuei sentada.

– Amanhã, depois da autópsia. Como é isso? – perguntou, fazendo um gesto que abarcou a sala toda.

– Como é o quê?

– Fazer o que a senhora faz, a sua profissão.

O detetive sorriu. Fiquei com ódio. Não podia mandá-lo tomar no rabo, mas sabia a natureza de seu interesse. Não era curiosidade. Era lascívia.

– É como qualquer outro trabalho. Você só fica mais exposto.

Ele deu uma risadinha e desceu da plataforma. Imaginei que isso significava que eu podia me levantar.

– Ainda queremos falar com algumas pessoas com quem não conseguimos entrar em contato. Vizinhos que estavam no trabalho, esse tipo de coisa – ele explicou, pegando seu paletó do cavalete e vestindo-o. – Há impressões digitais na casa e uma pegada que vamos investigar. Também encontramos um pouco de sangue na varanda lateral. O corpo de sua mãe foi mudado de lugar.

Desci da plataforma. Senti-me como se estivesse flutuando.

Imaginei que estava nua, dentro da banheira do galpão de papai. As ferramentas e ganchos que tinham caído da parede estavam presos na minha pele sem sangue.

"A frieza mata." Vi essa frase escrita no diário de Jake com a letra apressada dele. Pensei em minha mãe inclinada para fora da janela do meu quarto quando eu era criança, para podar as trepadeiras. Proteger-me do sr. Leverton sempre lhe pareceu tão importante que ela constantemente se arriscava a cair do segundo andar da casa. Por que não tinha medo? Será que me amava tanto assim, ou será que aquilo não tinha nada a ver comigo? Será que meu nascimento tinha sido simplesmente uma extensão de seu medo?

O policial uniformizado abriu a porta.

– Vou deixar a senhora conversar com sua amiga e seu marido – disse o detetive. – Ah, desculpe. Seu ex-marido, não é?

Eu assenti. Ao descer da plataforma, descobri que precisava desesperadamente de uma cadeira e me inclinei sobre a superfície atapetada, tentando disfarçar.

– Isso.

– Há quanto tempo vocês estão divorciados?

– Mais de vinte anos.

– É bastante tempo.

– Temos duas filhas.

– E são tão próximos que ele tentou consertar a janela de sua mãe para a senhora.

– Isso.

– Ele veio de Santa Barbara só para isso?

– Não, ele veio encontrar...

O detetive não deixou que eu terminasse a frase.

– Ele me deu o nome da pessoa. Vamos, Charlie.

Fui em direção à porta. Lembrei-me de como as meninas brincavam de sombra quando eram crianças. Uma ficava andando logo atrás da outra e virava à esquerda ou se inclinava para a dircita, imitando-a, tudo para que ninguém pudesse vê-la.

Vi Natalie e Jake conversando na sala em frente. Os dois estavam sentados em carteiras da primeira fileira de uma sala mais tradicional, usada para aulas de História da Arte e Mitologia Grega. As carteiras eram de cor amarelo-claro, e faziam uma curva em torno dos corpos deles.

Vi os policiais atravessando o corredor. O detetive Broumas estava um pouco atrás dos outros dois, falando ao telefone. Eu o ouvi dizer "fita de cabelo" para alguém e depois "trança" num tom autoritário.

Jake estava de frente para a porta, e foi ele quem me viu primeiro. Natalie se virou com dificuldade na carteira e me encarou.

– Às vezes eu acho que nem conheço você direito – ela disse.

Senti um frio no estômago. Abri a boca para falar, mas então vi Jake balançando a cabeça vigorosamente e movimentando os lábios para formar a palavra "não".

Só havia uma coisa à qual Natalie poderia estar se referindo. Por que ele teria contado a ela?

– Sinto muito – eu disse.

– Você o conhece desde que ele nasceu.

Mas isso não importava para mim. Muitos homens de cinqüenta anos transavam com mulheres de trinta, e eu tinha certeza de que entre eles havia vários que tinham conhecido suas conquistas na infância. Infelizmente, as únicas pessoas com quem isso tinha acontecido de quem lembrei no momento foram o escritor John Ruskin e uma menina de dez anos chamada Rose la Touche.

– Ele também quis – eu disse.

– Meu Deus – ela falou, furiosa.

Ela desviou o olhar e fixou-o no quadro-negro. Eu olhei-o também. Um dos alunos se aproveitou do fato de que a sala estava vazia e desenhou um pênis gigante ali. Tinha também o desenho de alguém fazendo sexo oral nele, alguém que se parecia muito com Tanner.

– Você transou com o Hamish? – Jake perguntou, incrédulo.

– Ontem à noite, no carro dela – Natalie disse. – Liguei para casa para contar sobre sua mãe e ele me veio com essa! Disse que está apaixonado por você.

– Você disse à polícia que eu estava com ele? – perguntei, sabendo que isso diferia da história que eu tinha contado.

– É com isso que você se importa? É só isso que tem a me dizer?

Jake estava me olhando espantado.

– Você o levou ao lugar de onde dá para ver a usina – ele disse.

Era uma afirmação, não uma pergunta. Eu assenti.

O vestido de Natalie se afrouxou, como sempre acontecia. O decote se abriu, revelando seu sutiã e seus seios enormes. Em comparação com ela, eu me sentia como um graveto que se quebraria se alguém pisasse – débil, ridículo, inflamável. Forragem para o fogo e para a luxúria.

– Eles vão fazer uma autópsia hoje à tarde – falei. – O corpo dela foi mudado de lugar.

Natalie se levantou e andou em minha direção. Abaixei a cabeça para não precisar encará-la.

– Acho que devo dar os parabéns ao Hamish – ela disse. – Ele sempre quis comer você.

– E quanto a mim?

– Quer que eu diga a verdade?

– Quero.

– Estou cansada. Cansada de viver naquela casa idiota e cansada desse emprego, e estou saindo com um cara.

– O dono de uma construtora de Downingtown.

– É claro que você não aprova.

– Não tenho moral para criticar ninguém nesse momento – eu disse.

Natalie tocou meu rosto com a mão. Foi esse mesmo gesto que Hamish tinha feito no porão.

– Mas critica assim mesmo.

Nós três saímos da Cabana. Minhas articulações estavam doendo – uma soma de tudo o que eu tinha feito na noite anterior com as poses e com o interrogatório da polícia. Queria desesperadamente ir me sentar no local onde tinha estado de manhã, observando o carvalho apodrecido.

– Lembra os manequins de compensado do meu pai? – perguntei a Natalie.

Nós estávamos no estacionamento. O carro vermelho de Jake brilhava à luz do sol.

– Lembro.

Ela os vira apenas uma vez, pouco antes de a casa ter sido finalmente demolida. Jake só tinha ouvido falar deles.

– Eles eram mais reais para ele do que eu e minha mãe.

– Fico enojada quando olho para você – Natalie disse.

Ela enfiou a mão na bolsa, procurando as chaves. Estavam fáceis de encontrar. Depois que Natalie as tinha perdido várias vezes, Hamish lhe comprou um chaveiro que era um gato vermelho gigante.

Jake tentou preencher o silêncio.

– Sarah vai vir nos visitar hoje. Pena que vai receber uma notícia tão ruim.

Ele colocou as mãos nos bolsos, o que sempre fazia quando não queria ficar se remexendo. Do nada, pensei na camiseta que estava usando por debaixo do casaco. "A vida é boa."

– Eu vou para York com o cara que estou namorando. Vou conhecer a mãe dele – disse a Jake.

Ela se recusava a olhar para mim. Subitamente, eu me tornei a pessoa instável em meio a dois cidadãos normais. Será que eu tinha matado o único ser que me fazia parecer relativamente sã?

Poucos minutos depois, eu estava deitada no banco de trás do carro de Jake, como tinha feito em meu carro na noite anterior. Natalie continuava sem falar comigo.

– Tchau – ela disse para Jake.

– Foi bom ver você de novo, Natalie.

– É, acho que foi.

Jake ligou o carro e eu fechei os olhos. Ia ficar ali deitada no banco de trás como fazia quando era criança, quando papai dirigia sem ninguém no banco do carona. Eu não contei a Natalie que tinha matado mamãe, e soube que jamais o faria.

Depois que as últimas partes de Lambeth foram destruídas para dar lugar a uma estrada e a um shopping, escrevi uma frase para papai: "Todos eles se foram, eu sou a única exceção; e, para mim, nada se foi." Não conseguia me lembrar de quem era a frase, e em que contexto ela tinha sido dita.

Quando Jake parou de me desenhar, eu achei que seu fascínio com a maneira de o gelo cobrir as folhas ou com o fato de que frutinhas misturadas com neve formavam uma espécie de tinta seria passageiro. Achei que ele fosse voltar para mim. Mas ele começou a construir coisas de terra, gelo, paus e ossos, deixando toda a pele humana para trás.

Emily encontrou uma das primeiras esculturas de Jake e ficou maravilhada. Ela era feita de grama e lama, sendo que a grama servia de liga para impedir que a lama escorresse. Se Emily não tivesse se encantado tanto por ela, eu a teria pegado com a mão protegida por um plástico e a jogado fora. Para mim parecia apenas um pedaço de merda trabalhado, principalmente porque tinha sido colocada atrás da privada. Mas como Emily me fez ficar de quatro para ver aquela coisa e a chamou de "ele", eu tive a chance de ver o que ela estava vendo.

Jake tinha feito uma pequena escultura. Eu fiquei observando-a com a boca aberta de espanto. Em um segundo, Emily, que estava ajoelhada também, sentou-se com as pernas para a frente com a agilidade das crianças pequenas e começou a bater as palmas nas coxas, radiante.

– Papai! – ela gritou.

– Ela tem medo da privada, Helen – Jake explicaria mais tarde.

Pesquei aquele objeto ofensivo dali de trás e o coloquei no pratinho de cerâmica no qual ele deixava seu chaveiro e suas moedas quando chegava em casa no final do dia.

– E é assim que você pretende acabar com esse medo? Com um burro feito de merda?

– Ele é feito de lama, e é um dragão.

Naquela época, se eu precisasse falar com Jake, os únicos minutos disponíveis eram entre o momento em que ele chegava em casa e o momento em que entrava no banho. Ele começava a tirar suas camadas de roupa já no corredor: cachecóis, chapéus, parca, colete e camisas xadrez de lã grossa. Quando chegava ao quarto ainda estava vestido, mas como um homem normal.

Nesse dia eu o persegui da porta da frente até o quarto, empunhando a escultura no pratinho.

– Ela gostou? – ele perguntou quando chegamos ao nosso quarto.

Jake estava usando um casaco de lã ordinária sobre uma camisa de gola rulê e camadas e mais camadas de camisetas e ceroulas. Eu sabia disso mesmo antes de ele arrancar a roupa, pois o via se vestindo no escuro toda manhã. A primeira coisa que tirava ao chegar eram sempre as botas. Na parte de baixo, vestia calças camufladas e meias de lã bem grossa que pareciam ser ásperas como cactos, tanto que ele precisava usar um forro entre elas e seus pés, que ficavam sensíveis por causa do frio. Nas mãos, Jake não usava nada, jurando que, assim que se acostumasse com a temperatura, ficaria mais ágil e poderia permanecer mais horas lá fora e criar obras mais detalhistas.

– É lógico que ela gostou – falei.

Para mim era óbvio que qualquer criança, mesmo uma medrosa, adoraria um animal feito de lama encontrado na base de uma privada imaculada.

Jake se virou para me encarar. Suas bochechas ficavam permanentemente vermelhas onde eram expostas ao vento, no pedacinho que ficava entre a bainha de seu gorro de lã, que ele enterrava até as sobrancelhas, e seu cachecol, que enrolava até a ponta do nariz. Seus olhos, que estavam lacrimejando um pouco por causa do aquecimento que havia dentro da casa, me pareceram líquidos.

– Era só isso o que eu queria – ele disse. – Queria que ela risse quando visse o dragãozinho.

Eu não podia confessar que estava com ciúmes – não da minha filha, e sim dos objetos que ele tinha começado a construir. Também não podia implorar que continuasse a me desenhar.

Jake tirou as camadas de camisetas e de ceroulas, jogou-as em cima da cama e então entrou no banheiro para ligar o chuveiro. Eu o segui até lá dentro, completamente vestida.

– O que você está fazendo, Helen? – ele perguntou, mas estava rindo.

– Vamos foder – falei.

Não me dei conta do que estava acontecendo comigo. Comecei a correr atrás do meu marido como tinha corrido atrás de mamãe, passo a passo. Uma menina-sombra, sempre tentando ser o que pensava que eles queriam que eu fosse.

Jake passou por um quebra-molas que havia logo após o portão da frente de Westmore.

– Sente-se para falar comigo – ele pediu. – Sei que está acordada.

Ergui meu corpo com os braços como se estivesse na aula de ioga, saindo da muito adequada posição do cadáver.

Jake me encarou pelo retrovisor.

– Depois de sufocar sua mãe você decidiu seduzir o filho da Natalie? Foi assim que aconteceu?

– Foi.

Jake balançou a cabeça.

– Então agora você está brincando com crianças.

– Ele tem trinta anos.

– A minha tem 33.

– A sua?

– O nome dela é Phin.

– Que diabo de nome é esse?

– É o melhor que ela pôde arrumar, pois foi batizada de Phineas pelo pai e seu apelido na família é Phinny. Ela trabalha no museu de Santa Barbara.

– E como ela é?

– Você não acha que deveríamos estar falando sobre outras coisas?

– Tipo o quê? A prisão?

– Não, sobre o que vamos dizer a Sarah.

Jake parou o carro num estacionamento que ficava em frente ao Burger King. Havia uma loja ali chamada Four Corners, na qual eu nunca tinha entrado.

– Quer alguma coisa? – ele perguntou.

Balancei a cabeça.

Fiquei olhando Jake segurar a porta para uma mulher que estava empurrando um carrinho de bebê e levando outra criança nos braços, e me lembrei de quando mamãe deu meu número de telefone para um encanador que trabalhou na casa dela naquela primavera.

– Já pedi para você não dar meu telefone para ninguém sem falar comigo – eu disse após o encanador já ter me ligado três vezes.

– A sua vida é sórdida porque você quer – ela respondeu. – Se não está satisfeita, é só dar um fim a ela.

Foi simples assim. Ela estava ali, em sua cozinha, e como quem não queria nada sugeriu que eu me matasse. Será que esse foi um dos momentos em que ela não sabia o que estava dizendo? Ou não?

Eu me perguntei que ritmo estava tocando na cabeça de papai quando ele colocou aquela pistola em sua têmpora. Papai caiu na escada de cabeça, e seu sangue formou um arco e depois uma linha ondulada que foi ficando cada vez mais fina ao longo da parede. Ele se matou na frente dela. Será que mamãe implorou para que ele não fizesse aquilo ou mandou-o seguir em frente, guiando seus pensamentos como um guarda de trânsito?

Saí do carro e fechei a porta. Jake saiu da loja.

– Comprei cigarro – ele disse. – É isso que você faz comigo. Entre.

Dessa vez, eu me sentei no banco do passageiro. Jake fechou a porta.

– Tem um parque no caminho da sua casa. Precisamos de um lugar para conversar.

Concordei e ele girou a chave na ignição.

– A sra. Leverton teria sido uma testemunha – falei quando entramos na estrada. – Ela viu nós duas ontem à noite na varanda lateral. Eu fiquei lá com a mamãe antes de usar a toalha.

Jake não disse nada. Senti a brisa da noite anterior. Vi os topos das árvores se dobrando ao vento, vi a luz na porta dos fundos da casa de Carl Fletcher, ouvi o som de seu rádio. Será que a filha dele, Madeline, estava lá na noite passada? Será que ela viu alguma coisa?

– Ali, aquele é o parque que eu vi – Jake disse.

Saímos da estrada e pegamos a rua de acesso que dava num pequeno parque triste, cheio de mesas de piquenique e lixo. As churrasqueiras de ferro batido pareciam não ser usadas há anos. Estacionamos numa vaga inclinada e saímos do carro.

– A Pensilvânia me deprime – Jake disse.

– Acho que vou passar o resto da minha vida na Pensilvânia – falei.

Estávamos em cima de um pedaço de terra onde havia um pouco de grama e algumas ervas-daninhas. Ele rasgou o celofane de seu maço de Camel.

– Quer um?

– Não, obrigada. Vou ter bastante tempo para adquirir o hábito na penitenciária feminina.

– Meu Deus.

Ele deu um longo trago no cigarro, quase como se ele fosse um baseado, e deixou que a fumaça saísse pelas narinas e não pela boca.

– Acho que eles sabem, Helen. Precisamos decidir o que vamos dizer.

– Você vai se casar com a Phin?

– Helen, estamos falando da possibilidade de irmos para a cadeia.

– Só eu vou para a cadeia.

– Eu pulei a janela. Sou seu cúmplice, ou pelo menos é o que vai parecer.

– Você vai contar à polícia tudo o que sabe, e nada vai lhe acontecer.

– Não.

– É a coisa mais sensata a fazer. Fui eu quem a matou. Você só entrou na casa para ver se eu estava bem.

– Os policiais me perguntaram sobre sua saúde mental – ele contou, olhando distraidamente para o cigarro, como se outra pessoa tivesse colocado-o em sua mão.

– E o que você disse?

– Que você é absolutamente sã.

Jake se aproximou de mim e me abraçou, puxando-me para perto de si e fazendo com que eu me aninhasse junto à lateral de seu corpo. Meu ombro se encaixou em sua axila, como sempre.

– Você é – ele disse.

– O quê?

– Incrível. Sempre foi.

Na nossa frente, entre duas churrasqueiras, estava um broto de árvore que a prefeitura tinha plantado recentemente. Eu me lembrei de uma briga ocorrida na cidade, sobre se o dinheiro devia ser gasto em árvores para embelezar o lugar ou nas escolas públicas. Havia um arame em torno da haste do broto, e eu me perguntei se alguém se lembraria de cortá-lo antes que a árvore morresse estrangulada.

– Coitado – Jake disse.

– Do broto?

– Não, do seu pai. Você achou que estivesse casando com ele quando casou comigo?

– Eu queria sua atenção.

– Você conseguiu minha atenção.

– Só por algum tempo.

– Aquilo era meu trabalho. Não tinha nada a ver com você.

Jake se inclinou e nossos lábios se encontraram. O beijo permitiu que eu escapasse, mesmo que brevemente, do mundo onde a disciplina, a temperança, a coragem e a força de vontade me empurravam para a frente dia após dia. Quando nos afastamos, ele ficou me olhando por muito tempo.

– Vou precisar contar a eles o que sei.

– Acho que é a coisa certa a fazer.

– E quanto às meninas?

– Vou contar para a Sarah. E para a Emily.

– Você sabe que a Emily não vai entender.

– Você acha que o fato de ela ser tão velha vai ter alguma importância?

– Para a Emily?

– Não, para a polícia.

– Acho que não faz diferença. Vai depender da maneira como o advogado apresentar o caso.

– Eu não conheço nenhum advogado.

– Não vamos pensar nisso agora.

– Não devia ter parado de fazer terapia – falei.

– E por que parou?

– As prateleiras dele estavam cheias de romances do I.B. Singer e de estátuas de cera que pareciam os prisioneiros dos campos de concentração. Troncos sem membros de pessoas torturadas, envoltos em arame farpado e montados em estacas. No meio de uma fala sobre a minha mãe eu olhava para cima e via um torso sem braços e sem pernas me encarando.

Jake riu. Nós fomos nos sentar na grama rala que havia em torno do broto. Ele acendeu outro cigarro.

– E ele adorava jogos de palavras – continuei. – Eu lhe contei sobre a cidade de papai, sobre como ela foi alagada, e ele me olhou, esbugalhou os olhos como se fosse um gato caçando um rato e disse "Splash!".

– Splash? – Jake repetiu.

– Exatamente. O que isso significa? Ele me custou milhares de dólares e a única coisa que conseguiu foi me fazer parar de gostar do Philip Roth.

– Existem outros terapeutas no mundo.

Comecei a arrancar tufos de grama do chão, algo que um dia tinha mandado Sarah nunca fazer na vida.

– Eu me consultei com uma pessoa durante algum tempo – Jake contou. – Vou lhe dar uma dica: ela usava uma meia-calça listrada igual à da Pippi Meialonga.

– Frances Ryan? Você fez terapia com a Frances Ryan? – perguntei, atônita.

– Ela me ajudou depois que você me abandonou.

Frances Ryan estudou na Universidade de Madison na época em que Jake dava aulas lá. Todo mundo a conhecia pela meia-calça listrada que sempre usava.

– Ela ainda usa a meia-calça?

– Já faz pelo menos dez anos que eu não a vejo. Acho que aquela meia-calça fica meio ridícula depois dos quarenta.

– Ela sempre foi ridícula.

– Mas é melhor que os torsos desmembrados – Jake disse, oferecendo-me o cigarro.

Tirando matar e seduzir, meus vícios ultimamente vinham sendo tão limitados que eu senti um enorme prazer logo no primeiro trago. Eu tinha feito terapia para tentar parar com minha mania de controlar tudo, mas um dia comecei a socar melões no meio do supermercado. Quando segurei um entre as mãos, imaginei que estivesse segurando minha própria cabeça. O terapeuta vinha cutucando o interior do meu cérebro e transformando-o num mingau.

– O que vamos fazer agora? – perguntei.

– Vamos buscar a Sarah. Vamos dar um passo de cada vez. É só o que podemos fazer até eles entrarem em contato conosco.

– Ou aparecerem na minha casa.

Ouvimos o barulho de um motor atrás de nós e nos viramos. Era um caminhão espelhado nas laterais. O motorista desligou o motor, mas manteve o rádio ligado. Alguém estava fazendo um discurso furioso.

– Está na hora do almoço – Jake disse.

Observei-o fumar até acabar o cigarro. Eu sempre achei que ele ficava meio bobo quando segurava um, um pouco feminino, como se estivesse declamando poesias deitado num divã.

– Então, você vai se casar com a Phin?

Ele pensou por alguns segundos antes de responder.

– Provavelmente não.

– Por que não?

– Ela é eficiente.

– O que isso quer dizer?

– Ela sabe organizar jantares e viagens muito bem.

– E também sabe alimentar cães.

– Faz muito tempo que eu transferi minha afeição para eles.

– Para o Milo e a Grace?

– Para os animais em geral.

– Não parece o tipo de coisa que você faria.

– Foi o que acabou acontecendo comigo – ele disse, e sorriu. – Além disso, eu gosto do que é difícil. Você bem sabe.

– Coitado.

Jake me encarou. Os olhos dele estavam diferentes. Era como se tivessem sido esmagados, arrasados por minha existência nesse mundo.

– Eu amei você, Helen.

O que eu tinha feito, não apenas com minha mãe, mas com todo mundo, de repente me pareceu incompreensível.

Começou antes que eu pudesse evitar. Um grasno alto e entrecortado, parecido com o som que alguém faz antes de vomitar. E então, subitamente, eu estava inundada de lágrimas, e a saliva e o catarro cobriram meu nariz e minha boca. Não havia onde me esconder, por isso coloquei a cabeça nas mãos e me inclinei para o lado para enterrar meu rosto no chão.

– Calma, Helen – Jake disse. – Calma.

Ele se ajoelhou ao meu lado e tocou primeiro minhas costas e depois o meu ombro. Fiz tudo o que pude para não reagir ao gesto dele. Sentia que não estava conseguindo respirar, embora estivesse inspirando enormes quantidades de ar. Estava chorando, tossindo e batendo os punhos na terra.

– Helen, por favor.

Jake pegou o meu pulso e eu o encarei.

– Eu estraguei tudo! – exclamei. – Tudo!

O homem do caminhão aumentou o volume do rádio. A voz que saía dele bradava pela deportação dos imigrantes ilegais.

– Você precisa se controlar – Jake disse. – Pelas meninas e por mim. Quem sabe? De repente, nada vai acontecer.

Mas aquela me parecia a pior das hipóteses. Existiam tão poucas provas de que eu tinha entregado minha vida toda a mamãe que seria possível para mim matá-la sem sofrer quaisquer conseqüências. No final das contas, eu era completamente insignificante. Será que foi isso que fez com que eu me controlasse? Ou será que foi o fato de que, quando eu me sentei e Jake enxugou minhas lágrimas com a camisa, eu vi que o homem tinha mudado seu caminhão três vagas para longe, para que pudesse, imaginei, almoçar sem precisar me ver? Percebi isso, e então vi a mulher no espelho da lateral do caminhão. Era eu.

Estava sentada no chão de um parque abandonado da Pensilvânia. Um homem com quem eu tinha sido casada e tido filhas estava tentando me puxar para junto de si. Vi no espelho o broto e as churrasqueiras quebradas, e a estrada às minhas costas.

Quatorze

Quando chegamos em casa, Jake foi imediatamente pegar a garrafa de vodca. Ele levantou a almofada de dentro do armário de bebidas e eu vi que o BatFone estava piscando freneticamente, cheio de mensagens deixadas na secretária eletrônica.

– Quer ouvir as mensagens? – Jake perguntou.

– Quero.

Depois das mensagens que Natalie tinha deixado no dia anterior havia uma de Emily, dizendo que também tinha ligado para o outro telefone.

– Mas esse parece ser mais apropriado – ela disse. – Lembre-se, você está entrando num período novo e maravilhoso da sua vida. Vou tentar ligar de novo mais tarde, depois de colocar as crianças na cama.

– Metade do que ela diz é só papo-furado para mim – confessei a Jake.

Ele foi pegar um copo na cozinha.

Então, surgiu a voz de Sarah, que atingiu a casa silenciosa com a força de sempre.

– Mãe? Porra, vai embora, seu puto. Desculpe, mamãe, tem um cara aqui que gosta de bunda grande. Seu outro telefone só dá ocupado. Estou indo para a estação, vou pegar o primeiro trem. Devo chegar às 14:30h, tá? Se não der para você ir me buscar eu vou ficar esperando naquela lanchonete que tem ali em frente, se é que já não virou outra coisa. De repente eu como umas batatas fritas. Vai se foder! Desculpe, mamãe. Duas e meia, ouviu? Beijo.

Fui até a secretária para ver o dia e a hora em que a mensagem havia sido deixada. Esse era o "antes". Antes de minhas filhas saberem que eu tinha matado a avó delas.

Jake estava parado na porta da sala de jantar, bebendo vodca pura num copo de suco.

– Já é a segunda rodada de hoje – falei.

– As regras não se aplicam ao dia de hoje.

Pensei na caixa cheia de cartas de papai que havia no porão. Ele as escreveu quando Jake e eu passamos dois meses no exterior, logo depois que a Emily nasceu. Jake ganhou uma bolsa da universidade para estudar fora, e escolhemos o lugar mais óbvio para ir: Paris.

Enquanto Jake visitava museus ou se reunia com outros pintores, eu saía para passear, carregando Emily num canguru preso nas costas. Estava muito quente, e eu me sentia muito sozinha. Aprendi a pedir um prato com queijos variados e uma cerveja num café. Fazia isso sempre, e depois ia a uma livraria que vendia livros em inglês. Todos os dias eu atravessava os mesmos 15 quarteirões, empanturrada de queijo e cerveja, sem falar com ninguém e com dor nas costas por causa do canguru. O melhor da viagem para mim não foi a oportunidade de visitar o Louvre ou o Bon Marché, mas as cartas que papai me mandava me descrevendo seus dias, falando de como estava a horta ou se havia uma coruja ou duas nas árvores que ficavam entre a casa deles e a da sra. Leverton.

– Bom, ela vai chegar daqui a duas horas – Jake disse. – Vou tomar um banho. O que você vai dizer a ela, Helen?

– Ainda não sei.

– É melhor pensar logo. A Sarah não é idiota, e ela estará com você pessoalmente, e não pelo telefone.

– Emily.

– Ligue para ela.

– Não posso.

– Ligue – ele disse, saindo da sala.

Certa vez, quando eu estava em Seattle visitando Emily, ela me mostrou como tirava as vitaminas de seus potinhos originais e as colocava em lindas jarras de porcelana numa bandeja giratória de madeira que ficava numa das inúmeras mesas de sua cozinha. Quando eu tolamente perguntei como as crianças sabiam onde ficavam as delas, Emily me contou que as cores entravam na memória delas de maneira mais eficaz que as letras, e que por isso Jeanine sabia que suas vitaminas ficavam na jarra azul.

Emily sempre esteve um passo à minha frente, a vida toda. Ela aprendeu a se vestir sozinha e a amarrar os sapatos antes que eu estivesse pronta para parar de fazer essas coisas por ela, e fez absoluta questão de arcar com responsabilidades assim que pôde. Se eu tentasse ler uma história para ela ou colocar seu cereal na tigela, ela pegava o livro ou a caixa da minha mão e gritava de forma bastante autoritária:

– Eu faço!

Jake estava no banheiro das meninas. Lembrei que ele sempre largava as calças no chão antes de tomar banho. Esperei pelo som da fivela de seu cinto e das moedas de seus bolsos batendo nos azulejos e, quando o ouvi, peguei o Bat-Fone e disquei o número de Emily.

O telefone tocou três vezes.

Ninguém disse alô, mas eu escutei o som de uma respiração do outro lado.

– Jeanine?

Nada.

– Jeanine, é a vovó. A mamãe está aí?

Ouvi o som do telefone sendo largado numa mesa ou no chão, e de pés pequeninos se afastando.

– Alô? – falei.

Esperei pelo que me pareceu ser um tempo razoável.

– Alô? – disse de novo, mais alto dessa vez.

Ouvi a água passando pelos canos acima da minha cabeça. Jake estava tomando banho. Percebi que ele não tinha colocado a garrafa de vodca de volta no armário. Lembrei-me da vez em que, havia quatro anos, encontrei mamãe enroscada no chão do armário onde guardávamos as toalhas e os lençóis.

– O que você está fazendo aí? – perguntei.

– Estou escondida.

Eu a arranquei dali como se ela fosse um bicho. Mamãe estava cheia de poeira na lateral do corpo, e eu dei tapinhas em seu vestido para limpá-la.

– Pare de me bater! – ela gritou, em pânico. – Pare de me bater!

E eu precisei pedir à sra. Castle que mantivesse a porta do armário fechada.

– Só quis trocar a toalha da mesa.

Eu devia ter dito: "A senhora não está entendendo. O problema é que mamãe se esconde ali dentro."

Apertei o fone contra a orelha. Ouvi vozes vindo da televisão. Jeanine estava vendo TV – provavelmente um DVD. Emily e John tinham estantes e mais estantes cheias deles, embora eu achasse que deviam estar cheias de livros. Quando perguntei a John onde ficavam os livros, ele deu de ombros.

– Quem tem tempo para ler?

Fiquei escutando mais um pouco, pensando nos cômodos da casa de Emily. A julgar pela proximidade da televisão, Jeanine tinha atendido o telefone da cozinha. Perguntei-me onde Leo estaria. E Emily. Eu sabia que John estava no trabalho, falando da alegria que era fabricar plásticos para pessoas que não se importavam com o meio ambiente.

– Eu a sufoquei na varanda lateral – sussurrei ao telefone.

Nenhuma resposta.

– Cortei a trança dela e levei para casa.

Ouvi uma música de desenho animado. Alguém estava perseguindo alguém na televisão.

Desliguei. Pensei na linha que passava por mim e chegava até Leo e Jeanine. Os olhos de Leo eram tão iguais aos meus que chegavam a me dar arrepios. Jeanine tinha o maxilar um pouco parecido com o de meu pai. A risada dela tinha algo da minha, e quando ela cantava, o que fazia com muita freqüência, eu me lembrava da maneira como mamãe cantava quando eu era criança, de como sua voz ecoava pela casa silenciosa.

Subi até meu quarto. Quando Emily era pequena, eu disse a ela que éramos descendentes de uma família que misturava brancos, índios e negros e que tinha morado no Tennessee. Ela só percebeu que tinha sido enganada muito mais tarde, mas durante um bom tempo acreditou ser ligada a esse estranho grupo de pessoas que vivia isolado nas montanhas do leste do Tennessee. Um dia eu a encontrei no banheiro tentando ver se sua pele era azulada, uma das marcas daquele povo. Ela me disse que via em Sarah a testa larga, as maçãs do rosto e uma aparência "quase asiática", todos sinais desse parentesco. Mas, em si mesma, não via nada.

Junto às cartas de papai no porão havia uma redação que Emily escreveu na oitava série e que recebeu uma nota vermelha da professora. Não me lembrava mais do sobrenome da mulher, se era Barber ou Bartlett, mas começava com B. Eu marchei para a escola vestindo uma roupa que eu acreditava ser algo tipicamente usado por mães – um vestido de veludo cotelê e sapato boneca – e ataquei a professora com toda a força verbal de que dispunha. Emily ganhou um seis pela redação, mas implorou que eu nunca mais repetisse aquilo. Para mim, os momentos que eu tinha passado defendendo minhas filhas ainda tinham sido os melhores da minha vida.

Ouvi Jake gargarejando no banheiro das meninas e senti o cheiro de sua loção pós-barba de almíscar quando fui trancar a porta do quarto.

Entrei no closet. Quase todas as minhas malas ficavam do outro lado da casa, no armário em que eu costumava guardar os sapatos e as roupas que Emily poderia usar quando me visitasse e no qual mantinha itens que talvez nunca voltasse a usar, mas que não queria jogar fora. Já os muitos casacos e cachecóis malfeitos que mamãe costurou para mim ao longo dos anos eu guardava no meu próprio closet, numa mala de lona que tinha sido de Jake. A mala parecia uma bolota verde-oliva e ficava em cima de duas caixas na prateleira acima do cabideiro.

Subi num banquinho que Sarah tinha feito na aula de carpintaria da escola e bati na mala com a mão direita até ela cair no chão. Não pensei no que estava fazendo. Sabia que íamos buscar Sarah na estação de trem. Sabia que a polícia desconfiava de mim. Jake tinha razão, ainda havia uma pequena chance de eu me safar, mas percebi ao longo da manhã que isso não me importava mais. Eram minhas filhas que iam me julgar no final das contas, e elas duas saberiam a verdade. Eu jamais poderia enganá-las, e, mesmo que pudesse, não queria.

Abri o zíper dourado da mala de lona e tirei de lá de dentro a triste pilha de coisas que mamãe tinha tricotado.

– Por que tudo que ela faz parece vômito? – perguntou Sarah certo Natal.

As meninas estavam virando mulheres, e, naquele ano, mamãe ultrapassou todos os limites e tricotou um casaco longo para cada uma. Usou linhas de diversos tons, mas o resultado, que devia ser outonal, ficou mais para intestinal.

Encontrei um desses casacos sem dificuldade e coloquei-o de volta na mala antes de enfiar todo o resto da produção de mamãe em cima de um gaveteiro que ficava num canto do closet. Olhei para meus inúmeros sapatos e escolhi o par de tênis velhos que usava para cuidar do jardim. Ouvi Jake atravessar o corredor e vir na direção do meu quarto. Três camisetas. Fui até a cômoda e peguei ceroulas, calcinhas, um casaco de *cashmere*. Já estava com minha melhor calça jeans, e coloquei uma segunda na mala. Na gaveta de baixo da cômoda estavam as lingeries e uma roupa de jogging de náilon com tiras fluorescentes que eu achei bonita quando vi na loja. Enfiei-a na mala e fechei o zíper.

Jake bateu de leve na minha porta.

– Helen? Você está acordada?

Deixei a mala no chão e fechei a porta do closet.

– Lógico – eu disse.

Ele mexeu na maçaneta.

– A porta está trancada – ele falou.

Quando abri a porta, percebi que Jake estava grogue. Ele oscilou de leve para a direita.

– Você levou a garrafa de vodca para dentro do chuveiro? – perguntei.

Peguei-o pela mão e levei-o até a cama, onde ele caiu sentado.

– Deite aí e fique de olhos fechados um tempo – eu disse. – Vou acordá-lo quando estiver na hora de ir pegar a Sarah.

Ele assentiu.

– Estou cansado mesmo.

– É lógico que está. Onde está o veneno?

– Não beba, Helen. Você precisa ficar sóbria.

Sorri.

– Pode deixar. Só quero guardar a garrafa.

– Devíamos ligar para a Phin. Ela pode ajudar.

Coloquei a mão no peito dele e empurrei. Ele deitou de costas na cama e se enroscou em cima dos lençóis.

– Você está sendo maravilhoso comigo.

– O Milo e a Grace gostam de lamber a cara da gente. A Phin odeia isso – ele disse.

Coloquei um travesseiro embaixo da cabeça dele.

– Durma um pouco – falei.

Alguns minutos depois, Jake começou a roncar baixinho. Eu o toquei. Percebi que tinha esquecido de pôr meias na mala, mas não quis me arriscar a acordá-lo. Entrei pé ante pé no closet, peguei a mala, desci as escadas, passei pelo corredor dos fundos – "Quem sabe eu vou para Caracas", pensei – e fui até a garagem. Coloquei a mala atrás do meu cortador de grama e de alguns baldes de plástico vazios que tinham sido deixados ali da última vez que eu tinha pintado a casa. Ninguém ia achá-la ali.

Fiz uma mala para levar para o hospital quando estava grávida de Sarah. Passei o dia preparando-a. Uma escova de dentes nova, uma camisola nova e até um pó compacto, pois em todas as fotografias em que apareci segurando Emily recém-nascida eu estava brilhando de suor. Meu segundo parto foi mais difícil do que o primeiro, o que, segundo o médico, era muito raro.

– Foi por causa do meu cabeção – Sarah dizia.

– Por causa do seu lindo cabeção – eu corrigia.

Percebi que a ratoeira adesiva que eu tinha colocado no início da semana não estava mais no lugar. Fiquei imóvel e tentei escutar. Não sabia para onde o rato tinha ido, mas ele já devia estar morto ou quase.

Voltei lá para cima e, ao entrar no quarto de Sarah, encontrei a garrafa de vodca no parapeito da janela. Ainda tinha um terço. Jake sempre ficava bêbado rápido. Na primeira vez que saímos juntos, um professor convencido da universidade o desafiou para ver quem bebia mais, e em menos de uma hora ele já estava desmaiado embaixo da mesa.

Arrumei o quarto o melhor que pude para receber Sarah. Tinha mantido as paredes do quarto cor de lavanda, como ela gostava. Todos os outros, até o de Emily, tinham sido pintados de branco.

Passei a mão rapidamente pela colcha roxa que estava em cima da cama, tirando as marcas que Jake tinha deixado, provavelmente ao se sentar para tirar os sapatos. Adiantei o relógio em uma hora, pois tinha me esquecido de fazer isso quando acabou o horário de verão, e usei meu casaco para tirar o pó dos objetos que ficavam em cima da escrivaninha dela.

Foi neste quarto que eu, há três anos, cometi uma violência da qual não sabia ser capaz. Sarah levou um menino chamado Bryce para me conhecer, e eu fiquei desconfiada dele assim que o vi na estação de trem. Era um mauricinho que afirmava ser de uma família tradicional de Connecticut. Isso não me impressionou nem um pouco. Depois do jantar, durante o qual ele falou o tempo todo de si mesmo, eu fui para cama para deixar os dois sozinhos.

O primeiro tapa foi como um tiro ouvido a distância. No segundo, eu me levantei de um pulo. Ouvi a voz de Sarah, que estava tentando não fazer barulho, quando estava no meio do corredor de camisola, segurando o taco de beisebol que papai tinha me dado para que eu pudesse me proteger se necessário.

Sarah me fez jurar que não ia contar para ninguém. Não queria que Emily e Jake soubessem que ela tinha permitido que um homem lhe batesse. Bryce saiu correndo pela rua depois que eu o ameacei com o taco e o bati com toda força no umbral da porta.

Sentei-me no chão do quarto de Sarah e me deitei em seu tapete. Sem pensar, fiz uma série de exercícios de alongamento que fazia toda manhã há 15 anos.

Às 12:30h eu voltei para o meu quarto e encontrei Jake deitado na mesma posição. Sussurrei seu nome, mas já tinha decidido ir sem ele. Deixei um bilhete no balcão da cozinha dizendo que ia voltar com Sarah. Coloquei a garrafa de vodca de volta no armário de bebidas e, quando estava prestes a colocar o Bat-Fone lá dentro junto com o travesseiro, parei. Arranquei o fio da parede e joguei o aparelho na lata de lixo.

Pensei em levar a mala que tinha feito comigo, mas decidi que era melhor não. Eu ainda não estava pronta. Se pudesse, queria fazer um jantar para Sarah e acordá-la na manhã seguinte com um bule de café fresquinho, que nós duas tomaríamos juntas.

Nunca me acostumei com a hora do rush oficial das cidades pequenas, que era quando os pais iam buscar seus filhos na escola. Nos últimos anos essa prática tinha ficado muito mais comum, pois se ouviam inúmeras histórias de crianças que tinham sido raptadas ao saírem do colégio. Mesmo assim, ainda havia quatro ônibus escolares amarelinhos na frente da Escola Lemondale, o que me deixou feliz.

Na Crescent Road, eu fui impedida de continuar por uma guarda de trânsito com ar de matrona, usando uma faixa branca e um apito – o traje completo. Um bando de crianças do ensino fundamental passou na frente do meu carro em rodopios, fazendo com que eu me lembrasse de nuvens que tinha visto num mapa meteorológico na TV. Só algumas delas estavam andando sozinhas com as cabeças abaixadas. As restantes puxavam os casacos e camisetas umas das outras e derrubavam as mochilas no chão, gritando xingamentos para as que estavam do outro lado da rua.

Segui em frente.

Passei pela antiga loja de instrumentos que tinha virado uma padaria. Foi lá que eu comprei o clarinete de Emily, que ela tanto odiou. Lembrei a maneira como as amigas das meninas invadiam minha casa quando elas eram pequenas, achando normal exigir que eu lhes preparasse sanduíches de acordo com suas preferências específicas. Aquela gostava de maionese, essa só aceitava mostarda. Uma das amigas de Emily, desapontada com um sanduíche que eu tinha feito, me explicou pacientemente a diferença entre frutas em conserva e geléia, mostrando que tinha pedido a primeira, e que eu tinha lhe dado a segunda.

O trem mais prático para Sarah vir de Manhattan era o que fazia uma parada em Paoli. Assim, ela não precisaria trocar de trem em Filadélfia, e podia vir direto pela companhia Amtrak. Em vez de cruzar a ponte e ir até o lado onde os passageiros desembarcavam, eu olhei meu relógio. Fiquei contando os minutos, estacionada na frente de uma filial da Starbucks.

Após algum tempo, entrei na estação e fui até o balcão da Amtrak. Pedi os horários de todos os trens que iam passar pelo Corredor Noroeste, a área mais repleta de ferrovias do país. Passei pelo estande da outra companhia, a SEPTA, e peguei alguns de seus horários também. Fiz tudo isso sem pensar, assim como tinha feito os alongamentos, preparado a mala e deixado-a na garagem. Meu cérebro se dividiu em dois: metade estava focada nas tarefas normais – como apanhar minha filha na estação de trem – e metade, focada na minha fuga.

Entrei no carro e virei-o na direção contrária. Dirigir aquele carro vermelho me fazia sentir chamando ainda mais atenção, mas quando saí ele estava na frente da minha garagem, não me dando outra opção. Lembrei que prometera a Hamish que o veria naquela noite e me perguntei se tinha ficado maluca. Imaginei Natalie com uma roupa de guarda de trânsito, mostrando-me a palma da mão e bloqueando meu caminho.

Sarah estava no alto da escadaria da plataforma, procurando por mim no estacionamento. Ela vestia seu casaco velho de couro de carneiro e minhas botas da marca Frye, que confiscou em sua última visita.

– Elas são totalmente neo-hippie – ela disse. – Não acredito que você as usava.

Ao ouvir isso, comentei que, aparentemente, quem ia passar a usá-las seria ela.

– É, mas não vou usar *a sério* – Sarah respondeu.

Ela estava usando uma trança de cada lado, e seu cabelo ia até a cintura. No alto da cabeça, tinha um número infinito de presilhas de strass. Sarah não ia reconhecer aquele carro, por isso eu dirigi até onde ela estava, coloquei a cabeça para fora da janela do carona e gritei seu nome.

– Mãe! Meu Deus, que carro de garanhão é esse? – ela falou, jogando sua mala no banco de trás e sentando do meu lado.

Sarah se inclinou e meu deu um beijo na bochecha. Senti um choque, como às vezes acontece quando a gente esfrega os pés no carpete.

– Desculpe – ela disse.

Saímos do estacionamento.

– Como foi a viagem?

– Você está passando por uma crise de meia-idade? – ela falou. – Por isso comprou um carro conversível? Achei que só homem fazia isso.

– Mulher aplica botox – eu disse.

– É isso aí. Então, por que o carro?

– Na verdade ele não é meu. É alugado.

– Eu devia ter adivinhado! Tem mesmo cheiro de carro alugado. Cadê o seu?

Estávamos paradas num sinal, em frente a uma oficina mecânica e a um correio. "Carros e correio", pensei. "E trens."

– Sua cabeça está parecendo um globo de luz de discoteca.

– Não fuja do assunto.

– Meu carro está na minha garagem, e seu pai está dormindo na minha cama.

Não consegui evitar a implicância. Era uma brincadeira que fazíamos desde que ela era criança, ver quem conseguia provocar a curiosidade da outra primeiro, quem conseguia inventar a maior mentira. Eu sabia que Sarah desejava transformar essa sua capacidade numa arte. Ela gostava de criar, tinha uma inclinação para o exagero. Emily era a responsável, e Sarah era a que conseguia sempre desviar a atenção de todo mundo. Então, ninguém jamais recebia uma resposta direta quando perguntava como ela estava. Era esse o trunfo que levava para as aulas de canto que fazia. Sabia cantar, *mas*... – e esse "mas" continha tudo, tanto um magnetismo esfuziante quanto o que eu temia ser sua versão inicial da insanidade da família.

– Conte tudo – Sarah disse.

Nós passamos pelo hospital e eu acelerei. Percebi que ela estava de bom humor. Suas bochechas estavam coradas como se ela tivesse acabado de correr. Mas Sarah não corria. Ela não se exercitava. Não era para ela o que costumava chamar de "minha crucificação na academia". Às vezes se obrigava a passar fome, e às vezes comia como uma condenada. Também bebia e fumava, e eu tinha certeza de que usava outras drogas.

– Tenho muito para contar – eu disse. – Prefiro não ir direto para casa. Seu pai precisa descansar. Talvez seja melhor se estivermos só nós duas.

– Já vi que vai ser intenso.

– Vamos para algum lugar, e aí eu conto tudo.

– Uau! – ela disse, mas então decidiu ficar em silêncio.

Passamos pelo restaurante Easy Joe's. Vi que ela estava examinando cada presilha de strass com a mão, certificando-se de que estavam bem fixas.

– Por que as tranças?

– Sei lá. Meu cabelo estava molhado e eu fiquei com preguiça de secar. Gostou?

– Elas me lembram sua avó.

– Entendi, não gostou.

Eu sabia para onde estava indo. Tinha passado anos sem ir lá, mas fora na noite anterior com Hamish e agora estava levando Sarah. Durante o dia as fazendas ficavam ainda mais bonitas, mas era impossível deixar de olhar para as torres da usina.

Quando passamos pela pousada Ironsmith e viramos à esquerda para subir a colina, Sarah deu um suspiro fundo.

– Nenhuma cerveja? – perguntou.

Sem olhar no retrovisor, fui de ré até o estacionamento do bar.

– Para viagem – falei. – E não demore.

– Estou gostando dessa sua nova personalidade – Sarah disse, radiante.

Ela pegou minha bolsa no chão do carro e foi para dentro do bar. Ninguém podia dizer que eu não oferecia às pessoas algo para se apoiar antes de lhes dar más notícias.

Vi Sarah pela janela do bar conversando com Nick Stolfuz, o filho do dono do bar. Ela estava fazendo um gesto largo, formando um círculo gigante acima da cabeça. Nick riu e deu a ela um pacote com seis cervejas e o troco. Quando Sarah chegou à porta, virou-se para dar adeusinho a ele.

– Sobre o que vocês estavam conversando? – perguntei.

– Estava contando sobre o desfile anual do Dia de Ação de Graças em Nova York.

Saí do estacionamento e voltei para a estrada. Sarah abriu uma lata de Schlitz e sugou a espuma com a boca.

– O que levou você a falar disso? – perguntei.

– Eu disse a ele que moro em Nova York, e ele me contou que sempre quis visitar a cidade e ver o desfile.

Passamos pelo túnel de pedra.

– Você precisa aprender a conversar com as pessoas, mãe. O Nick é solteiro, sabia?

– Não estou interessada, obrigada.

– Droga – ela disse, dando um soquinho na coxa de brincadeira. – Seria tão legal ter um dono de bar na família... Vamos ver as torres? – perguntou, orientando-se.

– Vamos.

– Cada doido com sua mania – ela disse, usando uma expressão que aprendera comigo.

Saí da estrada e cheguei à ruazinha de cascalho onde eu e Hamish tínhamos transado na noite anterior. Fiquei feliz por estar ali num carro alugado, com um sachê em forma de árvore pendurado no isqueiro.

Desliguei o motor. Sarah deu mais um gole na cerveja.

– Posso abrir a janela? – perguntou.

– Vamos sair do carro, que tal?

– Quer uma cerveja?

– Não.

Sarah colocou mais uma no bolso do casaco mesmo assim. Quando eu me levantei, minhas pernas falharam e eu precisei colocar as mãos no teto do carro para me apoiar. Sarah veio correndo.

– Mãe, está tudo bem?

Eu tinha visto um seriado na televisão no qual a marca registrada de um policial durão era bater o peito dos bandidos com tanta força no teto do carro quando os prendia que chegava a fazer barulho. Assistia a esse programa com mamãe, e nós duas sempre ríamos quando isso acontecia.

– Eles chamam os bandidos de "elemento" – ela contou certa noite, e eu pensei em como nossos momentos de alegria eram raros, a ponto de até aquele programa imbecil ter se tornado importante para mim.

– Eu sou fraca, Sarah.

– Fraca? O que você está dizendo?

– Sou uma pessoa fraca.

Respirei fundo. Eu estava começando.

– Vamos dar uma volta – pedi, e atravessei a rua.

Eu nunca tinha caminhado pela Forche Lane, apesar de já ter passado inúmeras vezes por ela de carro, mas decidi que era para lá que eu e Sarah iríamos. Era uma ruazinha estreita que fazia parte de uma das propriedades ali perto e era repleta de buracos cheios de grama e ervas-daninhas.

– Do que você está falando, mãe? Vá mais devagar.

Sarah me alcançou, com a lata de cerveja na mão.

– Preciso continuar andando para conseguir lhe contar tudo.

– Detesto essa merda de mania de exercício. Vai me obrigar a alongar os braços, também?

– Sou fraca moralmente. E, antes de mais nada, o que faço não torna nem você nem Emily pessoas piores.

Sarah correu para passar na minha frente e se virou, encarando-me e bloqueando o caminho. A cerveja espumou, e algumas gotas caíram no chão.

– Não faça isso – eu disse.

– Mãe, o que aconteceu?

– Saia da frente.

– Não.

Eu a empurrei para o lado e me movi um pouco para a esquerda para poder continuar a andar. Sarah se juntou a mim alguns segundos depois.

– Tudo bem, estou ouvindo.

– Não sei por onde começar.

À nossa direita, algumas galinhas saíram correndo de dentro de um arbusto. O som de suas asas batendo encheu o ar.

– Comece explicando por que o papai está aqui.

– Eu liguei para ele. Ele veio de avião de Santa Barbara ontem à noite.

– Por quê? – ela perguntou, e tomou um gole preparatório de cerveja.

Não tive coragem. Ainda não.

– Lembra do Hamish?

– Lógico.

– Transei com ele ontem à noite no meu carro. Duas vezes. Uma vez em frente à casa dele e outra ali onde a gente estacionou.

– Jura?

– Juro.

– Hamish, o deus grego de baixo QI?

– Isso.

– Essa é sua fraqueza moral? Tudo bem, foi inesperado. Mas eu acho legal.

Continuamos a andar. A Forche virava uma descida íngreme num trecho que eu nunca tinha conseguido ver do carro. Ali, ela deixava de ser de asfalto e virava um caminho de terra.

– É só isso? – Sarah perguntou.

– Não.

– O que mais?

– Sua avó morreu.

– O quê?

– Ela morreu na noite passada, e eu liguei para o seu pai.

Sarah agarrou meu braço.

– Mãe, que notícia! Você estava lá?

– Vamos continuar andando.

– Estava?

– Estava.

Sarah me arrastou para junto de si e tentou me dar um abraço. Apesar de sua herança genética, ela sempre gostou de proximidade. Emily a chamava de "Invasora de Rostos" quando elas eram adolescentes, pois Sarah tinha a tendência de chegar um pouco perto demais quando falava com alguém.

– Você está esquelética – ela disse.

Afastei-me e olhei para Sarah. Senti as lágrimas surgindo em meus olhos e sabia que elas iam rolar pelo meu rosto.

– E você é minha filha linda.

– Não fique assim, mamãe. Você fez tudo por ela.

Sarah me ofereceu a lata de cerveja, mas eu recusei, balançando a cabeça.

– Eu a matei, Sarah.

– Que ridículo. Ela chupava o seu sangue.

– Não diga isso.

– Desculpe. Eu lamento que a vovó esteja morta. Mas, puxa, você se sacrificou muito por ela.

– Você não está entendendo – falei.

Virei-me de volta na direção do carro. Estávamos tão embaixo que não conseguia ver a estrada.

Os campos à nossa volta estavam cheios de trigo ou cevada. Eu tinha passado minha vida rodeada por eles, mas não eram nada além de quadrados coloridos para mim, e eu só gostava deles porque eram melhores que os prédios. Mas em toda minha vida nunca conheci um fazendeiro.

– Desculpe, ouviu? – Sarah disse. – Sei que você amava a vovó, mas eu e Emily achamos que é por causa dela que você nunca viveu sua vida.

– Eu vivi minha vida. Tive vocês duas.

Sarah refletiu.

– O papai veio de Santa Barbara só porque a vovó morreu?

Algo despontou na mente dela.

– Veio.

– Mas ele a odiava.

– Não foi por causa disso.

– Foi por que, então?

– É isso que estou tentando dizer. Porque eu – falei apontando para mim mesma e fazendo uma pequena pausa – *matei* sua avó.

Vi que ela estava começando a compreender. Mas não podia fazer nada. Não podia passar um remédio na ferida, nada para fazer passar a dor.

– Você o quê?

– Eu a sufoquei com uma toalha de rosto.

Sarah se afastou dois passos de mim e deixou a lata de cerveja cair no chão.

– Ela estava muito mal – eu disse.

Pensei nos olhos de mamãe me encarando, em seus anéis de rubi cintilando na luz da varanda e no som de seu nariz se quebrando.

– Acho que ela não soube que era eu que estava ali – expliquei.

– Pare de falar – disse Sarah.

– A polícia está investigando. A sra. Leverton morreu hoje de manhã numa ambulância, a caminho do hospital.

– Mãe, cale a boca! O que você está me dizendo?

– Que matei minha mãe.

Sarah pegou a lata de cerveja e começou a andar para o carro.

– Sarah, preciso lhe contar outra coisa.

Ela se virou.

– Outra?

Subitamente, eu me senti tonta com o peso das revelações.

– Seu avô se matou.

– O quê?

– Meu pai se suicidou.

– Você está sorrindo – Sarah disse. – Está parecendo uma maluca, sabia?

– Só estou feliz por finalmente poder contar a verdade.

Eu me aproximei dela. Uma presilha em forma de borboleta estava se soltando de seu cabelo.

– Seu pai sabe, mas tínhamos decidido não dizer nada para você e para Emily.

Toquei a borboleta, para prendê-la melhor. Sarah estremeceu.

– Filha?

Abaixei o braço. Sarah encontrou a presilha com os dedos e arrancou-a, tirando também diversos fios de cabelo.

– Não faça isso – eu disse.

– Como?

– Com um tiro.

– E você culpava a vovó?

– No início, sim.

– E depois?

– Ela era minha mãe, Sarah. E era doente. Você sabe disso.

– Eu não sei de nada. Você falou alguma coisa sobre a polícia.

– O problema é que... A sra. Castle encontrou o corpo dela, e ela estava...

– Diga.

– Eu dei um banho nela.

O rosto de Sarah se distorceu, e ela fez uma cara de nojo, como alguém prestes a vomitar.

– Antes ou depois?

– Depois.

– Meu Deus.

Ela se afastou de mim de novo, mas dessa vez atravessou a ruazinha esburacada, indo em direção às árvores que a ladeavam.

– Tem carrapatos aí.

Sarah voltou depressa.

– Você matou a vovó e está preocupada com os carrapatos?

– Ela tinha feito cocô. Eu sabia que não ia querer ser vista daquele jeito.

Sarah me olhou, atônita. Levei alguns segundos, mas então me dei conta do que ela estava pensando.

– Não foi depois. Ela tinha feito cocô naquela tarde. Eu estava tentando pensar numa maneira de limpá-la antes de ligar para o asilo. Por isso estava com as toalhas.

– Quero ver o papai.

– Eu quis contar para você pessoalmente. Achei que fosse importante.

– Bom, já contou.

Sarah jogou a lata de cerveja no chão, amassou-a com o pé e colocou-a no bolso do casaco.

– Agora vamos embora daqui – ela disse.

Mas se virou rápido demais e caiu no chão. Quando a vi caída, pensei em mamãe, e no pequeno Leo batendo a cabeça na cadeira.

– Filha – eu disse, me abaixando.

– É a porra do meu tornozelo.

– Está quebrado?

– Não. A não ser que você queira continuar sua carreira de crimes.

– Sarah?

– Foi uma piada. Entendeu? Hahaha.

– Apóie-se em mim até chegarmos ao carro.

– Não quero encostar em você por enquanto.

Mesmo assim, eu a ajudei a ficar de pé. Após três ou quatro pulos, percebi que era melhor sentarmos.

– Você consegue chegar àquele tronco caído? Podemos descansar um pouco primeiro.

Logo iria anoitecer e os animais, que tinham passado o dia todo dormindo na floresta à nossa volta, iriam acordar. O outono sempre foi minha estação preferida. Era mais misericordioso do que a primavera ou o verão, porque os dias eram mais curtos.

Ficamos sentadas num tronco que parecia ter sido arrastado até ali por estar bloqueando a rua. Parte de mim queria continuar andando e ver quem ou o quê vivia no final da Forche Lane.

Ficamos em silêncio. Sarah pegou a cerveja que estava em seu bolso e abriu-a. Eu observei o chão entre meus pés enquanto ela dava pequenos goles.

– A Emily ainda não sabe – eu disse. – Seu pai contou a ela que mamãe morreu, mas não disse como. Fui para a casa da Natalie depois, mas ela não estava. Ela está saindo com um cara, e parece que é sério. O Hamish acha que eles vão casar. Ele estava em casa. Eu precisava de alguém, Sarah, e por isso fiz amor com ele. Não estou orgulhosa de nada disso.

Sarah estava ofegante. Imaginei como seria minha vida se ela escolhesse nunca mais falar comigo. Pensei na dor que causei a mamãe quando fiz isso com ela.

– Mas também não estou envergonhada. Não sei como explicar. Sabia que estava chegando o fim da vida dela e, quando me dei conta disso, pareceu-me uma coisa muito natural a fazer. Os olhos dela se abriram, mas não era ela, ali. Foi um reflexo, o instinto de sobrevivência. Sei que foi errado, mas não me arrependi.

– A polícia sabe?

– Acho que sim.

– Posso ficar aqui se você quiser – Sarah disse.

– O quê? – olhei para ela, que estava com os olhos fixos na estrada de terra.

– As coisas não estão dando certo em Nova York.

– Mas você queria ser cantora.

– Estou dura. Posso ajudar você, dar apoio, se ficar aqui. Com a polícia e tudo o mais.

Em um ou dois dias eu ia sair da minha casa afirmando que voltaria logo, colocar minha mala no carro e pegar a estrada.

Imaginei-me vagando pelas ruas de uma cidade no exterior. Crianças muito pobres me pediriam dinheiro, estendendo sacos plásticos. Batendo contra meu corpo definhado, dentro de roupas grandes demais para mim, haveria sacos também, sacos de todos os tipos que conteriam meus fluidos, dando e recebendo, um entra-e-sai de merda, urina, soro fisiológico, sangue e remédios ilegais – ossos triturados de animais e caroços de frutas misturados com líquidos no pilão de alguém, e sopas que eu tomaria, mas que jamais matariam minha sede.

– Acho que não devemos tomar nenhuma decisão por enquanto – falei. – Vamos ver o que acontece nos próximos dias.

Fiquei de pé e ofereci minha mão a Sarah, que a segurou e levantou, cambaleante.

– Está melhor? – perguntei.

– Estou bem o suficiente.

Começamos a andar lentamente ladeira acima de volta para o carro, e eu senti que alguém estava nos observando. Como se a sra. Leverton e milhares de outros fantasmas estivessem escondidos entre as árvores, avançando, querendo examinar a mulher que matou a própria mãe como quem apaga a luz num quarto vazio.

– Eu nunca conheci direito o vovô – Sarah disse quando o carro surgiu à nossa frente.

– Eu detesto a frase "Isso você nunca vai superar", o que é uma coisa difícil de dizer. Mas é verdade. Não dá para esquecer.

– E a vovó?

– Ela perdeu sua ligação com o mundo. E eu substituí isso.

– Não, eu quis perguntar se você a amava.

– Isso também é uma coisa difícil de dizer.

– Mas e se você tivesse de responder? E se lhe perguntassem num tribunal?

“Não sei”, pensei.

– Eu diria que sim – respondi em voz alta.

Levei Sarah até o carro e abri a porta do carona. Ouvi uma musiquinha.

– É o meu – ela disse, pegando o celular do bolso do casaco.

– Sua avó pensou que o celular que lhe dei fosse uma granada.

– Eu sei.

Dei a volta no carro e entrei.

– É uma mensagem de texto do papai – Sarah disse.

Ela me mostrou a tela do celular. Ignorei a expressão em seu rosto e decidi me concentrar nas palavras que Jake tinha enviado.

“Helen, mandado de busca”, dizia a mensagem.

Imaginei Jake no banheiro do primeiro andar da minha casa, escrevendo a mensagem por medo que os policiais o ouvissem se ele falasse.

Sarah colocou o telefone de volta no bolso.

– É melhor a gente ir para casa – ela disse.

– Você poderia dirigir?

– Não com esse tornozelo.

– Ah, é.

Virei a chave na ignição e fiz uma volta em U, indo na direção da pousada Ironsmith. “Posso deixar Sarah lá”, pensei. Mas o que eu diria? Que queria falar sozinha com os policiais? Ela jamais acreditaria. Eu conhecia Sarah bem o suficiente para saber que ela não permitiria que eu me afastasse por um segundo sequer. Pelas razões que eu achava que seriam as causas de sua ruína – por eu ser sua mãe e porque eu precisava dela –, Sarah ia grudar em mim o tempo todo.

Natalie estava em York, o que significava que Hamish estaria sozinho. Jake tinha me contado que tem amigos numa cidadezinha chamada Aurigeno, na Suíça. Ele se deu o trabalho de me dizer o nome do lugar. Mas eu não tinha mais passaporte. Ele tinha vencido havia alguns anos.

– Você está indo pelo caminho mais longo – comentou Sarah.

– Sempre faço isso.

– Está com medo?

Não respondi, e ela disse:

– Eu estou.

Passamos por uma empresa cujo terreno urbanizado ainda parecia um tabuleiro de damas por causa da grama novinha. Eles sabiam deixar esses terrenos mais bonitos hoje em dia do que quando as meninas eram pequenas. Os prédios não eram mais só caixas de metal rodeadas por uma rua asfaltada. Agora, eles traziam árvores já maduras, de caminhão, para plantar em volta.

Funcionários saíam dos prédios e chegavam aos seus carros. Eu ia esperar até bem tarde da noite, quando não haveria mais ninguém além dos seguranças. Nesse horário, poderia estacionar e andar por ali sem ser vista. Virginia Woolf se afogou no rio Ouse. Já Helen Knightly se jogou no lago falso do Centro Corporativo Chester.

Não queria abandonar minhas filhas. Eu as amei desde o primeiro minuto. Elas tinham sido meu esplendor e minha proteção, algo para proteger e que também me protegia.

Vi o letreiro de néon do Easy Joe's um pouco mais adiante.

– Preciso ir ao banheiro – falei. – Vou parar aqui.

O Easy Joe's estava cheio de velhinhos que freqüentavam a *happy hour* para encher a cara de bebida barata, pois ela mascarava o gosto da comida péssima. A chegada de alguém da minha idade sem o pai ou a mãe foi um acontecimento. Quando Sarah entrou também, todos ficaram em silêncio. O lugar era o oposto de um bar de motoqueiros, mas tão hostil quanto. Mas eu sabia que o Easy Joe's tinha um orelhão perto dos banheiros e uma saída que dava para os fundos.

Ajudei Sarah a subir num dos bancos altos de couro que ficavam em frente a um espelho e a várias garrafas enfileiradas.

– Acho que vou demorar um pouco. Preciso me acalmar – eu disse.

– Devo pedir alguma coisa?

Abri minha bolsa. Ia precisar de todo o dinheiro que tivesse, mas jamais tinha sido pão-dura com minha filha mais nova.

– Vinte pratas bastam? – perguntei.

– Você quer alguma coisa?

– Só quero lavar o rosto. Já volto.

Deixei as chaves do carro de Jake sobre o balcão.

– Mãe?

– Eu amo você, Sarah.

Toquei o rosto e o cabelo dela.

– Vai ficar tudo bem, mamãe. O papai está aqui para ajudar.

– Você está com aquela presilha de borboleta? – pedi, tendo uma idéia.

Sarah colocou a mão no bolso, pegou a presilha e entregou-a para mim.

– É para dar sorte – falei.

Sabia que ia chorar, por isso me virei rapidamente e contornei o balcão. Ao encontrar o orelhão, coloquei algumas moedas e disquei.

– Hamish, é a Helen. Você pode vir me buscar?

– Onde?

Pensei depressa. Dava para andar até lá.

– Na Vanguard. Daqui a vinte minutos.

– Minha mãe me contou sobre a sua mãe.

Apoiei a cabeça na superfície prateada do telefone e apertei a alavanca que devolvia as moedas não usadas.

– É. Na Vanguard, tudo bem?

– Estarei lá.

Desliguei. As vozes no bar ficaram mais altas.

Não voltei lá dentro. Atravessei o corredor dos fundos e fui até os banheiros. No masculino estava escrito "Touros" e no feminino estava escrito "Mimosas", um eufemismo para xingar as mulheres de vacas. Havia um engradado cinza muito velho mantendo aberta a porta de saída. Passei ao lado dele cuidadosamente, empurrando a porta só mais um pouquinho. Ali atrás havia alguns carros depredados que tinham sido mal estacionados, provavelmente pertencentes aos funcionários do bar, e uma enorme lata de lixo. Mais adiante, só árvores e grama numa colina baixa. Subi a colina e vi uma sacola de papel aberta dentro da lata de lixo, contendo pães dormidos. Pela primeira vez me perguntei como ia me sustentar e me imaginei, dentro de um ou dois meses, pegando uma sacola como aquela e roubando-a como um rato.

Parei ao chegar perto das árvores. Imaginei Sarah morando sozinha na minha casa, marcando num calendário os dias que faltavam para que eu saísse da prisão, onde estaria após ser condenada por homicídio culposo ou morte acidental. Ela precisaria trabalhar, e minha vaga em Westmore estaria disponível. Talvez Natalie fosse com ela no primeiro dia. Os alunos iam gostar de ver carne fresca, e ela poderia conversar com Gerald nos intervalos. "Minha mãe morreu", diria ele. "Minha mãe pegou dez anos de xadrez", ela responderia. Eu conhecia Sarah o suficiente para saber que ela adoraria falar desse jeito, o que seria um insignificante prêmio de consolação.

Mas nada disso era o que mais me assustava. O que mais me assustava era pensar numa época em que eu já teria voltado para casa, em que eu e Sarah moraríamos juntas. Ela faria as compras e massagearia meus pés, que estariam em cima de um pufe de couro. Ela me levaria sopas na cama, colocaria um xale sobre meus ombros, limparia a comida dos cantos da minha boca com um pano úmido. E eu começaria a esquecer quem ela era, a gritar com ela, a dizer coisas cruéis sobre seu corpo, sua vida amorosa e sua cabeça.

Passei pelas árvores que ainda ficavam no terreno do Easy Joe's e entrei num pequeno bosque. O solo estava cheio de lixo, composto principalmente de latas de cerveja e camisinhas. Estremeci ao passar por elas.

Eu tinha esquecido a fita vermelha de mamãe na varanda, deixando Bad Boy se divertir com ela, e minhas impressões digitais estavam por toda a cozinha. Quantas filhas davam banho na mãe no chão, cortavam suas roupas com uma tesoura ou literalmente a arrastavam até o quintal para respirar um pouco de ar fresco? Não haveria qualquer indício da presença de Manny Zavros.

Eu tinha prendido uma das fitas que mamãe usava no cabelo no pé fino do abajur da minha escrivaninha. Também era vermelha. Mas ali havia também outras fitas, além de um ímã de gatinho, uma caveira comemorativa do Dia de

Finados do México, uma lesma de brinquedo e um enfeite de Natal de feltro que mamãe tinha me dado. Por que um objeto em minha casa chamaria mais atenção do que os outros?

Eu não coloquei detergente na privada naquela manhã. Talvez os fios da trança dela ainda estivessem lá, ou tivessem se espalhado, sem que eu soubesse, pelos azulejos do meu banheiro. Será que, se eles os examinassem num laboratório, poderiam descobrir quando tinham sido sido cortados?

Cheguei à Elm. O tráfego era intermitente nas ruas menores, e eu esperei o momento certo de surgir do meio das árvores e atravessar para o outro lado, escondendo-me em outro pedaço de floresta.

Seria fácil para a polícia descobrir provas. E eu sabia que contaria a verdade sob a pressão de um interrogatório. De qualquer maneira, quando eu pensava em voltar para casa com Sarah só conseguia vislumbrar um destino, e era o destino dela, não o meu.

Cheguei ao topo de uma colina íngreme, que teria de descer para encontrar Hamish. Olhei para o cascalho que dominava três dos quatro lados da Vanguard. O lugar se parecia com uma usina elétrica de alta voltagem. No estacionamento que havia lá embaixo, e que ficava separado do cascalho por uma alta cerca de metal, havia uma fileira de caminhonetes pretas, todas muito modernas. Eu ia passar ali do lado.

Tomei cuidado para não me ferir e desci a colina sentada, arrastando-me como um caranguejo. Pendurei a bolsa no meu pescoço e no ombro esquerdo, apoiando-a no meio da minha barriga antes de descer. Eu sabia que essa não seria a última vez que desejaria trocar toda minha disciplina pela juventude de Sarah. Minha filha mais nova ainda podia castigar seu corpo e ir trabalhar na manhã seguinte – se tivesse um emprego.

Ao chegar ao pé da colina, eu fiquei ali por cinco maravilhosos minutos, desafiando os homens da Vanguard a me verem irradiando calor humano do outro lado da cerca de três metros. Tudo ali era estéril. Não havia uma única formiga ou erva-daninha. Só cascalho e mais cascalho. Um mar cinza sem fim, iluminado por luzes que encimavam a cerca.

Não queria que Hamish viesse me procurar, por isso me levantei e andei rapidamente ao longo daquele muro, indo na direção do estacionamento.

O carro de Hamish estava perto da entrada, a cerca de cinqüenta metros de onde eu estava. Ele estava perambulando perto do enorme V iluminado que ficava no limite do terreno.

Atravessei o estacionamento depressa e deslizei para dentro do carro.

– Vamos embora – falei.

– Você é quem manda.

Quando estávamos dando ré para pegar a rua, vi um segurança aparecer de trás de um dos prédios e nos olhar com curiosidade. Podia ter encontrado Hamish perto do abrigo para veteranos ou do minimercado, mas não tinha pensado nisso.

– Cadê seu carro? – Hamish perguntou.

Senti o cheiro do perfume dele, que estava mais forte do que o normal, e lembrei que um dia o sr. Forrest deu a papai uma colônia espanhola que tinha cheiro de maconha. Sem se dar conta disso, papai a usou até acabar e deixou o vidro vazio em sua cômoda, onde eu o encontrei um dia depois de sua morte.

– A Sarah pegou emprestado – expliquei.

Isso pareceu deixar Hamish satisfeito. Ele parou numa encruzilhada e se inclinou para me beijar. Eu me afastei, mas ele não ficou abalado com a rejeição.

– Onde nós vamos?

"Para o Ritz, em Paris", eu tive vontade de dizer, e pensei na canção sentimental que falava de uma mulher que percebia, quando fazia 37 anos, que nunca ia passear de conversível numa capital européia. Se suas privações se limitavam a isso, ela era uma sortuda filha-da-puta.

– É o seguinte – falei, mantendo as mãos no colo, sem coragem de encarar Hamish. – Preciso pegar seu carro emprestado.

Ele acelerou.

– Só isso?

– Estão acontecendo umas coisas estranhas.

– É a sua mãe?

– É.

– Eles têm idéia de quem a matou?

– Acho que sim – falei, decidindo que não custava nada. – Um rapaz que costumava fazer uns servicinhos para ela. O nome dele é Manny.

– Aquele que comeu alguém no seu quarto?

– É.

– Minha mãe me contou.

Passamos pela pedreira, onde montanhas de cascalho e de xisto brilhavam sob a luz de lâmpadas de argônio e esperavam pelo transporte nos caminhões.

Vinte anos antes, um menino da idade de Sarah estava brincando de pirata em cima de uma enorme pilha de cascalho que alguém tinha jogado no final de nosso quarteirão. Ele a escalou, brandindo sua espada de madeira feita na noite anterior com a ajuda do pai, e afundou lá dentro.

– Lembra do Ricky Dryer? – perguntei, encostando a cabeça no vidro da janela.

Vi o reflexo de meus olhos cansados se aproximar de mim e então desaparecer.

– O menino que morreu. Cara, eu não pensava nele há anos.

– Vamos para sua casa, Hamish. Podemos beber alguma coisa e conversar um pouco.

– Agora eu gostei – ele disse.

Sabia que Hamish estava me olhando, mas não o encarei.

– Não precisa pegar o carro emprestado – falou. – Levo você para onde quiser ir.

Achei que Hamish merecia meu corpo em troca de um carro.

Chegamos à casa. Certifiquei-me de que Natalie não ia aparecer em nenhum momento. Hamish confirmou que ela estava com o dono da construtora.

– Tem todo esse lado da vida dela do qual eu não participo – ele disse.

Eu me preparei. Já tinha feito sexo sem estar com vontade antes, e Hamish era um – não consegui deixar de pensar na palavra "garoto" – homem maravilhoso e carinhoso.

Meu corpo inteiro estava tenso, querendo seguir em frente. As preliminares, o ato em si, as doces palavras vazias, o falso arrependimento após o clímax, uma enxaguada rápida e, finalmente, finalmente, o carro que eu usaria para fugir.

Hamish segurou-me pela mão e me levou escada acima. Os degraus de sua casa eram cobertos por um carpete grosso. "Tum", tinha feito o corpo de meu pai ao cair. Mamãe estava com a cabeça dele no colo quando eu cheguei. Havia sangue por toda parte.

Eu já tinha passado pelo quarto de Hamish inúmeras vezes, quando visitava Natalie. Certa vez, quando nossos filhos estavam no ensino médio, Natalie me pediu para entrar ali e respirar fundo.

– É o quarto mais fedido da casa – falou. – Não consigo tirar esse cheiro, e ele nunca abre a janela.

– São os hormônios – respondi.

Natalie sorriu e afirmou:

– É como morar com uma bomba prestes a explodir.

Mas o odor de luxúria adolescente foi substituído pelo sussurro de um filtro de ar que ficava num dos cantos, e a cama não era mais de solteiro.

– Você traz suas namoradas aqui? – perguntei.

– Só algumas – Hamish disse, colocando a mão na minha nuca.

Nós nos beijamos.

– Só quero fazer você se sentir melhor, Helen. Não estou esperando nada.

Lembrei o que Jake me disse certa vez, depois que Emily nasceu e eu passei a me preocupar com tudo. "Deixe-se levar."

Nós nos deitamos na cama, e eu fechei os olhos. Sempre tinha feito poses de acordo com as instruções dos outros. Sempre que uma delas era difícil, eu me lembrava dos desenhos a carvão que estavam guardados nos porões e armários dos ex-alunos de Westmore que viviam espalhados pelo país e dos poucos artistas que tinham conseguido um pouco mais do que aquilo da vida.

Havia um quadro de Julia Fusk no Museu de Arte da Filadélfia. Ela tinha me pedido para fazer uma série de poses quando eu tinha 33 anos. O resultado foi um torso dinâmico, com cores que se espalhavam até os limites do papel. Como eu posei para o quadro, fui a única a perceber que ela tomou certas liberdades com meu corpo, deixando-me mais musculosa e menos magra.

Enquanto Hamish fazia amor comigo, eu pensava nesse quadro. Um dia, as meninas iam vê-lo de novo. Jake as levaria lá, ou Sarah se lembraria do dia em que foram comigo conhecê-lo. Ela observou com atenção os azuis, verdes e laranjas que ondulavam sobre minhas coxas e barriga. Emily pediu licença após alguns segundos e foi para a lojinha de presentes do museu.

Aquele quadro era minha imortalidade. O fato de ser um corpo sem cabeça jamais me incomodou.

Hamish parou de repente.

– Você tem de fazer *alguma coisa*, Helen.

Segurei o pênis dele, e dessa vez desejei a ejaculação precoce que poderia limpar da barriga e fingir que tinha sido uma pena.

Após um prazer inicial, ele colocou a mão sobre a minha, mandando-me parar.

– Eu não sou só o meu pau – falou. – Quero que você me toque.

Meus olhos estavam pequenos e desesperados.

– Não me peça demais, Hamish. Não tenho muito a entregar nesse momento.

– Você só está fazendo isso por causa do carro.

Eu não neguei.

Alguma coisa mudou. Hamish abriu minhas pernas a uma distância além do confortável e se moveu de forma um pouco violenta, como se eu fosse um dos soldadinhos que ele teve na infância.

Tentei ajudá-lo. Falei as frases que já tinha dito em meio a paixões verdadeiras inúmeras vezes. Olhei para o dragão tatuado abaixo de sua clavícula e tentei imitar o meu comportamento da vez anterior.

Finalmente, quando os músculos internos das minhas coxas pareciam ter se estirado além de qualquer possibilidade de recuperação e meu quadril estava tão rijo que parecia pertencer a uma mulher da idade da minha mãe, ele gozou.

Hamish estremeceu e caiu em cima de mim. Fiquei sem ar, e por um segundo pensei na prostituta que tinha entrado no carro do psicopata e passado os dias seguintes todos se drogando.

Empurrei o peito de Hamish.

– O carro – falei.

– Você também é uma boa trepada – ele disse amargamente.

Fechou o zíper da calça – uma calça social, não o jeans que ele usava sempre – enquanto eu pensava como eu realmente tinha arruinado tudo.

– Preciso de alguns minutos para ver se está tudo bem com o carro – ele disse.

Fiquei deitada na cama, nua, ouvindo-o descer a escada, passar pela sala e ir para a garagem.

Não me movi até o filtro de ar completar um ciclo, fazendo uma brisa leve passar por todo o meu corpo. Virei de lado e me levantei com a ajuda do meu braço esquerdo. Sentei-me na cama de Hamish e comecei a me vestir. Estava olhando para a porta do closet dele quando me dei conta. Como aquela casa não pertencia a Hamish, e sim à mãe dele, ele provavelmente guardava tudo que lhe pertencia em seu quarto. Fiquei de pé num pulo e abri a porta do closet. Imaginei que não fosse estar muito escondido, nem num lugar muito acessível. Hamish não era do tipo que gostava de se mostrar daquele jeito. Tirei um engradado cheio de CDs e virei-o de lado para usá-lo como banco, derrubando tudo e acabando com qualquer possibilidade de fazer aquilo discretamente. Na prateleira de cima havia um cobertor, um saco de dormir e uma caixa, dentro da qual estava o par de sapatos formais que ele tinha usado no enterro de seu pai. Não achei o que estava procurando.

Fiquei desesperada. Não tinha suado uma gota durante o sexo, mas agora a transpiração brotava por toda a minha testa. Não podia prever quanto tempo Hamish demoraria e quando viria me buscar. Olhei em volta e examinei o quarto dele. Onde ele poderia ter guardado?

E foi então que descobri. Hamish se via como o homem daquela casa. Não era um aproveitador, e sim o protetor de sua mãe. O que eu procurava estava dentro da gaveta da mesa-de-cabeceira, ainda guardado na bolsa de feltro roxo que o pai da minha mãe tinha usado. Ao seu lado, havia uma caixa de balas fechada. Peguei a bolsa pela cordinha dourada e levei a caixa também.

Vi a bagunça que estava a cama. Nosso sexo tinha arrancado o lençol dos cantos e o deixado enrugado no centro. Em outro momento eu teria arrumado aquilo, mas agora estava tentando deixar para trás tudo que conhecia.

Desci as escadas devagar. Minhas coxas estavam doendo, e eu sabia que iam doer mais ainda no dia seguinte. Perguntei-me onde estaria, então. Sarah e Jake estariam juntos, talvez ainda observando os policiais revirarem minha casa. Torci para que Sarah tivesse tomado seu drinque com calma antes de ir me procurar no banheiro. Precisava guardar tudo aquilo antes que Hamish me visse. Sentei-me no primeiro degrau da escada. Minha bolsa estava na cozinha. Eu sabia que tinha de me mover, mas não estava conseguindo.

Não haveria ninguém na casa da sra. Leverton. O filho dela sempre evitou o lugar, mas se estivesse lá seu Mercedes estaria estacionado na frente. Eu poderia descansar lá e, como tinha certeza de que a sra. Leverton tinha bastante comida guardada, poderia me esconder por dias a fio.

Levantei-me, atravessei o corredor e entrei na cozinha. Achei minha bolsa em cima da mesa de jantar e coloquei a arma lá dentro. Respirei de alívio.

Natalie tinha feito uma reforma na cozinha naquele ano, e colocou uma enorme janela que cobria toda a extensão do cômodo.

– Ele me convenceu a colocar só armários baixos, para dar um ar mais arejado – ela me explicou.

Natalie disse que ele era muito charmoso. Como era mesmo seu nome?

Vi meu reflexo no vidro. Virei de costas para aquele fantasma e fui até a geladeira. Estava com fome e me dei conta de que a única coisa que tinha comido o dia todo fora metade do café-da-manhã de Natalie na lanchonete da faculdade.

Peguei o que parecia ser mais fácil de preparar e mais rico em proteínas – cachorros-quentes e palitinhos de queijo – e comi metodicamente, um depois do outro. Engoli sem pensar, observando tudo que estava preso na porta da geladeira de Natalie. Havia um convite para o casamento de alguém que eu não conhecia. Ela ainda não tinha confirmado presença, pois o cartãozinho e o envelope que serviam para isso ainda estavam ali, junto com o convite. O casamento seria próximo do Natal, e eu me perguntei se ela e seu namorado iriam. Se a cerimônia daria idéias a ele ou se elas já estavam em sua cabeça. De acordo com Hamish, era isso o que Natalie desejava.

Ao lado do convite havia uma foto de mim e de Natalie tirada numa festa em Westmore dois anos e meio antes. Eu me lembrava da ocasião. Emily, John, Jeanine e Leo tinham ido embora no dia anterior, três dias antes do planejado. Beijei Leo no único ponto de sua testa que não estava coberto de gaze. Tentei abraçar Emily, mas seus ombros permaneceram tensos e frios, e eu lembrei de mim mesma.

Na foto não havia qualquer traço disso, ou da discussão que eu tinha travado com mamãe antes de sair para buscar Natalie. Natalie estava linda na foto e eu estava com a aparência de sempre, no meu papel de coadjuvante dela.

Hamish entrou na cozinha quando eu estava acabando de enfiar o último pedaço de cachorro-quente na boca. Ele veio para perto de mim, tocou-me e obrigou-me a encará-lo. Minha boca estava cheia de comida.

– Desculpe pelo que aconteceu lá em cima.

Mastiguei e fiz um gesto com a mão, indicando que não tinha problema, que não significou nada.

– Mas é que você pode ser tão fria, às vezes, embora eu saiba que não é assim de verdade. Sempre soube.

Olhei para ele. Meus olhos se esbugalharam quando eu engoli tudo que estava comendo.

– Não foi o Manny, foi?

Vi um telefone que estava pendurado na parede, ao lado da mesa da cozinha, e me perguntei para quem poderia ligar se Hamish se recusasse a me ajudar. E então vi minha bolsa em cima de um jogo americano de algodão. Por que eu peguei a arma? O que eu achava que ia fazer com ela?

– Não faz sentido. Eu estava verificando tudo no carro e pensei: "O que ela está fazendo aqui? Por que quer um carro emprestado?" Mamãe me contou que o Jake estava aqui, e você disse que a Sarah está aqui também. Isso significa que você só não está com eles porque fugiu.

– Você está muito esperto hoje.

– Sou um gênio após o sexo – Hamish disse, virando-se para abrir a porta da geladeira. – Além do mais, tudo se encaixa. Você veio aqui procurar minha mãe ontem à noite.

Ele pegou uma caixa de achocolatado, colocou-a sobre o balcão e se abaixou para pegar um copo.

– Você vai contar para alguém? – perguntei.

Hamish colocou o achocolatado no copo e se virou para me olhar de novo, encostando-se no balcão.

– Você me perguntou ontem se eu já tinha tido vontade de matar meu pai. Bom, já. Acho que muita gente pensa nisso. Mas você foi em frente – ele disse.

Hamish pegou algo em seu bolso: chaves prateadas, que ele atirou para mim. Elas caíram no chão, aos meus pés, e eu me agachei para pegá-las.

– Minha mãe não vai perdoar você – ele afirmou. – Ela está virando moralista, agora que está ficando velha.

Senti que estaria lá fora em breve, que colocaria uma daquelas chaves na ignição e sairia dali com o carro.

– Talvez a mulher da minha vida seja a Sarah – Hamish disse, e deu um gole no leite com chocolate. – Afinal, eu amo a mãe dela.

Aquilo foi como um soco no estômago, e ele percebeu.

– Exagerei, eu sei – ele falou.

– Preciso ir, Hamish – eu disse, desejando pensar numa frase perfeita qualquer, com a qual pudesse deixá-lo.

– Para onde?

– Ainda não resolvi – menti. – Vou deixar o carro em algum lugar. Depois eu ligo para lhe dizer onde.

Hamish se virou. Peguei minha bolsa em cima da mesa e o segui. Atravessamos a cozinha e a sala. Vi um vaso que dei de presente a Natalie há muitos anos. Estava cheio de flores.

Atrás da garagem onde Hamish consertava seus carros estava um Ford do final da década de 1980. Ele entrou no carro e levantou a palma da mão para mim, pedindo que eu esperasse. Então ligou o motor, colocou o Ford virado para a rua e saiu, sem desligá-lo.

Eu só enxergava o carro aberto, me esperando. Tudo o que pensava era que, a cada despedida, aqueles que eu deixava para trás ficavam a salvo.

– Queria ser o suficiente para fazer você ficar – Hamish disse.

Ele me abraçou, e por um segundo eu me tornei sua filha e ele meu pai. Hamish fez um carinho no meu cabelo e me deu mais um aperto, enfatizando o que sentia. Senti o peso da minha bolsa contra o meu antebraço.

– Estarei aqui se você precisar.

Assenti com a cabeça. Pela primeira vez na vida, eu estava sem palavras.

– Cuide-se – ele disse. – Vou esperar seu telefonema.

– Telefonema?

– Sobre o carro.

– Obrigada, Hamish. Dê um beijo na sua mãe por mim.

Sentei no banco do motorista e coloquei minha bolsa ao meu lado. Só quando ouvi a porta se fechar foi que me convenci de que podia ir embora.

Não olhei para ele de novo. Engatei a primeira e saí, passando à direita do carro de Hamish e por cima da grama. Quando cheguei à rua, liguei o rádio. Estava tocando um *swing*. Eu esperava que Hamish gostasse de heavy metal ou de rock alternativo. Ouvi os aplausos no final da música e desliguei o rádio. Abaixei um pouco a cabeça e virei à esquerda, indo na direção de Phoenixville.

Quinze

Ainda era cedo. O relógio do painel marcava 19:08h, e havia tantos carros nas ruas perto da casa de Natalie que eu precisei me concentrar. Vi blazers de todos os tipos chegando em suas casas e expelindo homens ou mulheres que carregavam sacolas de supermercado ou roupas recém-saídas da lavanderia. Lâmpadas se acendiam nas janelas dos andares de baixo, e as luzes azuis das televisões de tela grande piscavam.

Quando cheguei ao fim desse bairro de emergentes e peguei a rua ainda mais abandonada que dava na minha antiga vizinhança, fiquei mais calma. Ali a terra tinha começado a ser dividida e vendida como carne, mas ainda havia casas antigas aninhadas entre algumas árvores ou, o que era ainda mais triste, tão perto da rua que jamais conseguiriam escapar do barulho dos carros, mesmo que fechassem as janelas e tocassem bem alto CDs de sons da natureza, como ondas do mar e cigarras cantando. De qualquer maneira, os moradores dessas casas não conceberiam isso. Coisas como fones com tecnologia de redução de ruídos e porta-malas com espaço interno extra são incompreensíveis para eles. Essas pessoas são da geração dos meus pais e, como tais, permaneceriam imóveis, sofrendo até a hora da morte. Eu mesma já tinha atingido uma idade na qual comecei a compreender por que agir assim era preferível a tentar se manter atualizado.

Um homem havia decidido tomar providências e construiu um muro de tijolos de três metros em volta de toda sua propriedade. Ele com freqüência colocava cacos de garrafas de cerveja em cima desse muro, alguns dos quais caíam para a rua. A prefeitura já o tinha multado e ameaçado demolir o muro várias vezes, mas ele se recusava a tirá-lo dali, numa guerra que já durava uma década e parecia interminável. Embora muitas vezes os jornais tivessem noticiado o caso, nunca tinham publicado uma foto do homem. Eu comecei a considerá-lo um homenzinho que continha dentro de si todos os medos do homem moderno. Não existiam fotos dele, pois ele se parecia com todos nós. Seu medo o tinha transformado num fantasma que mudava de forma, encarcerado dentro de sua própria casa. Ele era minha mãe se escondendo no armário. Era meu pai, construindo sombras de compensado. Era Natalie, com medo da solidão, ou Sarah roubando meus trocados. Era eu, passando por sua casa às 19:23h de uma sexta-feira, a caminho da casa da sra. Leverton. Eu torcia para que esse homem rugisse, brigasse, se livrasse de todas as ações contra ele na Justiça e sobrevivesse para sempre. Ou para que pelo menos morresse com dignidade, muito depois de todos nós.

Entrei em Phoenixville, na parte mais antiga da cidade, onde velhas lojas revitalizadas ainda fechavam às cinco da tarde e as ruas ficavam vazias, com exceção dos pequenos núcleos que se reuniam nas poucas atividades organizadas pela comunidade. Vi que as luzes da galeria Antipode estavam acesas. Foi para lá que eu e Tanner fomos na única vez que saímos juntos. Ele e o dono, rodeados de pessoas muito mais jovens, discutiram acaloradamente sobre quem tinha mais relevância artística.

– Fazia muito tempo que eu não via uma coisa tão patética – eu disse, quando nós dois saímos de lá, completamente bêbados.

– Cala a boca! – Tanner respondeu. – O que *você* já fez de interessante na vida?

E assim começou nossa miséria conjunta.

A Antipode estava iluminada, porém silenciosa. Vi que havia movimento nos fundos. Uma exposição estava sendo montada. Um pouco adiante, no mesmo quarteirão, os expositores da livraria Paperback Shack, que tinham rodinhas e eram levados de volta lá para dentro todas as noites, tinham sido derrubados na rua. A proprietária, uma mulher solitária, estava agachada recolhendo os livros espalhados, sem dúvida arrependida da decisão de manter a loja aberta até mais tarde para tentar atrair as pessoas que estavam saindo do trabalho.

Estacionei o carro e saí. Reuni alguns romances baratos que estavam espalhados no asfalto e vi que suas capas eróticas tinham desbotado por causa da exposição ao sol. Mas o que me chamou a atenção foi uma pilha de livros de poesia embolorados que pareciam estar grudados uns nos outros e que tinham caído todos juntos dos expositores. Os nomes dos autores me pareceram russos. Dei uma lida nos títulos e me dei conta de que aqueles eram os volumes que o sr. Forrest tinha doado para a biblioteca da cidade havia trinta anos.

– Eles deixam muito a desejar em literatura russa – ele me disse.

– Com licença – falei para a dona da livraria, que levou um susto.

Estendi as duas pilhas de livros para a mulher. Ela cuspiu na minha direção, molhando minha mão e os volumes que eu segurava.

– Vou colocá-los ali – eu disse, deixando os livros no porta-malas de um Lincoln Continental muito antigo.

Comecei a andar de volta para o carro e ouvi a mulher murmurar qualquer coisa. Lembrei-me da poetisa Marina Tsvetaeva, que se matou se pendurando num cabide. "Como isso é possível?", pensei na época. Vigas no teto ou árvores tudo bem, mas maçanetas e cabides?

Alguém me disse que quem se suicidava com um tiro na cabeça estava querendo deixar uma mensagem, mas qual tinha sido a mensagem de papai? Eu tinha procurado um bilhete ou uma carta por toda a casa, em suas gavetas e debaixo de seu travesseiro, mas não encontrei nada. No final, lavei a parede suja de sangue com trapos velhos, determinada a apagar as únicas marcas que ele tinha deixado.

Aproximei-me da vizinhança de mamãe e uma onda quente de medo começou a se espalhar pelas minhas costas, chegando pé ante pé aos meus ombros e arrepiando meus pêlos. Não sei explicar bem por quê, mas senti que não devia nem chegar perto daquele lugar, e muito menos passar a noite ali. Além disso, eu estava cansada. Era mais fácil atribuir as estranhas mudanças em meu corpo a uma exaustão latente – acreditando que eram a inutilidade e a ruína das últimas 24 horas que estavam tomando conta do meu coração, dos meus membros e dos meus pensamentos – do que reconhecer que eu era apenas um robô com defeito que, após servir seu dono por anos a fio, retornava previsivelmente para seu local de fabricação.

Algumas casas ainda estavam às escuras, esperando seus moradores, mas a maioria já tinha uma ou duas luzes acesas. Havia jovens casais com filhos pequenos no bairro de mamãe, mas não eram do mesmo tipo que os casais que compravam as mansões falsificadas que ficavam perto da casa de Natalie. Esses casais limpavam suas próprias casas e consertavam os vazamentos sem chamar encanadores. Nos fins de semana, colocavam telhas novas no telhado, pintavam a chaminé, podavam as árvores e lavavam o carro. As crianças ajudavam e, como recompensa, ganhavam sorvetes ou permissão para assistir a um determinado programa de televisão.

Passei pela casa da sra. Tolliver. Não havia nenhuma luz acesa, e eu me perguntei onde ela estaria. Eu me lembrei de que tinha sido numa noite de verão que o sr. Tolliver estava gritando com ela do gramado quando subitamente colocou a mão no peito.

– Ele desabou como uma montanha de sal – mamãe disse. – Poft! Ninguém se lembrou de desligar o sistema de irrigação, e a água ficou caindo em cima dele. Ele foi encharcado para o hospital.

Eu encontrei a sra. Tolliver seis meses depois do ocorrido, quando estava fazendo uma visita a meus pais com Emily e Jake. Estávamos fazendo compras no supermercado. Ao ver Emily, ela ficou radiante.

– Que coisa linda! – disse.

Ela estava mais animada do que nunca. Felicíssima ao me ver, ela acenou para mim ainda com um pacote de peito de frango desossado na mão. Eu lhe perguntei como estava passando.

– Minha hora já passou – ela disse num determinado momento. – Mas não a sua. Ainda não é tarde demais para você.

Ela olhou para Jake e sorriu, mas foi um sorriso amedrontado, como se estivesse com medo de levar uma bofetada.

Eu estava perdida em meus pensamentos sobre ela quando o vi através de sua gigantesca janela sem cortinas. O sr. Forrest estava sentado na sala e, como sempre, pouco se importava se o mundo inteiro estivesse olhando. Estacionei o carro na calçada do outro lado da rua. Não tinha idéia do que havia à minha direita, se era uma casa, o horizonte ou o papa dando um passeio.

Abaixei o vidro da janela e deixei que o ar do lugar onde nasci e cresci inundasse o carro. Respirei fundo. Senti o cheiro dos gramados e do asfalto. E ouvi uma música bem baixinho. Estava vindo da casa do sr. Forrest; ele estava ouvindo Bartók.

Ele e mamãe tinham discutido nos meses que se seguiram à morte de papai. Não houve um velório, e o sr. Forrest considerou essa omissão imperdoável, apesar de saber que ela não era capaz de sair de casa.

– E por que, Helen, ela permitiu que aquelas espingardas continuassem na casa? – ele me perguntou.

Sem pensar, eu saí do carro, atravessei a rua e subi a rampa de concreto. O sr. Forrest nunca gostou de plantas, e quase não havia nenhuma em seu quintal. A única exceção eram dois arbustos gorduchos e desgrenhados que ficavam um de cada lado de sua varanda.

Mas eu não fui até lá. Quando estava na metade da rampa, parei para observar. Havia algo no colo do sr. Forrest – um animal –, e ele estava acariciando-o. Por um segundo pensei em todos os cachorros que ele teve, mas então percebi que era Bad Boy, o gato de rua. Ele estava de barriga para cima no colo do sr. Forrest, permitindo ser acariciado.

Como o sr. Forrest tinha sido esperto, como tinha sido incrivelmente esperto em ter continuado sozinho.

Meus joelhos pareciam ser feitos de cristal oco, e eu sabia que podia cair, mas não me movi.

Não tinha dúvidas do motivo da afeição que papai sentia pelo sr. Forrest: ele o tinha ajudado a carregar o fardo de mamãe. Sabia como mostrar a ela sua própria beleza, de uma maneira na qual mamãe confiava. Suas conversas eram como martínis cintilantes, erguidos para um brinde. A seus olhos, mamãe tinha sido uma espécie de Greta Garbo negligenciada, sempre em suas combinações, sempre jovem.

Perguntei-me se o sr. Forrest ia erguer os olhos e me ver ali em seu quintal. Acima de sua lareira estava um quadro de Julia Fusk que ele tinha comprado. O quadro que ele escolheu foi finalizado no mesmo ano em que ela me pintou, e mostrava uma mulher vestida que tinha um rosto. Seus olhos estavam fechados e ela estava inclinada para a esquerda, apontando para a moldura da lareira. Sobre a moldura estavam os três globos de madeira quase perfeitos que papai tinha construído. Ele ficou obcecado com o fato de esses globos anônimos representarem o melhor trabalho de carpintaria que já tinha feito. Papai passou os últimos anos da vida em seu galpão, lixando esses globos por horas a fio, enquanto eu tinha filhos e ia a queijos e vinhos com Jake. Ele só ia para casa quando mamãe apagava as luzes. Atravessava o quintal dos fundos e a cozinha sem fazer barulho e subia os degraus de madeira que levavam ao seu quarto, onde também ficavam as espingardas.

Eu culpei mamãe. Por tudo. Foi fácil. Ela era louca. "Doente mental", disse o sr. Forrest.

Durante anos eu cumpri minha pena por culpar uma pessoa basicamente inválida. Esquentei papinha de neném e dei na boca dela com colheres de plástico roubadas de uma sorveteria. Eu a levava a suas consultas, primeiro embrulhada em cobertores e depois em toalhas. Eu até permiti que ela deixasse meu neto cair no chão.

Não queria incomodar o sr. Forrest; não queria lhe pedir dinheiro ou confessar meus pecados para ele. Decidi deixá-lo em paz com seu quadro, com seus globos de madeira e com Bad Boy, que arranhara o rosto de mamãe.

Virei-me e fui pegar minha bolsa no carro, mas não tive coragem de entrar. Não consegui imaginar o som do motor. Ele destruiria a música que eu estava ouvindo e o silêncio dos gramados escuros e abandonados. Tirei a chave da ignição e dei a volta no carro. Eu ia deixá-la no porta-luvas.

Estiquei a mão através da janela aberta do lado do passageiro e abri e fechei rapidamente o porta-luvas, largando as chaves de Hamish ali dentro. Peguei minha bolsa. "De cabelos a balas", pensei. Meu infeliz terapeuta teria ficado muito satisfeito com aquilo. Ele teria explorado a situação até eu querer lhe dar um soco na cara. Talvez eu ligasse para ele algum dia. Um telefonema do inferno.

Bartók foi silenciado. Coloquei a bolsa no ombro com firmeza. Eu iria até a casa da sra. Leverton, entraria e – seria mesmo possível? – calmamente daria um tiro na cabeça.

Percebi que o sr. Forrest tinha apagado as luzes. Vi Bad Boy atravessar o quintal aos pulos e ouvi a porta da frente se fechar. Virei-me e comecei a andar no que acreditava ser um ritmo normal, dirigindo-me para o final do quarteirão.

Não olhei para a casa de mamãe. Nunca tinha sido a casa de papai, embora tivesse sido seu dinheiro que a tinha comprado. Seu dinheiro tinha me ajudado e permitido que eu criasse duas filhas trabalhando apenas como modelo-vivo e, às vezes, como secretária. Eu me mudei, casei, tive filhos, tive minha própria casa e arrumei um emprego, mas, assim como papai, fui engolida pela maré das necessidades de mamãe. Jake diria que eu tinha mergulhado, que foi por escolha minha que tinha voltado.

A doença mental tem a habilidade única de se espalhar por metástase através das gerações. Seria Sarah? Seria o pequeno Leo? Sarah me parecia a candidata mais óbvia, mas isso não significava muito. Nós nunca tínhamos discutido essa hipótese, como se a cura geográfica que Emily tinha tomado fosse suficiente. Mas eu também tentei fazer isso. Acreditei que ir para Madison, no Wisconsin, seria escapar, mas não foi. Nem me casar ou ter filhas adiantou. Nem matar.

Atravessei a rua de novo. Vi que a polícia tinha isolado a casa de mamãe, passando fitas de plástico na escada da frente. As fitas ziguezagueavam até lá em cima, presas no corrimão de ferro. Fui em frente. O azevinho que papai plantou quando eles se mudaram para lá obscurecia a lateral da casa, mas mesmo assim eu sabia onde estavam as três pedras chatas cor de ardósia. Papai sempre manteve aqueles arbustos bem podados para que pudesse passar por ali carregando enormes chapas de compensado para seu galpão. Foi em cima dessas pedras que o sr. Forrest pisou naquele dia no quintal, após a morte de Billy Murdoch. Abaixei-me no lugar onde sabia que elas estavam e estiquei as mãos por entre os espinhos do arbusto. Pequenos galhos rígidos arranharam minhas mãos e meu rosto.

Passei a acreditar que papai tinha dado inúmeros sinais de seu problema antes de se matar. Lembrei-me de quando eu e mamãe contamos os dias até que ele voltasse para casa. Natalie me ajudou a finalmente concluir que o lugar para onde ele tinha ido era uma clínica psiquiátrica.

– Do que você se lembra? – ela perguntou, insistindo.

– Que ele se machucou no galpão, e que ficou muito tempo num hospital.

Natalie olhou para mim pelo tempo suficiente para que eu percebesse o que isso significava – não um acidente com uma chave de fenda ou um serrote, como eu inicialmente tinha pensado, e sim um ferimento causado por ele mesmo.

– E todas aquelas armas... – murmurei.

Natalie simplesmente concordou com a cabeça.

Ouvi papai dizer as palavras universais de novo: "Está sendo um dia difícil, querida."

Era de tarde. Mamãe ainda estava de camisola. Papai tinha se aposentado de seu trabalho na Estação de Tratamento de Águas de Pickering e passava os dias em casa, fazendo questão de sair pelo menos uma vez por dia para comprar alguma coisa ou resolver algum problema, fosse real ou inventado por ele. Ele considerava essa uma boa maneira de manter uma ligação com o mundo exterior.

Papai comprava selos. Parava na esquina da Bridge com a High para comprar um jornal ou tomar um café no balcão da lanchonete. Ele nunca deixava faltar produtos de limpeza, caldo de carne, gelatina ou ovos, que comprava numa banca que pertencia a uma família Amish. Esperava pacientemente nos velhos bancos de madeira que ficavam encostados em todas as paredes da barbearia e conversava com o barbeiro sobre o que tinha lido no jornal. Finalmente, entrava no carro e ia para casa.

Quando papai se matou, devia ter percebido que sair de casa todos os dias não era o suficiente. Tomar sol, quando estava sol, por 15 minutos para manter altos seus níveis de vitamina D não era a solução. Não havia solução.

Mamãe saiu da cozinha. Ela estava com mania de comer marshmallows com cenoura e aipo de tarde. Tinha vontade de comer açúcar e arrumava uma desculpa para fazê-lo ao consumir com legumes. Papai tinha saído de manhã, mas voltou rapidamente e subiu para se trancar no quarto de hóspedes.

– Eu dormi até tarde – mamãe disse para a polícia. – Ele estava no quarto dele quando acordei. Fui ler. Nós normalmente passávamos as noites conversando.

O policial assentiu em silêncio. Em determinado momento durante o interrogatório chegaram o sr. Forrest e depois a sra. Castle.

Papai tinha parado no topo da escada, contou mamãe, e chamado o nome dela três vezes.

– Eu estava lendo *Os diamantes de Eustace*. Faltavam só dois parágrafos para o final. Pedi que ele esperasse um minuto.

Ele esperou. Então mamãe colocou o livro na mesinha redonda que ficava ao lado da poltrona e foi para o pé da escada.

– Já acabou? – ele perguntou, já com a arma encostada na têmpora.

– Eu estiquei o braço – mamãe contou, e no carpete eu vi um marshmallow rosa e um pedaço de aipo. – Mas ele...

Eu a abracei quando percebi que ela estava tremendo, e comecei a tremer também. Decidi que não ia me permitir querer saber o que ela tinha dito para ele, se tinha desafiado-o. Sua cabeça estava encostada em meu peito, e a minha estava em cima do ombro dela. Eu prometi para mim mesma que ia abraçá-la mais daquele dia em diante, e que ia tomar conta dela, pois agora só restávamos nós duas.

A polícia perguntou a mamãe se ela tinha preferência por alguma funerária, e o sr. Forrest mencionou a Greenbrier's, na rodovia 69. Eu concordei. Naquele momento, não me dei conta do que tinha acabado de acontecer comigo. Papai tinha saído do palco pela direita e eu assumi, imaginando que tomar conta de mamãe não era apenas meu dever, mas também o maior presente póstumo que podia dar a ele.

Agora, ao sair do quintal da casa de meus pais, soube que o lugar tinha pertencido a ele também, e não apenas a ela. Ele também tinha sido doente. Ela só chamava mais atenção. Mamãe sempre esteve muito evidente, todos os dias. Papai sempre se compadeceu em vez de culpar, como ela; sempre deu calor quando ela só deu frieza. Mas, no final, ele acabou sendo mais frio do que ela. Mamãe brigava comigo, dizia insanidades e gritava, mas não me abandonou.

Na noite passada eu a tinha deixado apodrecendo em seu porão, e agora ela estava dentro de alguma gaveta de metal em algum lugar, após ter passado por uma autópsia. Sarah já sabia. Emily ia ficar sabendo em breve, isso se eles já não tivessem contado. E Jake... Jake chegou até a ver o corpo dela, e nem assim fugiu.

Não havia nenhum Mercedes ali. Do quintal da sra. Leverton, a única coisa que se via no escuro eram as luzes automáticas que havia na varanda e nos quatro cantos externos da casa. Por que não a chamar pelo primeiro nome agora que ela tinha morrido? Beverly Leverton e seu falecido marido, Philip, vizinhos de mamãe por cinqüenta anos.

As janelas da casa de mamãe ainda eram de vidro comum, que eu poderia ter quebrado com algumas pancadas, usando uma pedra de tamanho razoável. Já as janelas da casa da sra. Leverton tinham grossos vidros térmicos e um alarme, tudo colocado ali por seu filho rico. Mas eu sabia que ela tinha desligado o alarme e que Arlene, a faxineira jamaicana que trabalhava para ela há anos, guardava uma chave na cesta do coelho de concreto que ficava embaixo de um pinheiro, perto da varanda dos fundos. Muitas vezes eu tinha visto, do quintal de mamãe, Arlene se abaixar cuidadosamente para pegar aquela chave. Cheguei até a perceber que estava ficando cada vez mais difícil para ela fazê-lo. Conforme as senhoras iam envelhecendo, suas empregadas iam ficando mais velhas também.

A chave estava ali mesmo, embaixo de um dos ovos de concreto que havia na cesta e que estava um pouco solto. Olhei para a esquerda e para a direita e mal pude distinguir o telhado do galpão de papai por entre as árvores. Era estranho estar ali naquele quintal vizinho ao meu, onde vidas completamente diferentes tinham sido vividas. Eu já não conhecia quase ninguém no bairro, com exceção dos que tinham morrido.

Mesmo que tivesse um passaporte válido, não teria conseguido chegar à casa onde Jake morara em Aurigeno, que um dia foi um moinho, ou mesmo ido de carona até o oeste do país. Eu disse a Jeanine que o Peru era todo habitado por aves, que na Alemanha todo mundo fazia manha o tempo todo, que no México todos se mexiam e remexiam e que na Finlândia tudo chegava ao fim. Ela soltava gritinhos de alegria enquanto eu girava o globo e dizia aquelas bobagens.

– O Irã é irado! – afirmei. – E a Índia é *in*!

"Já no Malaui, todo mundo é maluco", pensei.

Abri a porta de tela e coloquei a chave na fechadura. Nenhum alarme. Fui tateando no escuro, entrando num cômodo que eu sabia ser a cozinha da sra. Leverton. Vi formas negras à minha volta e reconheci o telefone, com o fio em espiral antiquado indo até o chão e voltando. Dava e sobrava para a Marina Tsvetaeva. Pensei em Arlene limpando o balcão, o fogão, a pia, a cada semana entrando e saindo da casa de outra pessoa, aprendendo os hábitos e manias dela. "Pelo menos ela teve o senso de fazer isso por dinheiro", pensei.

Sabia que não podia acender as luzes, pois poderia ser vista pelos vizinhos. Ia esperar um minuto para me acalmar. Foi isso que pensei, mas ouvi um miado lá fora e dei um pulo.

Peguei minha bolsa, fui para dentro do lavabo ao lado da cozinha e fechei a porta. Naquele cômodo sem janelas eu poderia acender uma luz. Mas não estava preparada para a pessoa que encontrei ali.

Ali estava meu reflexo no espelho, com a alça da bolsa fazendo um sulco em meu ombro, empurrando-me para baixo. A arma foi ficando mais pesada a cada passo que eu dei desde que tinha saído do carro. Vi meu rosto, inchado por causa da falta de sono, e meu cabelo arrepiado em todas as direções. Meus lábios estavam ressecados, e as pequenas rugas acima deles me pareceram fundas e rígidas. Ao me ver naquele espelho, vi a Helen de 13 anos. Toquei os manequins de compensado que ficavam numa casa que um dia tinha sido inundada. Vi papai no cavalinho de balanço, vi o colchonete solitário no chão.

– Existem quartos secretos dentro de todos nós – falei certa vez para o meu terapeuta.

– Uma construção relativamente benigna – ele respondeu.

Ao ouvir isso, decidi não concluir meu pensamento. O que ia dizer era que na minha casa nós nunca saíamos desses quartos, e que minha mãe e meu pai gostavam mais deles do que de qualquer outro lugar no mundo.

Os olhos que me encararam do espelho eram pequenos e negros e, atrás deles, havia um aposento que eu tinha evitado a vida toda. Meus pais estavam esperando por mim e, se eu quisesse, podia estourar meus miolos ali naquele banheirinho da casa da sra. Leverton, que não era pintado, e sim coberto por papel de parede. Meu pai tinha se matado, eu assassinei minha mãe e agora podia me juntar a eles. Se fosse rápida, talvez pudesse ser enterrada com mamãe – nossa versão distorcida dos cadáveres entrelaçados encontrados em Pompéia, que tinham sido apelidados de "Os amantes".

Apaguei a luz rapidamente. Coloquei a bolsa sobre a pia e, no escuro, lavei as mãos e o rosto com água muito gelada. Lembrei-me de Emily correndo na minha direção, contornando a piscina do clube. Ela me mostrava algo e dava um enorme sorriso.

– Ganhei a medalha dos duzentos metros! – falou. – Ganhei!

Poucas semanas antes da morte de papai, ela também ganharia outra medalha na categoria borboleta.

Não voltei a acender a luz. Fiquei parada com as mãos apoiadas na pia, respirando fundo. Precisei de toda minha força de vontade para abrir a porta. Peguei minha bolsa como se ela pertencesse a uma estranha, voltei para a cozinha e me sentei em uma das cadeiras de encosto de vime que havia em torno de uma mesa redonda. Passei a mão pela superfície lisa de madeira da mesa. Não havia sequer uma migalha da última refeição feita pela sra. Leverton.

Pensei nas meninas.

Certa vez, quando nós três estávamos visitando minha mãe e Emily e Sarah ainda eram pequenas, estávamos voltando do parque ali perto, onde um novo trepa-trepa tinha sido instalado. As meninas estavam muito agitadas. Sarah correu pelo caminho de concreto que levava até a casa da sra. Leverton e começou a bater nele com o pé.

– Olha só, não é como o da vovó! – gritou.

– Sarah, saia daí. Essa não é sua casa.

– Eu sei – ela disse, confusa.

Emily me olhou para ver o que eu ia dizer em seguida.

Então surgiu a sra. Leverton. Ela deu algumas batidinhas em sua janela, cujo vidro ainda era comum naquela época, e, quando eu estava quase alcançando minha filha errante, a porta da frente abriu depressa.

– Por que vocês não entram? – ela sugeriu. – Deve ser maravilhoso ter filhas.

E, embora minha mãe detestasse a sra. Leverton e eu soubesse que ela não gostava de mim, entramos em sua casa e sentamos em sua sala, que Arlene limpava uma sexta-feira sim, outra não. Comemos biscoitos que a sra. Leverton comprava no supermercado e guardava numa latinha, e Sarah contou a ela que havia um pedaço oco na rampa que levava até a casa de sua avó.

– O som muda quando a gente anda por cima dele – Emily explicou.

– E a mamãe disse que tem pessoinhas vivendo lá dentro – Sarah completou.

– É mesmo?

A sra. Leverton olhou para mim e fez um esforço para sorrir. Havia migalhas de biscoito no canto de sua boca.

– Uma cidade inteira! – Sarah continuou. – Não é, mamãe?

Eu não respondi.

– É que nem em *As viagens de Gulliver* – Emily disse. – A Sarah gosta de imaginar as pessoinhas.

Nesse momento, eu me dei conta de que Emily, aos nove anos, já era uma mãe melhor do que eu. Ela passou a conduzir a conversa com a sra. Leverton para que Sarah não notasse minha ausência. Eu me perguntei se todas as mães tinham medo da vivacidade de seus filhos.

Uni as mãos e disse, suavemente:

– Deus me perdoe.

Eu tinha colocado a bolsa no chão da cozinha, e me inclinei para apanhá-la. Afastei a cadeira cerca de trinta centímetros e enfiei a mão lá dentro. Lá estava o feltro. Encontrei a tirinha dourada da bolsinha roxa, puxei-a e coloquei-a sobre a mesa, onde ela caiu com um estrondo. Então peguei a caixa de balas e a pus ao lado da bolsa de feltro. Olhei para o feltro. Até tirar a arma dali de dentro me pareceu incompreensível.

Fiquei de pé.

O relógio que ficava em cima da pia da sra. Leverton tinha um círculo de néon em volta, imitando os relógios das lanchonetes antigas. Havia um igualzinho àquele, só que de verdade, no Easy Joe's.

Eram só 19:45h, mas parecia ser três da madrugada. Finalmente eu tinha chegado ao futuro sem futuro.

Vi a chaleira em cima do fogão e decidi que ia beber uma xícara de chá. Claro que era só uma maneira de adiar o evento, mas eu não sabia mais o que fazia sentido. Tudo fazia sentido quando matar a própria mãe era algo razoável. Tudo fazia sentido quando abrir mão da própria vida era natural.

Não queria pensar. Comecei a agir metodicamente. Enchi a chaleira, retirando do bico o dispositivo que a faria apitar quando a água fervesse. Tentei espantar as imagens de papai em seu roupão e de mamãe enrolada na colcha branca mexicana, caindo no chão do porão.

Levei a chaleira até o fogão e acendi o fogo. Não podia ir embora daquele jeito. Não sem deixar uma carta, não da maneira como papai tinha abandonado a mim e a mamãe. Escolhi a casa da sra. Leverton porque fazia sentido. Ela estava vazia. Mas, agora, me dei conta de que também a escolhera por ser um lugar onde eles jamais precisariam entrar. Eles jamais precisariam ver minha cabeça trespassada pela bala.

Abri um armário e depois outro, encontrando as xícaras no segundo. A sra. Leverton não tinha ganchos para pendurar canecas ou panelas. Ela tinha um jogo de louça chique e um para o uso diário. Mamãe também detestava canecas. Teria sido bom se elas tivessem se conhecido melhor. Se tivessem visitado uma à outra. Se tivessem feito mais do que simplesmente enviar cartões nos momentos adequados – o nascimento de netos, a morte dos maridos. Mas foi mamãe quem me explicou sua realidade:

– Só porque ficamos velhas não significa que vamos virar amigas.

Eu sabia que, assim como mamãe, a sra. Leverton teria uma gaveta onde guardava artigos de escritório, ou talvez até uma cômoda inteira. Papéis de carta e canetas estavam entre os presentes típicos que as velhinhas ganhavam de gente sem imaginação. Quantos xales ou caixas de cartões a sra. Leverton ganhara em seus 96 anos? Jake me contou o que seu pai lhe disse no fim da vida:

– Só quero ganhar dinheiro. Se não for dinheiro, não estou interessado.

Ele brincava com Jake, dizendo que queria morrer com uma nota de mil dólares em cada mão.

– Não tive coragem de contar a ele que não se fazem mais notas de mil dólares – Jake comentou.

Deixei a água fervendo no fogão. E daí se a casa pegasse fogo?

Fui até a porta que levava à sala. No centro da parede oposta havia uma cômoda de madeira. A parte de baixo estava fracamente iluminada por uma lâmpada circular verde. Olhei para a esquerda e vi outra igual. Aqueles círculos estavam espalhados em tomadas por toda a casa, para que a sra. Leverton ou um ladrão sortudo pudesse andar por ali às escuras sem precisar acender as luzes.

Certa vez, meus pais brigaram por causa da conta de luz. Mamãe insistia em manter todas as luzes da casa acesas, mesmo que estivesse sol. Mesmo que eu estivesse na escola ou que papai estivesse numa de suas viagens.

– Por quê? Por que todas essas luzes? – ele perguntou, sacudindo a conta para ela.

Mamãe permaneceu impassível, sentada no sofá e puxando um fio da bainha do vestido.

– Não sou milionário – papai disse antes de pegar seu chapéu e seu casaco e sair.

Mais tarde, eu disse a ele que aquela mania devia ter algo a ver com a mastectomia pela qual mamãe tinha passado. Que ela achava que a luz a estava ajudando a se curar e que, se ele fosse paciente, ela voltaria a acender a luz só nos aposentos em que estivesse. Quatro meses mais tarde, minha previsão se cumpriu. Mas eu nunca soube o que levou mamãe a adquirir aquela mania. Só inventei uma mentira para que as coisas permanecessem como sempre tinham sido.

Numa das gavetas da cômoda eu encontrei o que procurava. Decidi que a primeira carta que ia escrever seria para Emily. Ela merecia aquilo que nunca obtivera de mim e que desejava tanto: uma explicação. Por que eu era daquele jeito, apesar da vontade própria que ela acreditava que todos possuímos e das infinitas possibilidades que nunca tinha me visto aproveitar.

Não conseguia ver a cor ou o formato do papel, e não queria escrever minha última carta num que tivesse bonequinhas desenhadas. Por isso, peguei as três caixas de papel de carta que encontrei na gaveta estreita e coloquei-as debaixo do braço. Fechei a gaveta com o quadril e abri a que ficava abaixo dela. Sorri. Num dos lados havia algo macio e, ao tocá-lo, senti a lã do que devia ser um xale ou um cobertor. À esquerda desse objeto havia mais caixas. Peguei a primeira: era um jogo de tabuleiro. A segunda: um baralho ainda embrulhado em celofane. Joguei-as de volta lá dentro. O embrulho seguinte continha algo que era um vestígio dos netos da sra. Leverton: uma caixa de gizes de cera. Levei-a comigo.

Não podia voltar para a cozinha.

Carreguei meus espólios cuidadosamente através do corredor, distinguindo no escuro as formas de um relógio de carrilhão e de uma mesa, sobre a qual havia diversos objetos de tamanhos diferentes. Lembrei de como mamãe criticava o nome de solteira da sra. Leverton, que era Tchotchkes.

Vi uma pequena luz no topo da escada e achei que ela seria forte o suficiente para que eu pudesse escrever. Os degraus da sra. Leverton eram cobertos por um carpete grosso e macio. Quis tirar os sapatos e senti-lo com o pé, mas precisava me apressar antes de fazer o que se chamava de retirada estratégica.

Larguei as caixas de papel de carta e os gizes de cera no chão no alto da escada, ao lado de um baú sobre o qual havia um abajur que iluminava o corredor. Ajoelhei-me na frente do baú. Espalhadas em cima de sua superfície, em forma de leque, estavam antigas edições de revistas femininas. Senti-me como se estivesse me ajoelhando diante do altar de uma religião estranha e imaginei-me presa a uma ratoeira adesiva como a da minha garagem, tentando escapar desesperadamente.

Precisava de uma caneta. Não podia escrever para Emily com um giz de cera. Para Sarah, sim, o efeito arco-íris seria apropriado, mas não para Emily. Precisava de uma esferográfica. No parapeito da janela que ficava atrás do baú havia uma caneca azul-clara, da cor da tigela de Pigeon Forge de mamãe, e dentro dela havia uma lixa de unha, uma bombinha de ar e três canetas Bic.

Peguei uma delas e uma revista. Fui engatinhando de volta para o lugar onde estavam os papéis de carta e os gizes de cera, a um metro dali, e sentei-me com os pés dois degraus abaixo, colocando a revista no colo para usá-la de apoio. Escolhi um papel bege com cantinhos dourados – era elegante e combinava com Emily – e escrevi.

> Querida Emily,
>
> Como posso começar a explicar aquilo que você já sabe? Embora eu tenha mais orgulho de você e de sua irmã do que de qualquer outra coisa no mundo, encontrei-me no fim da linha, sem escolha.

Parei de escrever. Sabia que Emily ia analisar muito aquela carta. Ela passava horas na frente do espelho, encontrando defeitos em seu rosto. Sua casa era limpíssima, e uma vez ela me disse que o melhor de ter uma faxineira era deixar a mulher fazer o que chamava de "primeira limpeza" e depois ficar livre para se concentrar só nos detalhes.

Limpei a garganta. O som ecoou pelo corredor.

Quando você encontrar esta carta, estarei morta. Espero que não precise ver meu cadáver. Eu vi o de papai, e a imagem jamais me deixou em paz. Sarah vai lhe contar que papai se matou. Ele não caiu da escada; ou melhor, caiu, sim, mas só depois de dar um tiro na cabeça.

Não sei por que ele me abandonou.

Sabia que mamãe mantinha seus cabelos compridos para papai? Ele adorava. Escovava os cabelos dela todas as noites. Cem escovadas. Acho que era uma espécie de Prozac para eles dois. É, eu sei, eu sei: meditação, não medicação. Concordo em teoria, mas às vezes... você não acha?

O que quero que saiba é que não matei minha mãe por vingança e nem por pena. Foi a coisa certa a fazer, embora não tenha sido um ato planejado. Se tivesse sido, eu obviamente teria pensado na posição em que estou agora. Pensei em você e em sua irmã o tempo todo.

Foi imperdoável a maneira como forcei você a crescer antes do tempo, a ocupar um lugar ao meu lado que o abandono de seu pai deixou vazio.

Admiro você. É isso o que mais quero dizer. Você tem sua casa, sua família, e mora bem longe daqui. Não mude isso. Não volte nunca para cá. Depois que eu me for, não haverá mais nada aqui para você. É isso o que quero fazer por sua irmã. Não deixe que ela se mude para minha casa, Emily, e nem que desperdice a vida dela. Venda as duas casas. Seu pai pode lhe ajudar a fazer isso.

Fiz uma pausa. Lembrei-me do dia em que papai assinou comigo os papéis de compra da minha casa. Ele me deixou na situação mais confortável possível, mencionando que seu testamento e outros documentos importantes estavam na filial do banco que ficava em Malvern e me contando onde guardava a chave do cofre. Só mais tarde eu me dei conta do motivo de ele ter sido tão explícito, pedindo que eu repetisse em voz alta tudo que estava me dizendo.

Voltei a escrever.

Quando fecho meus olhos por um segundo, como acabei de fazer, primeiro vejo meu pai, mas depois vejo você. Lembra aquele dia no clube, quando você ganhou sua medalha? Sou tão orgulhosa de você, meu peixinho!

Estou na casa da sra. Leverton e está escuro lá fora. Preciso escrever uma carta para sua irmã também. Cuide bem da Jeanine e do Leo, e Deus abençoe qualquer lembrança positiva de mim que você puder contar ao John. Lembra como Sarah sempre adorou verde? Eu lembro.

Eu amo você, Emily, não importa o que aconteça.

Lembre-se disso antes de mais nada.

Estiquei minhas costas, que mantive curvada enquanto escrevia. Deixei a caneta cair da minha mão e rolar até parar. Nos anos que se seguiram à morte de papai, eu me arrependi dos momentos que podia ter passado com ele e que passei com Emily e Sarah, pensando nas idas à escolinha e nos passeios ao parquinho que tinham ocupado meus dias. Algumas vezes, ele ia ao parquinho comigo. Pelo menos, isso eu sempre teria. Agarrava-me a essa lembrança com toda força, mas não conseguia me recordar do que conversamos nessas ocasiões. Queria ter guardado algo comigo. Até mamãe tinha cortado um cacho de cabelo dele quando ouvimos os funcionários da funerária chegando. Eu arregalei os olhos, horrorizada, ao vê-la colocando-o no sutiã.

– Ele era meu marido – ela sussurrou.

Quando os homens tocaram a campainha, achei que caberia a mim ajudá-los a fazer tudo. Colocar papai na maca. Apertar as tiras que prenderiam seu corpo.

Mas o gerente da funerária insistiu para que saíssemos do aposento. Fui com mamãe para a sala de jantar e nós duas ficamos ao lado do enorme armário perto da porta da cozinha, encolhidas, não exatamente nos tocando, mas precisando daquela proximidade devido à nossa confusão.

– Meus pêsames – disse o gerente quando eles entraram de novo na casa, trazendo a papelada.

Eles eram treinados para dizer aquilo, e o funcionário mais jovem, que tinha acabado de começar no emprego, concordou.

– Os meus também – ele disse, apertando minha mão.

Algo estava me incomodando. Um objeto pontiagudo que estava espetando a lateral do meu corpo. Subitamente, eu me dei conta de que já estava sentindo aquela dor havia algum tempo.

Inclinei-me para trás e coloquei a mão no bolso da calça. Era a presilha de borboleta de Sarah. Eu a coloquei na palma da mão, e a luz da lâmpada atrás de mim brincou com seus tons de azul e verde, e com o dourado das pequenas pedrinhas que formavam suas pernas e antenas.

Eram quase nove da noite. Perguntei-me se Sarah e Jake estavam procurando por mim e se pensaram em ligar para Hamish. Perguntei-me quando Hamish ia abrir a gaveta da mesa-de-cabeceira.

Fechei a mão e apertei a presilha de borboleta, pensando em todos os itens que tinha jogado fora ao longo dos anos e em como eles tinham me feito sentir livre. Mas não me desfiz da estátua de Buda que Emily me deu, e também não me desfaria da borboleta. Fiquei de pé e preguei-a no meu casaco.

"O sr. Forrest deve estar dormindo agora", pensei, "ou ouvindo música em seu adorado som Bose."

Nós tínhamos conversado sobre isso quando nos encontramos por acaso havia cerca de um ano.

– Ele tem o melhor som – ele comentou. – Até deitado na cama eu consigo ouvir tudo. Tenho uma máscara de dormir de veludo. Costumava ter de ficar na sala quando queria ouvir música.

Abaixei-me para pegar a carta que escrevera para Emily e a caixa de gizes de cera. Coloquei-as embaixo do braço como se fossem uma muleta. Finalmente, estava na casa da Outra. Os Leverton faziam cruzeiros nas férias, colocavam enfeites elaborados no telhado na época do Natal e faziam grandes churrascos no quintal, quando os risos dos convidados atravessavam as árvores e eram ouvidos de lá de casa. Tudo isso se fora para sempre.

Eu sabia exatamente aonde queria ir, e por isso atravessei o pequeno corredor que na casa de mamãe dava no banheiro do andar de cima. Na casa da sra. Leverton, ele dava num outro corredor e no quarto onde ela tinha estado na noite anterior, quando viu mamãe na varanda.

Havia um umidificador em um dos cantos do quarto, espalhando um cheiro de menta pelo ar. Na mesa-de-cabeceira, cuja superfície de madeira estava protegida por um vidro, estavam fileiras e mais fileiras de frascos de remédio e um bloquinho feito de folhas cortadas, unidas por um clipe. Ao lado dele, havia um lápis mastigado. Havia possibilidades infinitas de me matar.

Coloquei os gizes de cera e a carta para Emily na cama e me sentei ao lado da mesa-de-cabeceira. Havia algo escrito no bloquinho. Eu peguei-o.

A letra dela era muito fina e tremida, a ponto de ser chocante.

Percebi que quase todas as páginas do bloquinho tinham sido preenchidas, não com listas de tarefas ou de objetos a comprar, mas com nomes de presidentes, com as capitais dos estados e com os nomes dos médicos que tinham cuidado da sra. Leverton, lado a lado com os nomes de suas enfermeiras. Fui lendo páginas e mais páginas.

Nos dias bons a letra dela parecia mais firme e ela se lembrava de Frankfort, no Kentucky, Augusta, no Maine, e Cheyenne, no Wyoming. Nos dias ruins sua mão tremia e ela se esquecia dos presidentes entre Johnson e Bush. Comparada com ela, eu não sabia nada. Jamais me lembraria de Rutherford Hayes.

Estava quase perdendo o controle, senti que minhas lágrimas estavam prestes a cair, e então vi um desenho que a sra. Leverton tinha feito. Era mais um rabisco, representando uma mulher. Sabia que era uma mulher porque estava usando saia. Em torno do rabisco, com mãos que tremiam de medo e frustração, estavam obsessivas tentativas de lembrar o nome da nora dela. Sherill,

Sherelle, Cherelle, Shariwell, Charille. Ela não conseguira escrever Cheryl, apesar de ter tentado inúmeras vezes.

Perguntei-me o que essa Cheryl achava da sra. Leverton. Eu só a vira duas vezes. Será que a sra. Leverton a amava ou só a suportava para poder ficar próxima do filho?

Olhei de novo para o desenho que ela tinha feito. "Todos os dias", pensei. Todos os dias a sra. Leverton escrevia as coisas que a mantinham ligada ao mundo exterior. Nunca desistira dessa ligação, por mais frágil que ela fosse.

E eu sabia qual era minha ligação.

Achei a carta que escrevera para Emily. Rasguei-a ao meio, dobrei-a e rasguei-a de novo. Estava determinada a explicar pessoalmente tudo que pudesse e a suportar a vergonha de meus erros.

Deixei que o confete que formei caísse no chão e pensei distraidamente na água que tinha deixado fervendo no fogão. Sorri ao lembrar que Jake chamava Sarah de "pequena Kadafi"[3] por ela amar roupas verdes. Eu podia colocar aqueles gizes de cera numa panela e derretê-los. Podia usá-los para marcar as capitais dos países que jamais visitaria. Podia dar aulas de arte na prisão. Um dia seria solta, e ensinaria os velhinhos a pintarem o carvalho que havia em Westmore.

Fiquei de pé. Havia uma arma na mesa da cozinha e também um fogo aceso, mas eu fui até as janelas que ficavam nos cantos do quarto. Uma dava para os fundos da propriedade dos Leverton, e uma dava para a casa de mamãe.

As árvores tinham ficado ainda maiores desde a morte de papai, mas o outono chegou cedo e as folhas estavam caindo bem rápido. Vi o galpão de papai e, mais além, a casa iluminada pela lua. Vi a janela do meu quarto e pensei nas trepadeiras e em mamãe pendurada na janela enquanto papai a segurava e eu ficava sentada na cama, observando os dois.

[3] Muammar Kadafi, ditador líbio, publicou um livro que ficou conhecido como *O livro verde*. (N. da T.)

Talvez tenha sido aí, ou um momento mais tarde, que eu vi as luzes. Luzes azuis que pareciam estar pulsando na frente da casa. Azuis e vermelhas.

Eu nunca entendi, e tenho certeza de que nunca entenderei. Do que era feito o medo de mamãe, e por que papai nos abandonara daquela maneira. Ou a bênção que era ter filhos e receber o amor de não apenas um, mas dois – porque Hamish precisava ser contado – homens melhores do que eu.

Arranquei os sapatos com os dedos dos pés. Senti o carpete macio em minhas solas. Abri a janela só um pouquinho, deixando entrar uma brisa, o ar gelado da noite dentro daquele quarto fechado. Apurei os ouvidos. Ouvi os galhos batendo uns contra os outros no vento, e então ouvi vozes vindas da casa de mamãe e vi sombras segurando lanternas que se espalharam pelo nosso gramado e entraram no galpão de papai.

Ia fazer o que sabia fazer melhor. Ia esperar. Afinal, era só uma questão de tempo.

– Ela não está aqui! – gritou um policial. – Não há sinal dela.

Agradecimentos

O SANGUE

Bender, Cooper, Dunow, Gold

O CÍRCULO

Barclay, Doyle, Elworthy, Fain, Goff, Muchnick, Nurnberg, Pietsch, Snyder

O INESPERADO

Charman

OS MECÂNICOS-CHEFES

Bronstein, MacDonald, Schultz

A FORTALEZA

A Colônia MacDowell

O IMPREVISÍVEL

Wessel e o Contingente Italiano

O CACHORRO

Lilly (Au, au!)

Este livro foi composto em Minion 10,5/16,8
e impresso pela Ediouro Gráfica em julho de 2008
sobre papel Pólen Soft 70g.